Von Arthur C. Clarke
erschienen in der ALLGEMEINEN REIHE:

Rendezvous mit 3/439 · 01/5370
Odyssee 2010 · 01/6680
Das Lied der fernen Erde · 01/6813
Profile der Zukunft · 01/7240

In der Reihe HEYNE SCIENCE FICTION & FANTASY:

Komet der Blindheit · 06/3239
2001 – Odyssee im Weltraum · 06/3259
Makenzie kehrt zur Erde heim · 06/3645
Geschichten aus dem Weißen Hirschen · 06/4055

ARTHUR C. CLARKE

2061
ODYSSEE III

Deutsche Erstausgabe

WILHELM HEYNE VERLAG
MÜNCHEN

HEYNE ALLGEMEINE REIHE
Nr. 01/7709

Titel der amerikanischen Originalausgabe
2061: ODYSSEE THREE
Aus dem Englischen übersetzt von Irene Holicki

3. Auflage

Redaktion: Wolfgang Jeschke
Copyright © 1988 by Arthur C. Clarke
This Translation published by arrangement
with Ballantine Books, A Division of
Random House, Inc.
Copyright © der deutschen Übersetzung
1988 by Wilhelm Heyne Verlag GmbH & Co. KG, München
Printed in Germany 1989
Umschlagzeichnung: Michael Whelan, New York
Umschlaggestaltung: Atelier Ingrid Schütz, München
Satz: IBV Satz- und Datentechnik GmbH, Berlin
Druck und Bindung: Presse-Druck Augsburg

ISBN 3-453-02565-2

INHALT

Vorwort des Autors 11

Erster Teil:
Der Zauberberg

1. Die Jahre der Erstarrung 15
2. Der erste Blick 21
3. Die Rückkehr 25
4. Der Magnat 34
5. Aus dem Eis 38
6. Die Begrünung Ganymeds 51
7. Abschied 56
8. Die Sternenflotte 66
9. Mount Zeus 71
10. Das Narrenschiff 75
11. Die Lüge 81
12. Ohm Paul 88
13. Niemand hat gesagt, wir sollten
    Badeanzüge mitbringen... 91
14. Die Suche 95

Zweiter Teil:
Das Tal des schwarzen Schnees

15. Das Rendezvous 101
16. Die Landung 106
17. Das Tal des schwarzen Schnees 112
18. Old Faithful 118
19. Am Ende des Tunnels 123
20. Rückruf 134

Dritter Teil:
Europanisches Roulette

21. Politik im Exil	141
22. Riskante Fracht	145
23. Inferno	151
24. Shaka der Große	154
25. Die verhüllte Welt	156
26. Nachtwache	160
27. Rosie	165
28. Dialog	171
29. Sinkflug	176
30. ›Galaxy‹ gelandet	183
31. Das galileische Meer	187

Vierter Teil:
Am Wasserloch

32. Umleitung	195
33. In der Grube	204
34. Waschanlage	210
35. Wind und Wellen preisgegeben	217
36. An fremden Gestaden	225

Fünfter Teil:
Durch die Asteroiden

37. Der Star	231
38. Eisberge des Weltraums	235
39. Am Kapitänstisch	241
40. Monster von der Erde	247
41. Memoiren eines Hundertjährigen	250
42. Der Minilith	254

Sechster Teil:
Zuflucht

43. Bergungsaktion 259
44. Die ›Endurance‹ 262
45. Die Mission 265
46. Das Shuttle 268
47. Scherben 272
48. Lucy 278

Siebenter Teil:
Die große Mauer

49. Das Grabmal 285
50. Die offene Stadt 293
51. Das Phantom 297
52. Auf der Couch 301
53. Der Dampfkochtopf 306
54. Wieder vereint 312
55. Magma 315
56. Perturbationstheorie 319
57. Zwischenspiel auf Ganymed 322

Achter Teil:
Das Königreich des Schwefels

58. Feuer und Eis 331
59. Dreifaltigkeit 336

3001

60. Mitternacht auf der Plaza 345

In Erinnerung an Judy-Lynn del Rey, eine außergewöhnliche Herausgeberin, die dieses Buch für einen Dollar kaufte – aber nie erfuhr, ob es das Geld wert war.

VORWORT DES AUTORS

Ebensowenig wie *Odyssee 2010* eine direkte Fortsetzung von *2001 – Odyssee im Weltraum* war, ist dieses Buch eine lineare Fortsetzung von *2010*. Alle diese Romane sind als Variationen über dasselbe Thema zu betrachten, viele Personen und Situationen kommen immer wieder vor, sind aber nicht unbedingt im gleichen Universum angesiedelt.

Durch die Entwicklungen seit Stanley Kubricks Vorschlag im Jahre 1964 (fünf Jahre, ehe die ersten Menschen auf dem Mond landeten!), wir sollten versuchen, den ›sprichwörtlichen guten Science Fiction Film‹ zu machen, wird eine völlige Einheitlichkeit unmöglich, da die späteren Geschichten Entdeckungen und Ereignisse mit verarbeiten, die noch nicht einmal stattgefunden hatten, als die früheren Bücher geschrieben wurden. *2010* wurde durch die glänzenden Erfolge der ›Voyager‹-Sonde 1979 bei ihrem Vorbeiflug am Jupiter ermöglicht, und ich hatte mich mit diesem Gebiet erst wieder beschäftigen wollen, wenn die Ergebnisse der noch ehrgeizigeren ›Galileo‹-Mission eingegangen waren.

›Galileo‹ hätte eine Sonde in die Jupiteratmosphäre abgeworfen, während sie selbst im Laufe von fast zwei Jahren alle größeren Satelliten besuchte. Sie hätte im Mai 1986 vom Space Shuttle auf den Weg gebracht werden und ihr Zielgebiet im Dezember 1988 erreichen sollen. Und so hoffte ich, mir um 1990 herum die Flut neuer Informationen vom Jupiter und seinen Monden zunutzemachen zu können...

Leider hat die ›Challenger‹-Tragödie diese Planung zunichte gemacht; die ›Galileo‹ – in ihrem sterilen Raum im Jet Propulsion Laboratory – muß sich nun ein anderes Trägerfahrzeug suchen. Wenn sie den Jupiter mit nicht mehr als sieben Jahren Verspätung erreicht, hat sie Glück gehabt.

Ich habe beschlossen, nicht so lange zu warten.

Arthur C. Clarke
Colombo, Sri Lanka, April 1987

ERSTER TEIL

Der
Zauberberg

1

Die Jahre der Erstarrung

»Für einen Siebzigjährigen sind Sie außerordentlich gut in Form«, bemerkte Dr. Glazunow und schaute vom letzten Ausdruck des Diagnosecomputers auf. »Ich hätte Sie auf höchstens fünfundsechzig geschätzt.«

»Freut mich, das zu hören, Oleg. Besonders, nachdem ich hundertdrei bin – wie Sie ganz genau wissen.«

»Da haben wir es wieder! Man möchte meinen, Sie hätten das Buch von Professor Rudenko nie gelesen.«

»Die gute, alte Katharina! Wir hatten vorgehabt, uns an ihrem hundertsten Geburtstag zu treffen. Es hat mir so leid getan, daß sie es nicht geschafft hat – das kommt davon, wenn man zuviel Zeit auf der Erde verbringt.«

»Ironie des Schicksals, schließlich war sie diejenige, die den berühmten Slogan ›Schwerkraft macht alt‹ prägte.«

Dr. Heywood Floyd starrte nachdenklich auf das sich ständig verändernde Panorama des schönen, nur sechstausend Kilometer entfernten Planeten, den er nie wieder betreten konnte. Noch ironischer war es, daß er sich durch den dümmsten Unfall seines Lebens immer noch ausgezeichneter Gesundheit erfreute, während praktisch alle seine alten Freunde schon tot waren.

15

Er war erst eine Woche wieder auf der Erde gewesen, als er, trotz aller Warnungen und obwohl er fest entschlossen war, daß *ihm* niemals etwas dergleichen zustoßen sollte, von diesem Balkon im zweiten Stock stürzte. (Ja, er hatte gefeiert: aber das hatte er sich schließlich verdient – er war ein Held auf der neuen Welt, auf die die ›Leonow‹ zurückgekehrt war.) Die zahlreichen Knochenbrüche hatten zu Komplikationen geführt, die man am besten im Pasteur-Weltraumhospital behandeln konnte.

Das war 2015 gewesen. Und jetzt – er konnte es eigentlich gar nicht glauben, aber da an der Wand hing der Kalender – schrieb man das Jahr 2061.

Für Heywood Floyd war die biologische Uhr nicht nur durch das Sechstel Erdschwerkraft, das im Krankenhaus herrschte, verlangsamt, zweimal in seinem Leben war sie sogar tatsächlich zurückgedreht worden. Mittlerweile war man allgemein überzeugt – auch wenn einige Autoritäten es noch bestritten – daß der Tiefschlaf mehr bewirkte, als nur den Alterungsprozeß aufzuhalten; er regte die Verjüngung an. Floyd war auf seiner Reise zum Jupiter und zurück tatsächlich jünger geworden.

»Sie glauben also wirklich, daß ich ohne Gefahr mitfliegen kann?«

»Nichts in diesem Universum ist *ohne Gefahr*, Heywood. Ich kann nur sagen, daß es vom Physiologischen her keine Einwände gibt. Schließlich werden Sie an Bord der ›Universe‹ praktisch in der gleichen Umgebung leben wie hier. Dort hat man vielleicht nicht ganz den Standard der . . . ah . . . überragenden, medizinischen Sachkenntnis, wie wir ihn im Pasteur bieten können, aber Dr. Mahindran ist ein guter

Mann. Wenn es ein Problem geben sollte, mit dem er nicht fertig wird, kann er Sie wieder in Tiefschlaf versetzen und Sie per Nachnahme an uns zurückschikken.«

Dieses Urteil hatte Floyd sich erhofft, aber irgendwie mischte sich Trauer in seine Freude. Er würde wochenlang weg sein von seinem Zuhause, in dem er nun seit fast einem halben Jahrhundert lebte, und von den neuen Freunden, die er in späten Jahren gewonnen hatte. Und obwohl die ›Universe‹, verglichen mit der primitiven ›Leonow‹ (die jetzt als eines der wichtigsten Ausstellungsstücke des Lagrange-Museums hoch oben im Weltraum schwebte) ein Luxusschiff war, gab es auf jeder längeren Weltraumreise noch ein gewisses Risiko. Besonders bei einer Pionierfahrt wie der, zu der er sich nun anschickte...

Aber vielleicht war das genau, was er suchte – auch noch als Hundertdreijähriger (beziehungsweise, nach der komplizierten, geriatrischen Berechnungsweise der verstorbenen Professorin Katharina Rudenko, als gesunder, munterer Fünfundsechziger). Während der letzten zehn Jahre hatte er an sich eine zunehmende Unruhe beobachtet, eine vage Unzufriedenheit mit einem Leben, das zu bequem und wohlgeordnet war.

Trotz all der aufregenden Projekte, die jetzt überall im Sonnensystem in Gang waren – die Marserneuerung, die Errichtung des Merkur-Stützpunkts, die Begrünung Ganymeds – hatte es kein Ziel gegeben, auf das er seine Interessen und seine immer noch beträchtlichen Energien wirklich hätte konzentrieren können. Vor zweihundert Jahren hatte einer der er-

sten Dichter des wissenschaftlichen Zeitalters genau
ausgedrückt, was er selbst empfand, als er durch den
Mund seines Ulysses sagte:

Leben auf Leben gehäuft,
war alles noch zu wenig; und von einem
bleibt wenig nur noch mir; doch jede Stunde
bewahrt vor ew'ger Stille, ja, noch mehr,
bringt Neues: schändlich wär's,
müßt' in drei Sonnen ich mich packen
und jenen grauen Geist, der sich danach verzehrt
zu folgen der Erkenntnis wie einem sinkenden
Stern
bis über die letzte Grenze menschlichen Denkens.

Von wegen ›drei Sonnen‹! Es waren mehr als vierzig: Ulysses hätte sich für ihn geschämt. Aber die
nächste Strophe – die er so gut kannte – war noch
passender:

Mag sein, die Strudel reißen uns hinab:
mag sein, wir landen an den Glücklichen Inseln
und seh'n den großen Achill, den wir einst kannten.
Wird uns auch viel genommen, bleibt doch viel;
und haben
wir auch nicht mehr die Kraft, die einst
den Himmel und die Erde hat bewegt; wir sind
doch, was wir sind,
die immer gleiche Glut heroischer Herzen,
geschwächt von Zeit und Schicksal, stark jedoch
im Willen,
unverzagt zu kämpfen, zu suchen, und zu finden
irgendwann.

›Zu suchen, zu finden…‹ Nun, er wußte jetzt, was er suchen *und* finden würde – weil er genau wußte, wo es sein würde. Wenn nicht ein katastrophaler Unfall passierte, gab es eigentlich keine Möglichkeit, wie es ihm entgehen konnte.

Es war kein Ziel, das er je bewußt angestrebt hatte, und auch jetzt wußte er nicht genau, warum es plötzlich so dominant geworden war. Er hatte gedacht, er sei immun gegen das Fieber, von dem die Menschheit nun wieder erfaßt wurde – zum zweitenmal in seinem Leben – aber vielleicht irrte er sich. Es war auch möglich, daß die unerwartete Einladung, sich der kurzen Liste illustrer Gäste an Bord der ›Universe‹ anzuschließen, seine Fantasie beflügelt und eine Begeisterung geweckt hatte, die er nicht mehr in sich vermutet hätte.

Es gab noch eine andere Möglichkeit. Auch nach so vielen Jahren konnte er sich noch erinnern, wie wenig die Begegnung von 1985/86 die Erwartungen der breiten Öffentlichkeit erfüllt hatte. Jetzt gab es eine Chance – für ihn die letzte, die erste für die Menschheit – alle früheren Enttäuschungen mehr als wiedergutzumachen.

Damals, im zwanzigsten Jahrhundert, waren nur Vorbeiflüge möglich gewesen. Diesmal würde eine richtige Landung stattfinden, auf ihre Art eine ebenso große Pionierleistung wie die ersten Schritte von Armstrong und Aldrin auf dem Mond.

Dr. Heywood Floyd, Veteran der Jupitermission von 2010 bis 2015, ließ seine Fantasie hinausfliegen zu dem geisterhaften Besucher, der wieder einmal aus den Tiefen des Weltraums zurückkehrte und Sekunde für Sekunde an Geschwindigkeit zunahm, während er sich anschickte, die Sonne zu umrunden. Und zwischen den Umlaufbahnen von Erde und Venus würde der berühmteste aller Kometen dem jetzt noch unvollendeten Raumschiff ›Universe‹ auf dessen Jungfernflug begegnen.

Der genaue Treffpunkt war noch nicht festgelegt, aber *er* hatte seine Entscheidung bereits getroffen.

»Halley – ich komme...«, flüsterte Heywood Floyd.

2

Der erste Blick

Es ist nicht wahr, daß man erst die Erde verlassen muß, um die volle Pracht des Himmels würdigen zu können. Nicht einmal im Weltraum ist der Sternenhimmel großartiger, als wenn man ihn in einer völlig klaren Nacht, weitab von jeder künstlichen Lichtquelle von einem hohen Berg aus betrachtet. Obwohl die Sterne außerhalb der Atmosphäre heller erscheinen, kann das Auge den Unterschied nicht richtig wahrnehmen; und das überwältigende Schauspiel, die Hälfte der Himmelskugel auf einmal zu sehen, vermag kein Beobachtungsdeck zu bieten.

Heywood Floyd war jedoch mehr als zufrieden mit seiner Privataussicht auf das Universum, besonders während der Zeit, in der sich der Wohnbereich auf der Schattenseite des sich langsam drehenden Raumhospitals befand. Dann gab es in seinem rechteckigen Blickfeld nichts als Sterne, Planeten, Sternennebel – und gelegentlich, alles andere überstrahlend, das gleichmäßige Leuchten Luzifers, des neuen Rivalen der Sonne.

Etwa zehn Minuten vor dem Beginn seiner künstlichen Nacht pflegte er alle Lichter in der Kabine – sogar die rote Notbeleuchtung – auszuschalten, um sich vollständig an die Dunkelheit anzupassen. Ein wenig spät für einen Weltraumingenieur hatte er die Freuden der Astronomie mit bloßem Auge kennengelernt, und jetzt vermochte er praktisch jede Konstellation zu identifizieren, auch wenn er nur einen Teil davon erblickte.

In diesem Mai, in dem der Komet die Marsbahn passierte, hatte Floyd seinen Standort fast jede ›Nacht‹ auf den Sternenkarten nachgeprüft. Obwohl er mit einem guten Feldstecher ein leichtes Ziel war, hatte Floyd ein solches Hilfsmittel hartnäckig abgelehnt; es war ein kleines Spiel, um zu sehen, wie gut seine alternden Augen mit dieser Herausforderung zurechtkamen. Obwohl zwei Astronomen auf dem Mauna Kea behaupteten, den Kometen schon visuell beobachtet zu haben, glaubte ihnen niemand, und ähnliche Erklärungen von anderen Insassen des Pasteur waren mit noch größerer Skepsis aufgenommen worden.

Aber heute nacht war eine Helligkeit von mindestens sechster Größe vorhergesagt; vielleicht hatte er Glück. Er zog die Linie von Gamma nach Epsilon und starrte auf die Spitze eines darauf stehenden, imaginären, gleichseitigen Dreiecks – fast, als könne er seinen Blick mittels reiner Willenskraft bis über das Sonnensystem hinaus richten.

Und da war er – unauffällig und doch unverwechselbar, genau wie Floyd ihn vor sechsundsiebzig Jahren zum erstenmal gesehen hatte. Wenn er nicht genau gewußt hätte, wo er suchen mußte, hätte er ihn gar nicht bemerkt oder ihn als einen fernen Nebel abgetan.

Mit bloßem Auge war nur ein winziger, kreisförmiger Dunstfleck zu erkennen; so sehr Floyd sich auch anstrengte, er war nicht in der Lage, die Spur eines Schweifs zu entdecken. Aber die kleine Flotte von Sonden, die den Kometen seit Monaten begleitete, hatte schon die ersten Staub- und Gasausbrüche registriert, aus denen bald eine glühende Fahne über die Sterne hinweg entstehen würde, die direkt von ihrem Schöpfer, der Sonne wegzeigte.

Wie alle anderen hatte auch Heywood Floyd beobachtet, wie sich der kalte, dunkle – nein, fast *schwarze* – Nukleus veränderte, als er in den inneren Teil des Sonnensystems eintrat. Nachdem sie siebzig Jahre lang tiefgefroren gewesen war, begann die komplexe Mischung aus Wasser, Ammoniak und anderem Eis zu tauen und zu brodeln. Ein fliegender Berg, ungefähr von der Form – und der Größe – der Insel Manhattan, drehte sich alle dreiundfünfzig Stunden um einen kosmischen Spieß; wenn die Hitze der Sonne durch die isolierende Kruste drang, benahm sich Halleys Komet dank der entweichenden Gase wie ein undicht gewordener Dampfkessel. Wasserdampfsäulen, vermischt mit Staub und einem Hexengebräu organischer Stoffe, brachen aus einem halben Dutzend kleiner Krater hervor; der größte – etwa so groß wie ein Fußballfeld – eruptierte regelmäßig zwei Stunden nach Einbruch der Dämmerung auf dem Kometen. Er sah genauso aus wie ein irdischer Geysir, und man hatte ihn prompt ›Old Faithful‹ getauft.

Schon stellte sich Floyd vor, er stünde am Rande dieses Kraters und warte, daß die Sonne über der dunklen, bizarren Landschaft aufging, die er schon so gut von den im Weltraum aufgenommenen Bildern kannte. Sicher, im Vertrag stand nichts davon, daß die Passagiere – im Unterschied zur Besatzung und zum wissenschaftlichen Personal – das Schiff verlassen durften, wenn es auf Halley landete.

Andererseits stand im Kleingedruckten auch nichts, was dies ausdrücklich untersagt hätte.

Es wird nicht einfach sein, mich aufzuhalten, dachte Heywood Floyd; ich bin sicher, daß ich immer noch mit einem Raumanzug umgehen kann. Und wenn ich mich irre...

Er erinnerte sich, gelesen zu haben, daß ein Besucher des Tadsch Mahal einst bemerkt hatte: »Für so ein Monument würde ich morgen sterben.«

Er würde sich gerne mit dem Halleyschen Kometen zufriedengeben.

3

Die Rückkehr

Auch abgesehen von jenem peinlichen Unfall, war die Rückkehr auf die Erde nicht leicht gewesen.

Der erste Schock war kurz nach der Wiederbelebung gekommen, als Dr. Rudenko ihn aus seinem langen Schlaf aufgeweckt hatte. Walter Curnow war neben ihr, und Floyd merkte sogar in seinem halb benommenen Zustand, daß etwas nicht stimmte; ihre Freude, ihn wach zu sehen, war ein wenig zu übertrieben und konnte eine gewisse Anspannung nicht verbergen. Erst als er wieder völlig bei sich war, erzählten sie ihm, daß Dr. Chandra nicht mehr unter ihnen weilte.

Irgendwo jenseits des Mars, so unmerklich, daß die Monitoren den Zeitpunkt nicht genau feststellen konnten, hatte er einfach zu leben aufgehört. Seine Leiche, die man im Weltraum ausgesetzt hatte, war ungehindert auf der Bahn der ›Leonow‹ weitergeflogen und schon lange vom Feuer der Sonne verzehrt worden.

Die Todesursache war unbekannt, aber Max Brailowski brachte eine Ansicht zum Ausdruck, die, obwohl äußerst unwissenschaftlich, nicht einmal Oberstabsärztin Katharina Rudenko zu widerlegen versuchte.

»Er konnte nicht ohne Hal leben.«

Ausgerechnet Walter Curnow fügte noch einen Gedanken hinzu.

25

»Ich frage mich, wie Hal es aufnehmen wird. Irgend etwas da draußen muß alle unsere Sendungen überwachen. Früher oder später wird er es erfahren.«

Und jetzt war auch Curnow nicht mehr da – keiner war mehr da, bis auf die kleine Zenia. Er hatte sie seit zwanzig Jahren nicht mehr gesehen, aber jedes Jahr pünktlich zu Weihnachten kam eine Karte von ihr. Die letzte hing noch über seinem Schreibtisch; sie zeigte eine mit Geschenken beladene Troika, die durch den Schnee eines russischen Winters raste, beobachtet von äußerst hungrig aussehenden Wölfen.

Fünfundvierzig Jahre! Manchmal schien es ihm, als sei es erst gestern gewesen, daß die ›Leonow‹ unter dem Beifall der gesamten Menschheit in den Erdorbit zurückgekehrt war. Es war jedoch ein seltsam gedämpfter Beifall gewesen, respektvoll, aber ohne echte Begeisterung. Die Mission zum Jupiter war insgesamt zu erfolgreich gewesen; sie hatte eine Büchse der Pandora geöffnet, deren ganzer Inhalt erst noch zum Vorschein kommen mußte.

Als der unter dem Namen TMA-1 bekannte schwarze Monolith auf dem Mond ausgegraben wurde, wußten nur ein paar Menschen von seiner Existenz. Erst nach der Unglücksreise der ›Discovery‹ zum Jupiter erfuhr die Welt, daß vier Millionen Jahre zuvor eine andere Intelligenzform durch das Sonnensystem gekommen war und ihre Visitenkarte hinterlassen hatte. Die Nachricht war eine Offenbarung – aber keine Überraschung; seit Jahrzehnten hatte man etwas dergleichen erwartet.

Und das alles war geschehen, lange bevor die menschliche Rasse existierte. Obwohl der ›Discovery‹ draußen beim Jupiter ein rätselhafter Unfall zugestoßen war, gab es kein wirkliches Indiz dafür, daß es sich dabei um mehr handelte, als um eine Funktionsstörung des Schiffes. Obwohl TMA-1 sehr tiefgehende philosophische Konsequenzen hatte, war die Menschheit in der Praxis immer noch allein im Universum.

Nun stimmte das nicht mehr. Nur Lichtminuten entfernt – nach kosmischen Maßstäben nicht mehr als ein Steinwurf – gab es eine Intelligenzform, die einen Stern schaffen und – aus unerfindlichen Gründen – einen Planeten zerstören konnte, der tausendmal so groß war wie die Erde. Noch bedrohlicher war die Tatsache, daß sie sich der Existenz der Menschheit bewußt war; das zeigte die letzte Botschaft, die die ›Discovery‹ von den Jupitermonden abgestrahlt hatte, unmittelbar bevor die feurige Geburt des Luzifer sie zerstörte.

ALLE DIESE WELTEN GEHÖREN EUCH –
BIS AUF EUROPA.
VERSUCHT NIEMALS, DORT ZU LANDEN.

Der strahlende, neue Stern, der bis auf ein paar Monate in jedem Jahr, wenn er hinter der Sonne vorbeizog, die Nacht vertrieben hatte, hatte der Menschheit Hoffnung und Angst beschert. Angst – weil das Unbekannte, vor allem, wenn es in Verbindung mit Allmacht auftrat, unweigerlich solche Urgefühle erwecken mußte. Hoffnung – wegen der Veränderungen, die er in der globalen Politik bewirkt hatte.

Man hatte oft gesagt, das einzige, was die Menschheit einen könne, sei eine Bedrohung aus dem Weltraum. Ob Luzifer eine Bedrohung war, wußte niemand; aber eine Herausforderung war er sicherlich. Und wie sich herausstellte, genügte das.

Heywood Floyd hatte vom Pasteur-Hospital aus die geopolitischen Veränderungen verfolgt, fast so, als sei er selbst ein außerirdischer Beobachter. Zuerst hatte er nicht die Absicht gehabt, im Weltraum zu bleiben, nachdem er vollständig genesen war. Zum Staunen und zur Verärgerung seiner Ärzte dauerte das wirklich unvernünftig lange.

Wenn Floyd mit der Gelassenheit der späteren Jahre zurückblickte, wußte er genau, warum seine Knochen nicht hatten heilen wollen. Er wollte einfach nicht zur Erde zurückkehren: da unten, auf der blendend blauweißen Kugel, die seinen Himmel ausfüllte, gab es nichts für ihn. Es gab Zeiten, da konnte er gut verstehen, wie Chandra den Willen zum Leben verloren hatte.

Es war reiner Zufall gewesen, daß Floyd auf jenem Flug nach Europa seine erste Frau nicht begleitet hatte. Jetzt war Marion Teil eines anderen Lebens, das auch jemand anderem gehört haben könnte, und die beiden Töchter aus der Ehe mit ihr waren liebenswürdige Fremde mit eigenen Familien.

Caroline aber hatte er durch seine eigene Handlungsweise verloren, obwohl er in dieser Angelegenheit eigentlich keine Wahl gehabt hatte. Sie hatte nie verstanden (hatte er selbst es denn wirklich verstanden?), warum er das schöne Heim, das sie sich gemeinsam geschaffen hatten, verließ, um sich jahrelang in die kalten Wüsten fern der Sonne verbannen zu lassen.

Obwohl er, noch ehe die Mission halb vorüber war, gewußt hatte, daß Caroline nicht auf ihn warten wollte, hatte er verzweifelt gehofft, daß Chris ihm verzeihen würde. Aber auch dieser Trost war ihm nicht beschieden; sein Sohn war zu lange ohne Vater gewesen. Als Floyd zurückkehrte, hatte der Junge in dem Mann, der seinen Platz in Carolines Leben eingenommen hatte, schon einen neuen Vater gefunden. Die Entfremdung war nicht zu überbrücken; Floyd dachte, er würde darüber nie hinwegkommen, aber natürlich tat er es doch – in gewisser Weise.

Sein Körper hatte sich schlau mit seinen unterbewußten Wünschen verbündet. Als er nach seiner langwierigen Genesung im Pasteur endlich auf die Erde zurückgekehrt war, entwickelte er prompt so beunruhigende Symptome – darunter etwas, das verdächtig nach Knochennekrose aussah –, daß man ihn sofort und in höchster Eile wieder in den Orbit zurückbrachte. Und dort war er, abgesehen von ein paar Ausflügen zum Mond, geblieben, völlig an ein Leben in der Null- bis ein Sechstel-Schwerkraft angepaßt, die in dem langsam rotierenden Weltraumkrankenhaus herrschte.

Er war kein Einsiedler – weit gefehlt. Noch während seiner Genesungszeit diktierte er Berichte, machte Aussagen vor wer weiß wievielen Kommissionen und wurde von Medienvertretern interviewt. Er war ein berühmter Mann, und er genoß diese Erfahrung – so lange sie dauerte. Sie half ihm, seine inneren Verletzungen zu kompensieren.

Das erste, volle Jahrzehnt – 2020 bis 2030 – schien so schnell vergangen zu sein, daß es ihm jetzt schwerfiel, sich genau daran zu erinnern. Es gab die üblichen Krisen, Skandale, Verbrechen, Katastrophen – besonders das große kalifornische Erdbeben, dessen Nachwehen er fasziniert und entsetzt auf den Monitoren der Station beobachtet hatte. Bei stärkster Vergrößerung und günstigen Bedingungen waren darauf einzelne Menschen zu erkennen; aber aus seiner gottähnlichen Perspektive war es ihm unmöglich gewesen, sich mit den dahinhuschenden Punkten zu identifizieren, die aus den brennenden Städten flohen. Erst die Bodenkameras enthüllten den wahren Schrecken.

Während dieses Jahrzehnts bewegte sich, obwohl die Ergebnisse erst später offenbar werden sollten, die politische Erdkruste ebenso unerbittlich wie die geologische – jedoch im entgegengesetzten Sinne, so als liefe die Zeit rückwärts. Denn zu Anfang hatte die Erde den einzigen Superkontinent Pangäa besessen, der im Laufe der Äonen auseinandergebrochen war. Ebenso hatte sich auch die menschliche Gattung in unzählige Stämme und Nationen gespalten; jetzt schloß sie sich wieder zusammen, die alten linguistischen und kulturellen Trennungslinien begannen sich zu verwischen.

Luzifer hatte diesen Vorgang zwar beschleunigt, aber begonnen hatte er schon Jahrzehnte zuvor, als das heraufkommende Jet-Zeitalter eine weltumspannende Tourismusexplosion ausgelöst hatte. Fast gleichzeitig – es war natürlich kein Zufall – hatten Satelliten und Faseroptik das Nachrichtenwesen revolutioniert. Mit der historischen Abschaffung der Gebühren für Ferngespräche am 31. Dezember 2000 wurde jeder Telefonanruf zu einem Ortsgespräch, und die menschliche Rasse begrüßte das neue Jahrtausend, indem sie sich in eine riesige, schwatzende Familie verwandelte.

Wie bei den meisten Familien ging es nicht immer friedlich zu, aber die Streitigkeiten bedrohten nicht länger den gesamten Planeten. Im zweiten – und letzten – Atomkrieg wurden nicht mehr Bomben abgeworfen als im ersten: genau zwei. Und obwohl sie von der Kilotonnage her größer waren, gab es weit weniger Verluste, da sie beide gegen dünn besiedelte Ölförderanlagen eingesetzt wurden. Zu diesem Zeitpunkt reagierten die Großen Drei, China, die USA und die UdSSR lobenswert schnell und klug und riegelten die Kampfzone so lange ab, bis die überlebenden Kombattanten zur Vernunft gekommen waren.

In den zehn Jahren von 2020 bis 2030 war ein größerer Krieg zwischen Großmächten ebenso unvorstellbar wie im Jahrhundert zuvor ein Krieg zwischen Kanada und den Vereinigten Staaten. Das war nicht auf eine gewaltige Verbesserung der menschlichen Natur oder überhaupt auf einen einzelnen Faktor zurückzuführen, sondern einfach nur darauf, daß den Menschen das Leben lieber war als der Tod. Ein großer Teil der Friedensmaschinerie war nicht einmal bewußt geplant; noch ehe die Politiker bemerkten, was geschah, entdeckten sie, daß sie schon an Ort und Stelle war und gut funktionierte...

Kein Staatsmann, kein Idealist irgendwelcher Couleur erfand die ›Friedensgeisel‹-Bewegung. Sogar der Name wurde erst später geprägt, lange nachdem jemand festgestellt hatte, daß sich ständig hunderttausend russische Touristen in den Vereinigten

Staaten aufhielten – und eine halbe Million Amerikaner in der Sowjetunion, die meisten davon mit dem traditionellen Freizeitvergnügen beschäftigt, sich über die sanitären Einrichtungen zu beklagen. Und was vielleicht noch wichtiger war, beide Gruppen enthielten eine unverhältnismäßig große Zahl von höchst unentbehrlichen Individuen – die Söhne und Töchter Reicher, Privilegierter und politisch Mächtiger.

Und selbst wenn jemand es gewollt hätte, es war nicht länger möglich, einen Krieg in großem Maßstab zu planen. Das Zeitalter der Transparenz war in den neunziger Jahren des zwanzigsten Jahrhunderts angebrochen, als rührige Nachrichtenagenturen begonnen hatten, Fotosatelliten in den Weltraum zu schießen, in der Auflösung denen vergleichbar, die das Militär seit dreißig Jahren besaß. Das Pentagon und der Kreml waren wütend; aber sie waren Reuters, Associated Press und den stets wachen, vierundzwanzig Stunden am Tag im Einsatz befindlichen Kameras des ›Orbital News Service‹ nicht gewachsen.

Im Jahre 2060 war die Welt zwar nicht vollständig entwaffnet, aber doch wirkungsvoll befriedet, und die fünfzig noch verbliebenen Atomwaffen befanden sich alle unter internationaler Kontrolle. Es gab überraschend wenig Widerstand, als Edward VIII., jener populäre Monarch, zum ersten Planetaren Präsidenten gewählt wurde, nur ein Dutzend Staaten stimmten dagegen. Der Größe und der Bedeutung nach reichten sie von der immer noch hartnäckig neutralen Schweiz (deren Restaurants und Hotels die neue Bürokratie trotzdem mit offenen Armen aufnahmen) bis zu den noch fanatischer unabhängigen Falklands, die sich jetzt gegen alle Versuche der gereizten Briten und Argentinier, sie sich gegenseitig zuzuschieben, wehrten.

Der Abbau der riesigen parasitären Rüstungsindustrie hatte der Weltwirtschaft einen unerhörten – manchmal sogar ungesunden – Aufschwung verschafft. Nicht länger wurden lebenswichtige Rohmaterialien und brillante technische Talente praktisch wie von einem schwarzen Loch verschluckt – oder, noch schlimmer, zur Vernichtung eingesetzt. Statt dessen konnte man sie dazu verwenden, die Verwüstungen und Schlampereien von Jahrhunderten wiedergutzumachen, indem man die Welt wiederaufbaute.

Und neue Welten baute. Nun hatte die Menschheit in der Tat das ›moralische Gegenstück zum Krieg‹ gefunden und eine Herausforderung, die die überschüssigen Energien der Rasse absorbieren konnte – auf so viele Jahrtausende hinaus, wie irgend jemand nur zu träumen wagte.

4

Der Magnat

Als William Tsung geboren wurde, hatte man ihn ›das teuerste Baby der Welt‹ genannt; er behielt diesen Titel nur zwei Jahre, dann beanspruchte ihn seine Schwester. Sie hatte ihn noch immer inne, und nachdem die Familiengesetze nun außer Kraft waren, würde ihn ihr auch nie wieder jemand streitig machen.

Ihr Vater, der legendäre Sir Lawrence, wurde geboren, als China die strenge ›Ein Kind pro Familie‹-Regel wieder eingeführt hatte; seine Generation hatte Psychologen und Sozialwissenschaftlern Material für endlose Studien geliefert. Keine Brüder oder Schwestern – und in vielen Fällen auch keine Onkel oder Tanten – zu haben, das war einmalig in der Geschichte der Menschheit. Ob das Verdienst der Elastizität der Gattung oder den Vorzügen des ›Systems der erweiterten Familie‹ in China zuzuschreiben war, diese Frage würde wohl nie entschieden werden. Die Tatsache blieb bestehen, daß die Kinder jener seltsamen Zeit bemerkenswert frei von Narben waren; aber unberührt waren sie sicher nicht, und Sir Lawrence hatte auf einigermaßen spektakuläre Weise sein Bestes getan, um die Isolation seiner frühen Kindheit auszugleichen.

Als im Jahre 2022 sein zweites Kind geboren wurde, war das Genehmigungssystem Gesetz geworden. Man konnte so viele Kinder haben, wie man

34

wollte, vorausgesetzt, man bezahlte den entsprechenden Preis. (Die noch lebenden Kommunisten der alten Garde waren nicht die einzigen, die den ganzen Plan für absolut entsetzlich hielten, aber sie wurden von ihren pragmatischen Kollegen im jungen Kongreß der Demokratischen Volksrepublik überstimmt.)

Kind Nummer 1 und 2 waren gratis. Nummer 3 kostete eine Million Sol. Nummer 4 zwei Millionen. Nummer 5 vier Millionen, und so weiter. Die Tatsache, daß es, jedenfalls theoretisch, in der Volksrepublik keine Kapitalisten gab, wurde fröhlich ignoriert.

Der junge Mr. Tsung – das war natürlich Jahre, ehe König Edward ihn zum Commander of the Order of Knights of the British Empire machte – ließ nie erkennen, ob er ein bestimmtes Ziel im Auge hatte; er war immer noch ein ziemlich armer Millionär, als sein fünftes Kind geboren wurde. Aber er war erst vierzig, und als der Kauf von Hong Kong nicht ganz soviel von seinem Kapital erforderte, wie er befürchtet hatte, entdeckte er, daß ihm eine beträchtliche Menge Kleingeld zur Verfügung stand.

So berichtete es die Legende – aber wie bei vielen anderen Geschichten über Sir Lawrence war es auch hier schwierig, Tatsachen und Mythologie voneinander zu trennen. Es war sicherlich nichts Wahres an dem hartnäckigen Gerücht, daß er sein erstes Vermögen mit der berühmten, schuhschachtelgroßen Raubausgabe der ›Library of Congress‹ verdient hatte. Das gesamte Schwindelgeschäft mit den Molekularspeicherelementen spielte sich außerhalb der Erde ab und wurde dadurch ermöglicht, daß die Ver-

35

einigten Staaten es versäumt hatten, den Mondvertrag zu unterzeichnen.

Obwohl Sir Lawrence kein Multibillionär war, machte ihn der Firmenkomplex, den er aufgebaut hatte, zum größten finanziellen Machtfaktor auf der Erde – keine geringe Leistung für den Sohn eines einfachen Hausierers mit Videokassetten in einem Gebiet, das immer noch unter dem Namen ›New Territories‹ bekannt war. Wahrscheinlich merkte er die acht Millionen für Kind Nummer 6 und selbst die zweiunddreißig für Nummer 8 gar nicht. Die vierundsechzig, die er für Nummer 9 hinterlegen mußte, erregten weltweites Aufsehen, und nach Nummer 10 mögen die Wetten, die über seine künftigen Pläne abgeschlossen wurden, durchaus die zweihundertsechsundfünfzig Millionen überstiegen haben, die ihn das nächste Kind gekostet hätte. Zu dieser Zeit entschied jedoch Lady Jasmine, die die besten Eigenschaften von Stahl und Seide in bemerkenswertem Verhältnis in sich vereinigte, daß die Tsung-Dynastie ausreichend etabliert sei.

Durch einen reinen Zufall (wenn es so etwas gibt) geriet Sir Lawrence persönlich ins Weltraumgeschäft. Er war natürlich in großem Umfang an Schifffahrtsunternehmen und Fluggesellschaften beteiligt, aber darum kümmerten sich seine fünf Söhne und deren Partner. Sir Lawrences wirkliche Liebe gehörte dem Nachrichtenwesen – Zeitungen (den wenigen, die noch übrig waren), Büchern, Magazinen (auf Papier und elektronisch) und vor allem dem globalen Fernsehnetz.

Dann hatte er das wunderschöne, alte Peninsular Hotel gekauft, das dem armen Chinesenjungen einstmals als der Inbegriff von Reichtum und Macht erschienen war, und es zu seinem Wohnsitz und seinem Hauptbüro umgebaut. Er umgab es mit einem herrlichen Park, indem er einfach die riesigen Einkaufszentren unter die Erde verdrängte (seine neugegründete Laser-Ausschachtungs-Firma machte bei der Sache ein Vermögen und setzte ein Vorbild für viele andere Städte).

Als er eines Tages die unvergleichliche Silhouette der Stadt jenseits des Hafens bewunderte, entschied er, daß noch eine weitere Verbesserung nötig sei. Die Aussicht von den unteren Stockwerken des Peninsular wurde seit Jahrzehnten von einem großen Gebäude versperrt, das aussah wie ein eingedrückter Golfball. Das, so beschloß Sir Lawrence, mußte verschwinden.

Der Direktor des Planetariums von Hong Kong – weithin als eines der fünf besten der Welt angesehen – hatte andere Vorstellungen, und sehr bald stellte Sir Lawrence mit Entzücken fest, daß er jemanden gefunden hatte, den er zu keinem Preis kaufen konnte. Die beiden Männer wurden enge Freunde; aber als Dr. Hessenstein zum sechzigsten Geburtstag von Sir Lawrence eine Sondervorstellung arrangierte, wußte er nicht, daß er mithalf, die Geschichte des Sonnensystems zu verändern.

5

Aus dem Eis

Mehr als hundert Jahre, nachdem Zeiss 1924 in Jena den ersten Prototyp gebaut hatte, waren immer noch ein paar optische Planetariumsprojektoren in Betrieb, die sich eindrucksvoll über ihr Publikum erhoben. Aber Hong Kong hatte sein Instrument der dritten Generation schon vor Jahrzehnten zugunsten des wesentlich vielseitigeren, elektronischen Systems aus dem Verkehr gezogen. Die große Kuppel war im wesentlichen ein gigantischer Fernsehschirm, zusammengesetzt aus Tausenden von einzelnen Tafeln, auf denen man jedes nur vorstellbare Bild zeigen konnte.

Das Programm war – zwangsläufig – mit einer Huldigung an den unbekannten Erfinder der Rakete irgendwo in China im dreizehnten Jahrhundert eröffnet worden. Die ersten fünf Minuten waren einem kurzen historischen Überblick gewidmet, der die Verdienste der russischen, deutschen und amerikanischen Pioniere vielleicht nicht ganz gerecht darstellte, danach konzentrierte sich alles auf die Karriere von Dr. Hsue-Shen Tsien. Man konnte es seinen Landsleuten nicht verübeln, wenn sie ihn an einem solchen Ort und zu einem solchen Zeitpunkt als ebenso wichtig für die Geschichte der Raketenentwicklung erscheinen ließen wie Goddard, von Braun oder Koroilew. Und sie hatten sicher triftige Gründe, darüber entrüstet zu sein, daß man ihn wegen erfun-

38

dener Anschuldigungen in den Vereinigten Staaten inhaftierte, als er sich, nachdem er mitgeholfen hatte, das berühmte Jet Propulsion Laboratory einzurichten und zum ersten Goddard Professor des Cal Tech ernannt worden war, entschloß, in seine Heimat zurückzukehren.

Der Abschuß des ersten chinesischen Satelliten mit der Rakete ›Langer Marsch 1‹ im Jahre 1970 wurde kaum erwähnt, vielleicht, weil zu dieser Zeit die Amerikaner schon auf dem Mond herumspazierten. Ja, der Rest des 20. Jahrhunderts wurde in wenigen Minuten abgehandelt, um die Geschichte zum Jahre 2007 und zum geheimen Bau des Raumschiffs ›Tsien‹ – vor den Augen der ganzen Welt – voranzutreiben.

Der Erzähler zeigte keine ungebührliche Schadenfreude über die Bestürzung der übrigen, raumfahrenden Mächte, als das, was man für eine chinesische Raumstation gehalten hatte, plötzlich aus dem Orbit beschleunigte und auf den Jupiter zuflog, um der russisch-amerikanischen Mission der ›Kosmonaut Alexej Leonow‹ zuvorzukommen. Die Geschichte war so dramatisch – und tragisch –, daß keine Ausschmückungen erforderlich waren.

Leider gab es sehr wenig authentisches, visuelles Material, um sie zu illustrieren: das Programm mußte sich großenteils auf Trickaufnahmen und geschickte Rekonstruktionen mit Hilfe späterer Fernbeobachtungen durch Satellitenkameras stützen. Während ihres kurzen Aufenthalts auf der eisigen Oberfläche von Europa war die Besatzung der ›Tsien‹ viel zu beschäftigt gewesen, um Fernsehdokumentationen aufzuzeichnen oder auch nur eine automatische Kamera zu installieren.

Trotzdem vermittelten die damals gesprochenen Worte viel von der Dramatik jener ersten Landung auf den Jupitermonden. Der von der sich nähernden ›Leonow‹ aus von Heywood Floyd gesprochene Kommentar eignete sich großartig dafür, den richtigen Rahmen zu geben, und es standen genügend Archivaufnahmen zur Illustration zur Verfügung.

»Genau in diesem Augenblick betrachte ich Europa durch das stärkste der Schiffsteleskope; bei dieser Vergrößerung ist dieser Mond zehnmal größer als der Erdmond, wie Sie ihn mit bloßem Auge sehen. Und diese Welt sieht wirklich unheimlich aus.

Die Oberfläche ist einförmig rosa, mit ein paar kleinen braunen Flecken, überzogen von einem komplizierten Netzwerk dünner Linien, die sich in alle Richtungen ringeln und schlängeln. Sie erinnern lebhaft an ein medizinisches Schaubild von Venen und Arterien.

Ein paar dieser Linien sind Hunderte – oder sogar Tausende – von Kilometern lang und ähneln den angeblichen Kanälen, die Percival Lowell und andere Astronomen des frühen 20. Jahrhunderts auf dem Mars zu sehen glaubten.

Aber die Kanäle von Europa sind keine Einbildung – und sie sind natürlich auch nicht künstlich geschaffen. Außerdem enthalten sie tatsächlich Wasser – oder wenigstens Eis. Denn der Satellit ist fast völlig von Meer bedeckt, im Durchschnitt fünfzig Kilometer tief.

Weil Europa so weit von der Sonne entfernt liegt, ist seine Oberflächentemperatur extrem niedrig –

etwa minus hundert Grad Celsius. Daher könnte man erwarten, daß sein Meer ein einziger, massiver Eisblock ist.

Überraschenderweise ist das nicht der Fall, weil durch Gezeitenkräfte im Innern viel Wärme erzeugt wird – die gleichen Kräfte halten auf dem Nachbarsatelliten Io die großen Vulkane in Tätigkeit.

Daher ist das Eis ständig in Bewegung, es bricht auf, schmilzt, friert wieder zu und bildet Spalten und Risse wie die auf den schwimmenden Eisflächen in den Polarregionen der Erde. Dieses komplizierte Muster von Rissen sehe ich jetzt; die meisten davon sind dunkel und sehr alt – vielleicht Millionen von Jahren. Aber ein paar sind beinahe rein weiß; das sind die neuen, die sich gerade erst geöffnet haben und deren Kruste nur wenige Zentimeter dick ist.

Die ›Tsien‹ ist direkt neben einem dieser weißen Streifen gelandet – neben der fünfzehnhundert Kilometer langen Linie, die man den ›Großen Kanal‹ getauft hat. Vermutlich haben die Chinesen vor, sein Wasser in ihre Treibstofftanks zu pumpen, um das Satellitensystem des Jupiter erforschen und dann zur Erde zurückkehren zu können. Das ist vielleicht nicht ganz einfach, aber sie haben den Landeplatz sicherlich sehr sorgfältig studiert und wissen bestimmt, was sie tun.

Es ist jetzt klar, warum sie ein solches Risiko eingegangen sind – und warum sie Anspruch auf Europa erheben. Als Stützpunkt zum Auftanken könnte der Satellit der Schlüssel zum gesamten äußeren Sonnensystem sein...«

Aber so hatte es nicht funktioniert, dachte Sir Lawrence, als er sich in seinem luxuriösen Stuhl unter-

41

halb der von Streifen und Flecken überzogenen Scheibe, die den künstlichen Himmel ausfüllte, zurücklehnte. Die Meere Europas waren für die Menschheit immer noch unzugänglich, aus Gründen, die immer noch ein Geheimnis waren. Und nicht nur unzugänglich, sondern auch unsichtbar; seit Jupiter zur Sonne geworden war, waren seine beiden inneren Satelliten unter Dampfwolken verschwunden, die aus ihrem Innern heraufbrodelten. Er schaute auf Europa, wie es damals, 2010, gewesen war – nicht wie es sich heute darstellte.

Damals war er fast noch ein Junge gewesen, aber er erinnerte sich noch, mit welchem Stolz es ihn erfüllt hatte, daß seine Landsleute – so sehr er auch ihre Politik mißbilligte – unmittelbar davorstanden, als erste auf einer jungfräulichen Welt zu landen.

Natürlich war keine Kamera dagewesen, die diese Landung aufgezeichnet hätte, aber die Rekonstruktion war großartig gemacht. Man konnte wirklich glauben, daß es das unselige Raumschiff war, das dort lautlos aus dem pechschwarzen Himmel auf die Eislandschaft Europas zufiel und neben dem verfärbten Streifen aus erst vor kurzem zugefrorenem Wasser zum Stehen kam, den man den ›Großen Kanal‹ getauft hatte.

Jedermann wußte, was als nächstes passiert war; es war vielleicht klug, daß man nicht versucht hatte, es visuell zu reproduzieren. Statt dessen wurde das Bild Europas ausgeblendet und durch ein Porträt ersetzt, das jedem Chinesen so vertraut war wie das Jurij Gagarins jedem Russen.

Die erste Fotografie zeigte Rupert Chang an seinem Examenstag im Jahre 1989 – den ernsthaften, jungen Gelehrten, nicht zu unterscheiden von einer Million anderer, der nicht ahnte, daß er zwei Jahrzehnte später ein Rendezvous mit der Geschichte haben sollte.

Bei gedämpfter Musik im Hintergrund faßte der Kommentator die Höhepunkte von Dr. Changs Karriere zusammen, bis zu seiner Ernennung zum Wissenschaftsoffizier an Bord der ›Tsien‹. Dann ging es quer durch die Zeit, die Fotos wurden älter bis zum letzten, das unmittelbar vor der Mission aufgenommen worden war.

Sir Lawrence war froh darüber, daß es im Planetarium dunkel war; seine Freunde wie seine Feinde wären überrascht gewesen, wenn sie gesehen hätten, daß seine Augen feucht wurden, als er der Botschaft lauschte, die Dr. Chang auf die herannahende ›Leonow‹ gerichtet hatte, ohne zu wissen, ob man sie dort empfangen würde:

»... weiß, daß Sie an Bord der ›Leonow‹ sind... habe vielleicht nicht viel Zeit... richte die Antenne meines Raumanzugs dorthin, wo ich glaube...«

Das Signal verschwand schmerzliche Sekunden lang, dann kam es viel deutlicher, wenn auch nicht merklich lauter wieder.

»... diese Information zur Erde senden. ›Tsien‹ vor drei Stunden zerstört. Ich bin der einzige Überlebende. Benütze das Funkgerät in meinem Raumanzug – keine Ahnung, ob es genügend Reichweite hat, aber es ist die einzige Chance. Bitte hören Sie genau zu! ES GIBT LEBEN AUF EUROPA! Ich wiederhole: ES GIBT LEBEN AUF EUROPA...«

Wieder verschwand das Signal...

»... kurz nach Mitternacht Ortszeit. Wir pumpten

stetig, und die Tanks waren beinahe zur Hälfte voll. Dr. Lee und ich gingen hinaus, um die Isolierung der Rohre zu überprüfen. Die ›Tsien‹ steht – stand – etwa dreißig Meter vom Rand des ›Großen Kanals‹ entfernt – Rohre führen direkt von ihr weg und durch das Eis nach unten. Sehr dünn – es ist gefährlich, darauf zu gehen. Die warmen Aufwallungen...«

Wieder langes Schweigen...

»...kein Problem – fünf Kilowatt Beleuchtung auf dem Schiff aufgereiht – wie ein Weihnachtsbaum – schön, leuchtete direkt durch das Eis. Prachtvolle Farben – Lee sah es als erster – eine riesige, dunkle Masse, die aus den Tiefen aufstieg. Zuerst dachten wir, es sei ein Schwarm Fische – zu groß für einen einzigen Organismus –, dann aber durchbrach es das Eis...

...wie riesige Strähnen nassen Seetangs, die über den Boden krochen. Lee rannte zum Schiff zurück, um eine Kamera zu holen – ich blieb stehen, beobachtete es und berichtete über Funk. Das Wesen bewegte sich so langsam, daß ich ihm mühelos entkommen konnte. Ich war eher aufgeregt als erschrocken. Dachte, ich wüßte, um was für eine Art von Geschöpf es sich handelte – ich habe Bilder von Seetangwäldern vor Kalifornien gesehen –, aber ich lag völlig falsch.

...ich erkannte, daß es in Schwierigkeiten war. Es konnte unmöglich eine Temperatur überstehen, die hundert Grad unter der seines normalen Lebensraums lag. Es gefror durch und durch, während es sich vorwärtsbewegte – Stücke brachen ab wie Glas –, aber es näherte sich dem Schiff unaufhaltsam, eine schwarze Flutwelle, die langsamer und langsamer wurde.

Ich war immer noch so überrascht, daß ich nicht richtig denken konnte, und ich konnte mir auch nicht vorstellen, was es eigentlich vorhatte...

...kletterte das Schiff hinauf und baute dabei eine Art von Eistunnel. Vielleicht isolierte dieser Tunnel vor der Kälte – so wie sich Termiten mit ihren kleinen Lehmkorridoren vor dem Sonnenlicht schützen.

...Tonnen von Eis auf dem Schiff. Die Funkantennen brachen zuerst ab. Dann sah ich, wie die Landebeine langsam einknickten – alles in Zeitlupe, wie in einem Traum.

Erst als das Schiff sich seitwärts neigte, erkannte ich, was das Wesen vorhatte – aber da war es auch schon zu spät. Wir hätten uns retten können – wenn wir die Lichter ausgeschaltet hätten!

Es ist phototrop! Sein biologischer Zyklus wird durch das Sonnenlicht ausgelöst, das durch das Eis einsickert. Es könnte auch wie eine Motte vom Licht angezogen worden sein. Unser Flutlicht muß viel heller gewesen sein als alles, was es auf Europa jemals gegeben hat...

Dann brach das Schiff auseinander. Ich sah, wie sich der Rumpf spaltete, wie sich eine Wolke von Schneeflocken bildete, als die Feuchtigkeit kondensierte. Alle Lichter gingen aus bis auf eines, das ein paar Meter über dem Boden an einem Kabel hin- und herschwang.

Ich weiß nicht, was unmittelbar danach geschah. Das nächste, woran ich mich erinnere, ist, daß ich neben dem Schiffswrack unter dem Licht stand, rings um mich war alles mit Pulverschnee überpudert. Ich konnte meine Fußstapfen darin deutlich sehen. Ich muß dorthin gelaufen sein; vielleicht waren nicht mehr als ein oder zwei Minuten vergangen...

Die Pflanze – ich hielt es immer noch für eine Pflanze – regte sich nicht. Ich fragte mich, ob sie durch den Aufprall ebenfalls Schaden gelitten hatte; große Teile, so dick wie der Arm eines Mannes, waren abgesplittert wie zerbrochene Äste.

Plötzlich kam in den Hauptstamm wieder Bewegung. Er zog sich vom Schiffsrumpf zurück und begann auf mich zuzukriechen. Jetzt wußte ich mit Sicherheit, daß das Wesen lichtempfindlich war: Ich stand direkt unter der Tausendwattlampe, die jetzt aufgehört hatte zu schwingen.

Stellen Sie sich eine Eiche vor – noch besser, einen Banyan mit seinen vielen Stämmen und Luftwurzeln, der durch die Schwerkraft flachgepreßt ist und versucht, über den Boden zu kriechen. Das Wesen kam bis auf fünf Meter an das Licht heran, dann begann es, sich auszubreiten, bis es einen vollständigen Kreis um mich gebildet hatte. Vermutlich war damit die Toleranzgrenze erreicht – der Punkt, an dem sich die Phototropie in Abstoßung verkehrte. Danach geschah mehrere Minuten lang nichts. Ich fragte mich, ob das Wesen tot war – endlich steifgefroren.

Dann sah ich, wie sich auf vielen Ästen große Knospen bildeten. Es war, als sähe man in einem Zeitrafferfilm Blumen aufblühen. Tatsächlich dachte ich, es seien Blumen – jede etwa so groß wie der Kopf eines Menschen.

Zarte Membranen in wundervollen Farben entfalteten sich. Mir ging, all diesen wahnwitzigen Ereignissen zum Trotz, durch den Kopf, daß niemand – kein lebendes Wesen – diese Farben jemals zuvor gesehen haben konnte; sie existierten erst, als wir unsere Lichter – unsere tödlichen Lichter – in diese Welt brachten.

Ranken, Staubfäden, die ein wenig schwankten – ich ging hinüber zu der lebenden Wand, die mich umgab, um genau sehen zu können, was da passierte. Weder da, noch zu irgendeinem anderen Zeitpunkt hatte ich auch nur die geringste Angst vor dem Geschöpf empfunden. Ich war sicher, daß es nicht bösartig war – wenn es überhaupt ein Bewußtsein besaß.

Es gab Dutzende von diesen großen Blüten in verschiedenen Stadien der Entfaltung. Jetzt erinnerten sie mich an Schmetterlinge, die gerade aus der Puppe schlüpfen – mit zerknitterten Flügeln und noch geschwächt – ich kam der Wahrheit immer näher.

Aber sie erfroren – starben so schnell, wie sie entstanden waren. Dann fielen sie, eine nach der anderen, von den Mutterknospen ab. Ein paar Augenblicke lang zuckten sie noch wie Fische auf dem Trockenen – und schließlich erkannte ich, was sie wirklich waren: Diese Membranen waren keine Blütenblätter – es waren Flossen oder etwas Entsprechendes. Dies war das freischwimmende Larvenstadium des Geschöpfs. Wahrscheinlich verbringt es einen großen Teil seines Lebens auf dem Meeresgrund verwurzelt, dann schickt es seine bewegliche Nachkommenschaft auf die Suche nach neuen Lebensräumen aus, wie die Korallen in den Meeren der Erde.

Ich kniete nieder, um mir eines der kleinen Geschöpfe genauer anzusehen. Die schönen Farben verblaßten jetzt zu einem stumpfen Braun. Einige der Blütenblatt-Flossen waren abgebrochen und gefroren zu spröden, harten Scherben. Aber das Wesen bewegte sich immer noch ein wenig, und als ich näher kam, versuchte es, mir auszuweichen. Ich fragte mich, wie es meine Gegenwart wahrzunehmen vermochte.

Dann bemerkte ich, daß die ›Staubfäden‹ – wie ich sie genannt hatte – alle leuchtend blaue Punkte an den Spitzen trugen. Sie sahen aus wie winzige Sternsaphire – oder wie die blauen Augen auf der Schale einer Kammuschel –, sie konnten Licht wahrnehmen, waren aber nicht fähig, wirkliche Bilder zu formen. Während ich noch zusah, verblaßte das lebhafte Blau, die Saphire wurden zu matten, gewöhnlichen Steinen...

Dr. Floyd – oder wer sonst mich hört –, ich habe nicht mehr viel Zeit; bald wird der Jupiter meine Signale abschirmen. Aber ich bin fast fertig.

Ich wußte jetzt, was ich zu tun hatte. Das Kabel zu dieser Tausendwattlampe hing beinahe bis auf den Boden. Ich zog ein paarmal daran, und das Licht erlosch in einem Funkenregen.

Ich fragte mich, ob es zu spät war. Ein paar Minuten lang geschah gar nichts. Also ging ich zu dieser Mauer aus verschlungenen Zweigen, die mich umgab, und trat mit dem Fuß dagegen.

Langsam begann sich das Geschöpf zu entflechten und zum Kanal zurückzuziehen. Es war hell genug – ich konnte alles deutlich sehen. Ganymed und Callisto standen am Himmel – der Jupiter war eine riesige, schmale Sichel –, und auf der Nachtseite leuchtete ein gewaltiger, rosiger Schein am jupiterwärts gerichteten Ende der Strömungsröhre von Io. Ich brauchte meinen Helmscheinwerfer nicht einzuschalten.

Ich folgte dem Geschöpf bis zurück zum Wasser, spornte es mit weiteren Fußtritten an, wenn es langsamer wurde, und spürte die ganze Zeit, wie die Eisbruchstücke unter meinen Stiefeln knirschten... Als es sich dem Kanal näherte, schien es an Kraft und Energie zu gewinnen, als wisse es, daß es in seine natürliche Umwelt zurückkehrte. Ich fragte mich, ob es überleben würde, um wieder Knospen zu treiben.

Es verschwand unter der Oberfläche und ließ ein paar letzte, tote Larven auf dem fremden Land zurück. Das ungeschützte, offene Wasser sprudelte ein paar Minuten lang, bis eine Kruste schützenden Eises es vom Vakuum darüber abschloß. Dann ging ich zum Schiff zurück, um zu sehen, ob es etwas zu bergen gab...

– ich möchte nicht darüber sprechen.

Ich möchte Sie nur um zwei Dinge bitten, Doktor. Wenn die Taxonomen dieses Geschöpf klassifizieren, hoffe ich, daß sie es nach mir benennen werden.

Und wenn das nächste Schiff nach Hause fliegt – bitten Sie es, unsere sterblichen Reste nach China zurückzubringen.

In ein paar Minuten wird uns der Jupiter trennen. Ich wünschte, ich wüßte, ob jemand mich gehört hat. Ich werde diese Botschaft jedenfalls wiederholen, wenn wir wieder in Sichtverbindung sind – vorausgesetzt, die lebenserhaltenden Systeme meines Raumanzugs halten so lange durch.

Hier spricht Professor Chang auf Europa, ich

melde die Zerstörung des Raumschiffs ›Tsien‹. Wir sind neben dem Großen Kanal gelandet und haben unsere Pumpen am Rande des Eises aufgebaut...«

Das Signal brach unvermittelt ab, kehrte einen Augenblick lang zurück und ging dann völlig im Geräuschpegel unter. Es würde nie mehr eine Nachricht von Professor Chang geben; aber Lawrence Tsungs Ehrgeiz war schon auf den Weltraum gelenkt worden.

6

Die Begrünung Ganymeds

Rolf van der Berg war der richtige Mann am richtigen Platz zur richtigen Zeit; keine andere Kombination hätte funktioniert. Aber so kommt natürlich ein großer Teil der Geschichte zustande.

Er war der richtige Mann, weil er ein Afrikander-Flüchtling der zweiten Generation und ausgebildeter Geologe war; beide Faktoren waren gleichermaßen wichtig. Er war am richtigen Platz, weil das der größte der Jupitermonde sein mußte – der dritte nach außen in der Reihe Io, Europa, Ganymed, Callisto.

Die Zeit war nicht so wesentlich, denn die Information tickte schon seit mindestens zehn Jahren wie eine Zeitbombe in den Datenspeichern. Van der Berg stieß zuerst 2057 darauf, selbst dann brauchte er noch ein weiteres Jahr, um sich selbst zu überzeugen, daß er nicht verrückt war – und es wurde 2059, bis er in aller Stille die ursprünglichen Aufzeichnungen entfernt hatte, damit niemand seine Entdeckung kopieren konnte. Erst dann konnte er gefahrlos seine volle Aufmerksamkeit auf das Hauptproblem richten: was als nächstes zu tun war.

Alles hatte, wie so oft, mit einer scheinbar nebensächlichen Beobachtung angefangen, in einem Bereich, der van der Berg nicht einmal direkt betraf. Seine Aufgabe als Mitglied der Einsatztruppe für Planetentechnik war es, die natürlichen Bodenschätze von Ganymed zu untersuchen und zu katalogisie-

51

ren; es war kaum seine Sache, mit dem verbotenen Satelliten nebenan herumzuspielen.

Aber Europa war ein Rätsel, das niemand – am wenigsten seine unmittelbaren Nachbarn – lange unbeachtet lassen konnten. Alle sieben Tage zog er zwischen Ganymed und der strahlenden Minisonne vorbei, die einst Jupiter gewesen war, und erzeugte Sonnenfinsternisse, die bis zu zwölf Minuten dauern konnten. Wenn er am nächsten war, schien er etwas kleiner als der Mond, von der Erde aus gesehen, aber wenn er sich auf der anderen Seite seiner Bahn befand, schrumpfte er auf nicht mehr als ein Viertel dieser Größe zusammen.

Die Sonnenfinsternisse waren oft spektakulär. Kurz bevor Europa zwischen Ganymed und Luzifer glitt, wurde er zu einer bedrohlichen schwarzen Scheibe, von einem purpurnen Feuerring umgeben, weil das Licht der neuen Sonne durch die Atmosphäre, die mit ihrer Hilfe entstanden war, gebrochen wurde.

In weniger als einem halben Menschenleben hatte sich Europa verwandelt. Die Eiskruste der Luzifer ständig zugewandten Hemisphäre war geschmolzen, und daraus war der zweite Ozean des Sonnensystems entstanden. Zehn Jahre lang hatte er im Vakuum geschäumt und gebrodelt, bis ein Gleichgewicht erreicht worden war. Jetzt besaß Europa eine dünne, aber – wenn auch nicht für Menschen – brauchbare Atmosphäre aus Wasserdampf, Schwefelwasserstoff, Kohlen- und Schwefeldioxid, Stickstoff und verschiedenen Edelgasen. Obwohl die etwas irreführend so genannte ›Nachtseite‹ des Mondes immer noch ständig gefroren war, hatte ein Ge-

52

biet von der Größe Afrikas jetzt ein gemäßigtes Klima, Wasser in flüssiger Form und ein paar verstreute Inseln.

All das und nicht viel mehr war durch Teleskope in der Erdumlaufbahn beobachtet worden. Als im Jahre 2028 die erste, groß angelegte Expedition zu den galileischen Monden gestartet wurde, lag Europa schon unter dem Schleier einer ständigen Wolkendecke. Radarsondierungen ließen außer einem glatten Ozean auf einer Seite und fast ebenso glattem Eis auf der anderen nur wenig erkennen; Europa wurde seinem Ruf als flachstes Stück Land im ganzen Sonnensystem immer noch gerecht.

Zehn Jahre später traf das nicht mehr zu: auf Europa hatte sich ein drastischer Zwischenfall ereignet. Er wies jetzt einen Berg auf, fast so hoch wie der Everest, der aus dem Eis der Dämmerungszone herausragte. Vermutlich hatte irgendwelche Vulkantätigkeit – wie sie auf dem benachbarten Io unaufhörlich im Gange war – diese Masse Material himmelwärts gestoßen. Der gewaltig verstärkte Hitzestrom von Luzifer hätte einen solchen Vorgang auslösen können.

Aber mit dieser naheliegenden Erklärung gab es Probleme. Der Mount Zeus war eine unregelmäßige Pyramide, nicht der gewohnte Vulkankegel, und Radaraufnahmen zeigten keine der typischen Lavaströme. Einige Fotos von schlechter Qualität, durch eine kurzzeitig entstandene Lücke in den Wolken mit Hilfe von Teleskopen von Ganymed aus aufgenommen, deuteten darauf hin, daß der Berg, wie die gefrorene Landschaft ringsum, aus Eis bestand. Ganz gleich, wie es dazu gekommen war, die Entstehung des Mount Zeus war eine traumatische Erfahrung für die Welt gewesen, die er überragte, denn das gesamte, mosaikartige Muster brüchiger Eisströme über der Nachtseite hatte sich vollständig verändert.

Ein Einzelgänger von einem Wissenschaftler hatte die Theorie aufgestellt, der Mount Zeus sei ein ›kosmischer Eisberg‹ – ein Kometenfragment, das aus dem Weltraum auf Europa gestürzt sei; der übel zugerichtete Callisto lieferte zahlreiche Beweise dafür, daß solche Bombardierungen in ferner Vergangenheit vorgekommen waren. Die Theorie war auf Ganymed, dessen Kolonisten schon genügend Probleme hatten, sehr unbeliebt. Die Bewohner waren sehr erleichtert gewesen, als van der Berg diese Behauptung überzeugend widerlegte; jede Eismasse dieser Größe wäre beim Aufprall zersprungen – und wenn nicht, hätte Europas Schwerkraft, so bescheiden sie auch sein mochte, schnell den Zusammenbruch herbeigeführt. Radarmessungen zeigten, daß Mount Zeus zwar in der Tat stetig tiefer sank, seine äußere Form jedoch unverändert blieb. Eis war nicht die Antwort.

Man hätte das Problem natürlich lösen können, indem man eine Sonde durch die Wolken Europas schickte. Leider reizte das, was unter dieser fast ständigen Wolkendecke lag, nicht gerade zur Neugier.

ALL DIESE WELTEN GEHÖREN EUCH –
BIS AUF EUROPA.
VERSUCHT NIEMALS, DORT ZU LANDEN.

Diese letzte, vom Raumschiff ›Discovery‹ unmittelbar vor seiner Zerstörung gesendete Botschaft war nicht in Vergessenheit geraten, aber über ihre Auslegung hatte es endlose Diskussionen gegeben. Bezog sich ›landen‹ auch auf Robotsonden oder nur auf bemannte Fahrzeuge? Und was war mit Vorbeiflügen aus nächster Nähe – bemannt oder unbemannt? Oder mit Ballons, die in den oberen Atmosphärenschichten schwebten?

Die Wissenschaftler waren bestrebt, es herauszufinden, aber die breite Öffentlichkeit war ausgesprochen nervös. Mit einer Macht, die den gewaltigsten Planeten im Sonnensystem explodieren lassen konnte, war nicht zu spaßen. Und es würde Jahrhunderte dauern, bis man Io, Ganymed, Callisto und die Dutzende kleinerer Satelliten erforscht und ausgebeutet hatte; Europa konnte warten.

Daher hatte man van der Berg immer wieder gesagt, er solle seine kostbare Zeit nicht mit Forschungen verschwenden, die keinen praktischen Nutzen hatten, wenn es auf Ganymed soviel zu tun gab. (»Wo finden wir Kohle – Phosphor – Nitrate für die Hydroponikfarmen? Wie stabil ist die Barnard-Schicht? Besteht die Gefahr weiterer Erdrutsche in Phrygien?« – und so weiter, und so fort…) Aber er hatte die Hartnäckigkeit geerbt, für die seine burischen Vorfahren verdientermaßen berühmt waren; selbst wenn er an seinen zahlreichen anderen Projekten arbeitete, schielte er ständig über die Schulter auf Europa.

Und eines Tages, nur ein paar Stunden lang, fegte ein von der Nachtseite kommender Sturm den Himmel über dem Mount Zeus frei.

7

Abschied

›So nehm' auch ich nun Abschied von allem, was ich je besaß...‹

Aus welchen Tiefen der Erinnerung war diese Verszeile an die Oberfläche getragen worden? Heywood Floyd schloß die Augen und versuchte, sich auf die Vergangenheit zu konzentrieren. Die Zeile stammte sicher aus einem Gedicht – und er hatte kaum ein Gedicht gelesen, seit er das College verlassen hatte. Und auch damals nur sehr wenig, außer in einem kurzen Seminar zum Verständnis englischer Literatur.

Ohne weitere Hinweise brauchte der Computer der Station wohl eine Weile – vielleicht bis zu zehn Minuten –, bis er die Zeile im Corpus der englischen Literatur ausfindig gemacht hatte. Aber das wäre gemogelt (von den Kosten ganz zu schweigen), und Floyd zog es vor, die geistige Herausforderung anzunehmen.

Ein Kriegsgedicht natürlich – aber über welchen Krieg? Im zwanzigsten Jahrhundert hatte es so viele gegeben...

Er suchte noch immer in den geistigen Nebeln herum, als seine Besucher eintrafen, mit der mühelosen, zeitlupenhaften Anmut der Bewegungen, wie sie Menschen eigen ist, die seit langer Zeit bei einem Sechstel Schwerkraft leben. Die Gesellschaft des Pasteur war stark beeinflußt von einem Phänomen, das man ›zentrifugale Schichtung‹ genannt hatte; manche Leute verließen nie die Schwerelosigkeit des Zentrums, während andere, die noch hofften, eines Tages auf die Erde zurückzukehren, die Umgebung draußen am Rand der riesigen, sich langsam drehenden Scheibe bevorzugten, wo fast irdische Gewichtsverhältnisse herrschten.

George und Jerry waren jetzt Floyds älteste und engste Freunde – was überraschend war, weil sie auf den ersten Blick so wenig gemeinsam hatten. Wenn er auf sein eigenes, etwas bewegtes Gefühlsleben zurückblickte – zwei Ehen, drei formelle Verträge, zwei informelle, drei Kinder – beneidete er die beiden oft um ihre stabile Langzeitbeziehung, die offenbar völlig unberührt blieb von den ›Neffen‹ von Erde oder Mond, welche von Zeit zu Zeit zu Besuch kamen.

»Habt ihr denn *niemals* an Scheidung gedacht?« hatte er sie einmal scherzhaft gefragt.

Wie gewöhnlich war George – dessen akrobatischer, aber doch zutiefst ernsthafter Stil des Dirigierens großenteils für das Comeback des klassischen Orchesters verantwortlich gewesen war – nicht um eine Antwort verlegen gewesen.

»Scheidung – niemals«, entgegnete er schlagfertig. »Aber Mord – schon oft.«

»Natürlich würde er nie damit durchkommen«, hatte Jerry pariert. »Sebastian würde alles verraten.«

Sebastian war ein schöner und sehr geschwätziger Papagei, den das Paar nach langen Kämpfen mit der Krankenhausverwaltung hatte importieren dürfen. Er konnte nicht nur sprechen, sondern gab auch die Eröffnungstakte des Violinkonzertes von Sibelius zum besten, mit dem Jerry – tatkräftig unterstützt von Antonio Stradivari – vor einem halben Jahrhundert seinen Ruf begründet hatte.

Nun war die Zeit gekommen, sich von George, Jerry und Sebastian zu verabschieden – vielleicht nur für ein paar Wochen, vielleicht für immer. Allen anderen hatte Floyd schon Lebewohl gesagt, bei einer Reihe von Parties, die die Weinvorräte der Station stark dezimiert hatten, und ihm fiel nichts mehr ein, was noch zu tun sein könnte.

Archie, sein altes, aber immer noch völlig funktionsfähiges Komgerät, war darauf programmiert worden, alle eingehenden Nachrichten zu erledigen, entweder, indem er sie angemessen beantwortete, oder alles, was dringend und persönlich war, zu ihm auf die ›Universe‹ weiterleitete. Es würde Floyd nach all den Jahren seltsam vorkommen, nicht mehr mit jedem sprechen zu können, wenn er wollte – aber zum Ausgleich konnte er auch unerwünschten Anrufern entgehen. Nach ein paar Reisetagen würde das Schiff so weit von der Erde entfernt sein, daß Gespräche in Realzeit unmöglich wurden und jegliche Kontaktaufnahme mittels Stimmaufzeichnung oder Teletext erfolgen mußte.

»Wir dachten, du seist unser Freund«, beklagte sich George. »Es war ein schmutziger Trick, uns zu deinen Testamentsvollstreckern zu machen – noch dazu, wo du uns nichts hinterlassen willst.«

»Vielleicht gibt es noch ein paar Überraschungen«, sagte Floyd grinsend. »Außerdem wird sich Archie um alle Einzelheiten kümmern. Ich möchte nur, daß ihr meine Post überwacht, für den Fall, daß etwas dabei ist, was er nicht versteht.«

»Wenn *er* es nicht versteht, verstehen wir es erst recht nicht. Was wissen wir schon von deinen wissenschaftlichen Gesellschaften und all dem anderen Unsinn?«

»Die können sehen, wo sie bleiben. Bitte paßt auf, daß die Putzkolonne meine Sachen nicht zu sehr durcheinanderbringt, während ich weg bin, und wenn ich nicht zurückkommen sollte – hier sind ein paar persönliche Dinge, die ich gerne überbracht hätte, hauptsächlich an die Familie.«

Familie! Wenn man so lange lebte wie er, hatte das schmerzliche wie auch erfreuliche Seiten.

Es war dreiundsechzig – dreiundsechzig! – Jahre her, seit Marion bei jenem Flugzeugunglück ums Leben gekommen war. Jetzt verspürte er leichte Schuldgefühle, weil er nicht einmal mehr den Kummer in sich wachrufen konnte, den er hätte empfinden sollen. Bestenfalls war es eine synthetische Rekonstruktion, aber keine echte Erinnerung.

Was hätten sie einander bedeutet, wenn sie noch leben würde? Sie wäre gerade erst hundert Jahre alt geworden...

Und die beiden kleinen Mädchen, die er einst so geliebt hatte, waren jetzt freundliche, grauhaarige Fremde Ende der Sechzig, mit Kindern – und Enkelkindern! Bei der letzten Zählung waren es in diesem Zweig der Familie neun gewesen; ohne Archies Hilfe würde er ihre Namen nie behalten können. Aber wenigstens zu Weihnachten erinnerten sie sich alle an ihn, aus Pflichtgefühl, wenn schon nicht aus Zuneigung.

Seine zweite Ehe hatte natürlich die Erinnerungen an die erste überlagert, wie eine Schrift auf einem wiederverwendeten mittelalterlichen Palimpsest. Auch sie war zu Ende gegangen, vor fünfzig Jahren, irgendwo zwischen Erde und Jupiter. Obwohl er auf eine Versöhnung mit seiner Frau und mit seinem Sohn gehofft hatte, war zwischen all den Begrüßungszeremonien nur für eine kurze Begegnung Zeit gewesen, ehe ihn sein Unfall ins Pasteur verbannte.

Das Treffen war nicht erfolgreich verlaufen: auch das zweite nicht, das unter beträchtlichen Kosten und Schwierigkeiten direkt im Raumkrankenhaus arrangiert worden war – ja, genau in diesem Zimmer. Chris war damals zwanzig gewesen und hatte eben geheiratet; und wenn es etwas gab, was Floyd und Caroline verband, dann war es die Mißbilligung seiner Wahl.

Aber Helena hatte sich bemerkenswert gut herausgemacht: sie war Chris II, der kaum einen Monat nach der Hochzeit geboren wurde, eine gute Mutter gewesen. Und als sie, wie so viele andere junge Frauen, nach der Kopernikus-Katastrophe Witwe wurde, verlor sie nicht den Kopf.

Es lag eine seltsame Ironie in der Tatsache, daß sowohl Chris I als auch Chris II ihre Väter an den Weltraum verloren hatten, wenn auch auf sehr verschiedene Weise. Floyd war kurz zu seinem achtjährigen Sohn zurückgekehrt, als völlig Fremder; Chris II hatte wenigstens während der ersten zehn Jahre seines Lebens einen Vater gehabt, um ihn dann für immer zu verlieren.

Und wo *war* Chris zur Zeit? Weder Caroline noch Helena – die inzwischen die besten Freundinnen waren – schienen zu wissen, ob er sich auf der Erde oder

60

im Raum befand. Aber das war typisch; nur durch Postkarten mit dem Stempel ›STÜTZPUNKT CLAVIUS‹ war seine Familie von seinem ersten Besuch auf dem Mond informiert worden.

Floyds Karte hatte immer noch einen Ehrenplatz über seinem Schreibtisch. Chris II hatte viel Sinn für Humor – und für Geschichte. Er hatte seinem Großvater jene vor mehr als fünfzig Jahren gemachte Aufnahme des Monolithen geschickt, auf der er, umringt von Gestalten in Raumanzügen, aus der Tycho-Ausgrabung emporragte. Alle anderen in der Gruppe waren inzwischen tot, und der Monolith selbst befand sich nicht mehr auf dem Mond. Nach vielem Hin und Her hatte man ihn im Jahre 2006 auf die Erde gebracht und ihn – als unheimliches Gegenstück zum Hauptgebäude – auf der United Nations Plaza aufgestellt. Er hatte die Menschheit daran erinnern sollen, daß sie nicht länger alleine war; fünf Jahre später loderte Luzifer am Himmel, und eine solche Erinnerung war nicht mehr nötig.

Floyds Finger waren nicht sehr ruhig – manchmal schien seine rechte Hand einen eigenen Willen zu entwickeln –, als er die Karte ablöste und sie in die Tasche schob. Sie würde fast die einzige, persönliche Habe sein, die er mitnahm, wenn er an Bord der ›Universe‹ ging.

»Fünfundzwanzig Tage – du wirst schon wieder hier sein, ehe wir überhaupt gemerkt haben, daß du fort bist«, sagte Jerry. »Und übrigens, ist es wahr, daß ihr Dimitri an Bord habt?«

»Dieser kleine Kosak!« schnaubte George. »Ich habe damals, 2022, seine Zweite Symphonie dirigiert.«

»War das nicht damals, als sich die Erste Geige beim Largo übergeben mußte?«

»Nein – das war bei Mahler, nicht Mihailowitsch. Und außerdem war es ein Blechbläser, so daß es niemand merkte – bis auf den unglücklichen Tubaspieler, der am nächsten Tag sein Instrument verkaufte.«

»Das hast du doch erfunden!«

»Natürlich. Aber sag dem alten Schurken viele Grüße und frag ihn, ob er sich noch an die Nacht damals in Wien erinnert. Wen habt ihr sonst noch an Bord?«

»Ich habe entsetzliche Gerüchte über Preßpatrouillen gehört«, sagte Jerry nachdenklich.

»Stark übertrieben, das kann ich dir versichern. Sir Lawrence hat uns alle persönlich ausgewählt, aufgrund unserer Intelligenz, unseres Witzes, unserer Schönheit, unseres Charismas oder anderer, ausgleichender Vorzüge.«

»Entbehrlichkeit ist nicht darunter?«

»Tja, nachdem du davon anfängst, wir mußten alle ein deprimierendes, juristisches Dokument unterschreiben, das die Tsung-Raumfahrtslinien von jeder nur vorstellbaren Haftung befreit. Meine Kopie ist übrigens in diesem Ordner.«

»Gibt es eine Chance, daß wir dabei kassieren?« fragte George hoffnungsvoll.

»Nein – meine Anwälte sagen, es ist absolut wasserdicht. Tsung erklärt sich bereit, mich zu Halley und wieder zurück zu bringen und mir Essen, Wasser und ein Zimmer mit Aussicht zu geben.«

»Und als Gegenleistung?«

»Wenn ich zurückkomme, werde ich mein möglichstes tun, um für künftige Reisen zu werben, ich werde ein paarmal im Video auftreten, ein paar Artikel schreiben – alles ganz akzeptabel für die Chance meines Lebens. Ach ja – ich werde auch meine Mitreisenden unterhalten – und umgekehrt.«

»Wie? Mit Singen und Tanzen?«

»Nun, ich hoffe, ein gefesseltes Publikum mit einer Auswahl meiner Memoiren zu beglücken. Aber ich glaube nicht, daß ich mit den Profis konkurrieren kann. Habt ihr gewußt, daß Yva Merlin an Bord sein wird?«

»Was! Wie hat man sie denn aus ihrer Zelle in der Park Avenue herausgelockt?«

»Sie muß doch hundertund... oh, entschuldige.«

»Sie ist siebzig, plus oder minus fünf.«

»Vergiß das Minus. Ich war noch ein Kind, als ›Napoleon‹ rauskam.«

Es folgte eine lange Pause, während der jeder der drei seinen Erinnerungen an dieses berühmte Werk nachhing. Obwohl einige Kritiker ihre Scarlett O'Hara für ihre beste Rolle hielten, identifizierte die breite Öffentlichkeit Yva Merlin (als Evelyn Miles in Cardiff, Süd-Wales geboren) immer noch mit Josephine. Vor fast fünfzig Jahren hatte David Griffins umstrittenes Epos die Franzosen entzückt und die Briten in Rage versetzt – obwohl sich jetzt beide Seiten darin einig waren, daß er gelegentlich zugunsten seiner künstlerischen Vorstellungen mit den historischen Fakten etwas leichtfertig umgegangen war, besonders bei jener spektakulären Schlußszene, der Kaiserkrönung in der Westminster Abbey.

»Da hat Sir Lawrence wirklich einen Fang gemacht«, sagte George nachdenklich.

»Ich glaube, ich kann ein gewisses Verdienst für

63

mich in Anspruch nehmen. Ihr Vater war Astronom
– er hat einmal für mich gearbeitet –, und sie hat sich
immer ziemlich für Wissenschaft interessiert. Und
da habe ich ein paar Videogespräche geführt.«

Heywood Floyd hielt es nicht für nötig, hinzuzu-
fügen, daß er, genau wie ein ziemlich großer Teil der
übrigen Menschheit, seit dem Erscheinen von
GWTW Mark II in Yva verliebt war.

»Natürlich«, fuhr er fort, »war Sir Lawrence entzückt – aber ich mußte ihn davon überzeugen, daß
sie ein mehr als beiläufiges Interesse für Astronomie
aufbringt. Sonst könnte die Reise eine gesellschaftli-
che Katastrophe werden.«

»Dabei fällt mir etwas ein«, sagte George und zog
ein kleines Päckchen hervor, das er bisher nicht sehr
erfolgreich hinter seinem Rücken versteckt hatte.
»Wir haben ein kleines Geschenk für dich.«

»Darf ich es gleich aufmachen?«

»Glaubst du, er sollte?« fragte Jerry unsicher.

»In diesem Fall ganz bestimmt«, sagte Floyd, löste
das hellgrüne Band und wickelte das Papier ab.

Darunter befand sich ein hübsch gerahmtes Ge-
mälde. Obwohl Floyd nicht viel von Kunst verstand,
hatte er es schon gesehen; ja, wer konnte es jemals
vergessen?

Auf dem notdürftig zusammengezimmerten Floß,
das auf den Wellen herumgeschleudert wurde,
drängten sich halbnackte Schiffbrüchige, einige
schon dem Tode nahe, andere verzweifelt einem
Schiff am Horizont zuwinkend. Darunter stand:

DAS FLOSS DER MEDUSA
(Theodore Gericault, 1791–1824)

Und unter dieser Inschrift stand, unterzeichnet von George und Jerry, der Satz: »Hinzukommen ist der halbe Spaß.«

»Ihr seid zwei Bastarde, und ich liebe euch«, sagte Floyd und umarmte sie beide. Das ›ACHTUNG‹-Licht auf Archies Tastatur blinkte lebhaft; es war Zeit zu gehen.

Seine Freunde verließen ihn in einem Schweigen, das mehr sagte als Worte. Zum letztenmal blickte sich Heywood Floyd in dem kleinen Raum um, der fast sein halbes Leben lang für ihn das Universum gewesen war.

Und plötzlich fiel ihm auch ein, wie jenes Gedicht endete:

›Hier war ich glücklich; glücklich geh' ich jetzt.‹

8

Die Sternenflotte

Sir Lawrence Tsung war kein sentimentaler Mensch und viel zu sehr Kosmopolit, um ernsthaft patriotisch zu sein – obwohl er sich als Student kurze Zeit mit einem der künstlichen Pferdeschwänze geschmückt hatte, die während der Dritten Kulturrevolution getragen wurden. Aber die Neuinszenierung der ›Tsien‹-Katastrophe im Planetarium hatte ihn tief bewegt und veranlaßte ihn, einen großen Teil seines gewaltigen Einflusses und seiner Energie auf den Weltraum zu richten. Bald schon unternahm er Wochenendreisen zum Mond und hatte seinen jüngsten Sohn Charles (der ihn zweiunddreißig Millionen Sol gekostet hatte) zum Vizepräsidenten der Tsung-Astrofracht ernannt. Die neue Gesellschaft besaß nur zwei Raketen mit Katapultstarteinrichtung, Wasserstoffantrieb und weniger als tausend Tonnen Leermasse; sie würden bald veraltet sein, aber Charles konnte damit die Erfahrungen sammeln, die er, da war sich Sir Lawrence ganz sicher, in den nächsten Jahrzehnten brauchen würde. Denn nun sollte das Raumzeitalter endlich tatsächlich anbrechen.

Kaum mehr als fünfzig Jahre waren zwischen den Gebrüdern Wright und dem Beginn billigen Massentransports auf dem Luftweg vergangen; doppelt so lange hatte es gedauert, bis man sich der weitaus größeren Herausforderung des Sonnensystems stellen konnte.

Als jedoch Luis Alvarez und sein Team in den fünfziger Jahren des zwanzigsten Jahrhunderts die Muon-katalysierte Fusion entdeckt hatten, schien sie nicht mehr als eine verführerische, auf das Labor beschränkte Kuriosität von nur theoretischem Interesse zu sein. Ebenso wie der große Lord Rutherford verächtlich über die Zukunft der Atomenergie geurteilt hatte, so bezweifelte auch Alvarez selbst, daß die ›kalte Kernfusion‹ jemals praktische Bedeutung erlangen würde. Tatsächlich hatte erst 2040 mit der unerwarteten und zufälligen Erzeugung stabiler Muonium-Wasserstoff-›Verbindungen‹ ein neues Kapitel der Menschheitsgeschichte begonnen – ebenso wie die Entdeckung des Neutrons das Atomzeitalter eingeleitet hatte.

Nun konnte man kleine, tragbare Atomkraftwerke mit einem Minimum an Abschirmung bauen. In die konventionelle Kernfusion waren schon so enorme Mittel investiert worden, daß die Stromversorgungseinrichtungen der Welt anfangs davon gar nicht betroffen wurden, aber es gab eine unmittelbare Auswirkung auf die Raumfahrt; sie war nur mit der Revolutionierung der Luftfahrt durch die Düsenflugzeuge hundert Jahre zuvor vergleichbar.

Raumschiffe, die nun über unbeschränkte Energie verfügten, konnten viel höhere Geschwindigkeiten erreichen; die Flugzeiten innerhalb des Sonnensystems waren nun nach Wochen, anstatt nach Monaten oder sogar Jahren zu bemessen. Aber der Muon-Antrieb basierte immer noch auf einer Reaktion – er war eine raffinierte Rakete, im Prinzip nicht anders als ihre chemisch betriebenen Vorgänger; sie brauchte eine Arbeitsmasse, die ihr den Schub gab.

Und die billigste, sauberste und praktischste von allen war – einfaches Wasser.

Im Pazifischen Raumhafen bestand keine Gefahr, daß diese nützliche Substanz knapp wurde. Im nächsten Anlaufhafen – dem Mond – war das etwas anderes. Die ›Surveyor‹-, ›Apollo‹- und ›Luna‹-Missionen hatten keine Spur von Wasser entdeckt. Wenn der Mond jemals eigenes Wasser besessen hatte, dann war es im Lauf von Äonen durch Meteoreinschläge zum Kochen gebracht worden und in den Raum verdampft.

Das glaubten jedenfalls die Selenologen: und doch hatte es Anzeichen für das Gegenteil gegeben, seit Galileo sein erstes Teleskop auf den Mond gerichtet hatte. Einige Mondberge funkeln nach der Dämmerung ein paar Stunden lang, als wären sie mit Schnee bedeckt. Der berühmteste Fall ist der Rand des großartigen Kraters Aristarchus, den William Herschel, der Vater der modernen Astronomie, einst in der Mondnacht so hell leuchten sah, daß er zu dem Schluß kam, es müsse ein tätiger Vulkan sein. Er irrte sich; was er sah, war das Licht der Erde, reflektiert von einer dünnen, kurzlebigen Schicht Rauhreif, der sich während der dreihundert Stunden dauernden, eiskalten Dunkelheit niedergeschlagen hatte.

Die Entdeckung der großen Eislagerstätten unterhalb von Schroter's Valley, dem gewundenen Canyon, der von Aristarchus wegführte, war der letzte Faktor in der Gleichung, die die wirtschaftliche Seite der Raumfahrt verändern sollte. Der Mond konnte eine Auftankstation genau dort bieten, wo sie gebraucht wurde, hoch oben auf den äußersten Hängen des irdischen Schwerkrafttrichters, am Anfang des langen Weges zu den Planeten. Die ›Cosmos‹, das erste Schiff der Tsung-Flotte, war gebaut worden, um Fracht und Passagiere auf der Erde–Mond-Mars-Strecke zu befördern – und um, nach komplizierten Verhandlungen mit einem Dutzend Organisationen und Regierungen, als Testfahrzeug für den immer noch im Versuchsstadium befindlichen Muon-Antrieb zu dienen. Das auf den Imbrium-Werften gebaute Schiff hatte gerade genügend Schubkraft, um ohne jegliche Nutzlast vom Mond abzuheben; es verkehrte von Orbit zu Orbit und würde nie wieder auf irgendeiner Welt landen. Mit seinem gewohnten Gefühl für Publicity richtete Sir Lawrence es so ein, daß der Jungfernflug am hundersten Jahrestag des Sputnikstarts, am 2. Oktober 2057 begann.

Zwei Jahre später bekam die ›Cosmos‹ ein Schwesterschiff. Die ›Galaxy‹ sollte die Erde–Jupiter-Strecke befliegen und hatte genügend Schubkraft, um direkt einen der Jupitermonde anzusteuern – wozu sie allerdings auf eine beträchtliche Menge Nutzlast verzichten mußte. Wenn nötig, konnte sie sogar zu ihrem Liegeplatz auf den Mond zurückkehren, um neu ausgerüstet zu werden. Sie war bei weitem das schnellste Fahrzeug, das der Mensch je gebaut hatte: wenn sie ihre gesamte Treibstoffmasse in einem Orgasmus der Beschleunigung verbrannte, konnte sie eine Geschwindigkeit von tausend Kilometern in der Sekunde erreichen – damit kam sie in einer Woche von der Erde zum Jupiter (– und in nicht viel mehr als zehntausend Jahren zum nächsten Stern).

Das dritte Schiff der Flotte – und die Freude und der Stolz von Sir Lawrence – vereinigte in sich alles, was man beim Bau seiner beiden Schwestern gelernt hatte. Aber die ›Universe‹ war nicht in erster Linie als Frachtschiff gedacht. Sie sollte von Anfang an als erstes Passagierschiff die Raumstraßen befliegen – bis hinaus zum Saturn, dem Juwel des Sonnensystems.

Sir Lawrence hatte für den Jungfernflug etwas noch Spektakuläreres geplant, aber Bauverzögerungen, ausgelöst durch einen Streit mit der Lastwagenfahrergewerkschaft hatten seinen Terminplan durcheinandergebracht. Es blieb gerade noch Zeit für die ersten Flugtests und die Zulassung durch Lloyd in den letzten Monaten des Jahres 2060, ehe die ›Universe‹ die Erdumlaufbahn verließ und zu ihrem Rendezvous flog. Es würde sehr knapp werden: der Halleysche Komet wartete nicht, nicht einmal auf Sir Lawrence Tsung.

9

Mount Zeus

Der Beobachtungssatellit Europa VI war seit fast fünfzehn Jahren im Orbit gewesen und hatte somit weit mehr als seine geschätzte Lebensdauer erreicht; ob man ihn ersetzen sollte, war Anlaß zu ausgedehnten Debatten in der kleinen Wissenschaftlergemeinde auf Ganymed.

Der Satellit war mit dem üblichen Sortiment von Instrumenten zur Datensammlung und außerdem mit einem inzwischen praktisch nutzlosen Bildübertragungssystem ausgerüstet. Obwohl es noch einwandfrei funktionierte, zeigte es normalerweise von Europa nur eine geschlossene Wolkendecke. Das überarbeitete Wissenschaftlerteam auf Ganymed überflog die Aufzeichnungen einmal pro Woche im Schnellverfahren und gab dann die nicht bearbeiteten Daten an die Erde weiter. Alles in allem würden sie ziemlich erleichtert sein, wenn Europa VI den Geist aufgab und der Strom uninteressanter Gigabytes endlich versiegte.

Nun hatte der Satellit zum erstenmal seit Jahren etwas Aufregendes hervorgebracht.

»Orbit 71934«, sagte der stellvertretende Chefastronom, der van der Berg gleich gerufen hatte, als die letzte Datenladung ausgewertet war. »Kommt von der Nachtseite – steuert direkt auf Mount Zeus zu. Sie werden aber in den nächsten zehn Sekunden noch nichts sehen.«

Der Bildschirm war vollkommen schwarz, aber van der Berg konnte sich vorstellen, wie die gefrorene Landschaft tausend Kilometer unter der Wolkendecke dahinrollte. In wenigen Stunden würde dort die ferne Sonne scheinen, denn Europa drehte sich alle sieben Erdtage einmal um seine eigene Achse. Die ›Nachtseite‹ hätte eigentlich ›Dämmerseite‹ heißen müssen, denn die Hälfte der Zeit bekam sie reichlich Licht – wenn auch keine Wärme. Der unpräzise Name war jedoch hängengeblieben, weil er eine gefühlsmäßige Berechtigung besaß: Europa kannte einen Sonnenaufgang, aber nie einen Luziferaufgang.

Und dieser Sonnenaufgang kam jetzt, tausendfach beschleunigt von der dahinrasenden Sonde. Ein schwach leuchtender Streifen teilte den Schirm, als der Horizont aus der Dunkelheit auftauchte.

Die Lichtexplosion kam so plötzlich, daß van der Berg sich fast vorstellen konnte, er schaue in den grellen Detonationsblitz einer Atombombe. Im Bruchteil einer Sekunde durchlief die Lichterscheinung alle Farben des Regenbogens, wurde rein weiß, als die Sonne über den Berg sprang – und verschwand, als die automatischen Filter den Schaltkreis unterbrachen.

»Das ist alles; schade, daß zu der Zeit kein Techniker im Dienst war – er hätte die Kamera nach unten schwenken können und einen guten Blick auf den Berg bekommen, als wir darüberflogen. Aber ich wußte, daß Sie das gerne sehen würden – obwohl es Ihre Theorie widerlegt.«

»Wieso?« fragte van der Berg, eher erstaunt als ärgerlich.

»Wenn Sie sich das ganze in Zeitlupe ansehen, werden Sie verstehen, was ich meine. Diese wunderbaren Regenbogeneffekte – die sind nicht atmosphärisch – sie werden *vom Berg selbst* erzeugt. Das könnte nur Eis. Oder Glas – was aber nicht sehr wahrscheinlich ist.«

»Aber nicht unmöglich – Vulkane können Naturglas erzeugen – aber das ist gewöhnlich schwarz... natürlich!«

»Ja?«

»Ah – ich will mich nicht festlegen, ehe ich die Daten überprüft habe. Aber ich würde auf Bergkristall tippen – durchsichtigen Quarz. Man kann wunderbare Prismen und Linsen daraus machen. Besteht denn irgendeine Möglichkeit, daß wir weitere Beobachtungen von diesem Phänomen machen können?«

»Ich fürchte, nein – das war ein reiner Glücksfall – Sonne, Berg, Kamera, alles zur richtigen Zeit zur Stelle. Das passiert in tausend Jahren nicht wieder.«

»Trotzdem, vielen Dank – können Sie mir eine Kopie davon rüberschicken? Es eilt nicht – ich gehe gerade auf eine Exkursion nach Perrine und kann sie mir erst ansehen, wenn ich wieder zurück bin.«

Van der Berg ließ ein kurzes, ziemlich verlegenes Lachen hören. »Wissen Sie, wenn das wirklich Bergkristall ist, wäre es ein Vermögen wert. Könnte sogar dazu beitragen, unsere Probleme mit der Zahlungsbilanz zu lösen...«

Aber das war natürlich nur ein Hirngespinst. Was für Wunder – oder Schätze – Europa auch immer bieten mochte, man hatte der menschlichen Rasse mit jener letzten Botschaft von der ›Discovery‹ den Zugang dazu verboten. Fünfzig Jahre später deutete nichts darauf hin, daß dieses Verbot jemals aufgehoben werden würde.

10

Das Narrenschiff

Während der ersten achtundvierzig Stunden der Reise konnte Heywood Floyd den Komfort, die Geräumigkeit – die schiere Extravaganz des Wohnbereichs der ›Universe‹ kaum fassen. Doch die meisten seiner Mitreisenden nahmen das als selbstverständlich hin; diejenigen, die die Erde noch nie zuvor verlassen hatten, setzten voraus, daß *alle* Raumschiffe so sein müßten.

Er mußte auf die Geschichte der Luftfahrt zurückblicken, um alles in die richtige Perspektive zu rücken. Er war in seinem Leben Zeuge der Revolution gewesen – hatte sie sogar am eigenen Leibe erfahren –, die am Himmel des Planeten, der jetzt hinter ihm zusammenschrumpfte, stattgefunden hatte. Zwischen der plumpen, alten ›Leonow‹ und der hochentwickelten ›Universe‹ lagen genau fünfzig Jahre. (Gefühlsmäßig konnte er das eigentlich gar nicht glauben – aber gegen die Arithmetik anzukämpfen, war sinnlos.)

Und genau fünfzig Jahre hatten die Gebrüder Wright von den ersten Düsenflugzeugen getrennt. Zu Anfang jenes halben Jahrhunderts waren unerschrockene Flieger von Feld zu Feld gehüpft, mit Schutzbrillen, auf offenen Sitzen vom Wind gezaust; an seinem Ende hatten Großmütter bei tausend Stundenkilometern friedlich zwischen Kontinenten geschlummert.

Daher hätte er vielleicht nicht über den Luxus und die elegante Ausstattung seiner Kabine zu staunen brauchen, nicht einmal über die Tatsache, daß er einen Steward hatte, um sie in Ordnung zu halten. Das großzügig bemessene Fenster war das Überraschendste an seiner Suite, und anfangs war ihm gar nicht wohl bei dem Gedanken an die Tonnen von Luftdruck, die es von dem unerbittlichen und ständig drohenden Vakuum des Weltraums zurückhielt.

Die größte Überraschung war jedoch, obwohl ihn das zuvor studierte Informationsmaterial darauf hätte vorbereiten sollen, das Vorhandensein von Schwerkraft. Die ›Universe‹ war das erste je gebaute Raumschiff, das ständig unter Beschleunigung stehen sollte, bis auf die wenigen Stunden des ›Wendepunkts‹ in der Mitte der Reise. Wenn ihre riesigen Treibstofftanks mit fünftausend Tonnen Wasser voll beladen waren, kam sie auf ein Zehntel g – nicht viel, aber genug, um lose Gegenstände nicht herumschweben zu lassen. Das war besonders bei den Mahlzeiten angenehm – obwohl die Passagiere ein paar Tage brauchten, bis sie lernten, ihre Suppe nicht zu heftig umzurühren.

Achtundvierzig Stunden nach dem Start von der Erde hatte sich die Bevölkerung der ›Universe‹ schon in vier deutlich unterschiedene Klassen geschichtet.

Die Aristokratie bestand aus Kapitän Smith und seinen Offizieren. Als nächstes kamen die Passagiere; dann die Besatzung – untere Ränge und Stewards. Und schließlich das Zwischendeck...

Diese Bezeichnung hatten sich die fünf jungen Weltraumwissenschaftler selbst gegeben, zuerst im Scherz, aber später mit einem gewissen Quantum an

Bitterkeit. Als Floyd ihre beengten, behelfsmäßig ausgestatteten Unterkünfte mit seiner eigenen Luxuskabine verglich, konnte er ihren Standpunkt verstehen und wurde bald das Sprachrohr für ihre Klagen beim Kapitän.

Wenn man jedoch alles berücksichtigte, hatten sie wenig Grund zum Murren; in der Hektik der Fertigstellung des Schiffs hatte es auf des Messers Schneide gestanden, ob man sie und ihre Ausrüstung überhaupt noch unterbringen konnte. Nun durften sie sich darauf freuen, während der kritischen Tage, ehe der Komet die Sonne umrundete und wieder in die äußeren Gefilde des Sonnensystems abwanderte, überall um ihn herum – und *auf* ihm – Instrumente zu stationieren. Die Angehörigen des Wissenschaftlerteams würden auf dieser Reise ihren Ruf begründen, und das wußten sie. Nur in Augenblicken der Erschöpfung oder der Wut auf mangelhaft funktionierende Geräte begannen sie, sich über das lärmende Lüftungssystem, die Platzangst auslösenden Kabinen und gelegentliche sonderbare Gerüche unbekannter Herkunft zu beschweren.

Aber nie über das Essen, das nach einhelliger Meinung ausgezeichnet war. »Viel besser«, versicherte ihnen Kapitän Smith, »als Darwin es auf der ›Beagle‹ bekam.«

Worauf Victor Willis schlagfertig geantwortet hatte: »Woher will *er* denn das wissen? Und übrigens hat sich der Kommandant der ›Beagle‹ die Kehle durchgeschnitten, als er nach England zurückkam.«

Das war recht typisch für Victor, der vielleicht der bekannteste Wissenschaftsjournalist des Planeten –

für seine Fans – oder Pop-Wissenschaftler – für seine ebenso zahlreichen Gegner war. Es wäre unfair gewesen, sie als Feinde zu bezeichnen; seine Talente wurde allgemein, wenn auch gelegentlich widerstrebend bewundert. Sein weicher, mittelpazifischer Akzent und seine überschwenglichen Gesten vor der Kamera wurden weithin parodiert, und man rechnete es ihm als Verdienst an – oder legte es ihm zur Last –, daß der Vollbart wieder in Mode gekommen war. »Ein Mensch, der sich *so viele* Haare wachsen läßt«, so sagten seine Kritiker gerne, »*muß* viel zu verbergen haben.«

Er war unter den sechs VIPs – obwohl Floyd, der sich selbst nicht länger als Berühmtheit ansah, immer ironisch von den ›Berühmten Fünf‹ sprach – sicher derjenige, der am leichtesten zu erkennen war. Yva Merlin konnte bei den seltenen Gelegenheiten, bei denen sie ihre Wohnung verließ, oft unerkannt auf der Park Avenue spazierengehen. Dimitri Mihailowitsch war zu seinem großen Verdruß gut zehn Zentimeter kleiner als der Durchschnitt; vielleicht war dies eine Erklärung für seine Vorliebe für tausendköpfige – wirkliche oder mit Synthesizer erzeugte – Orchester, aber es verbesserte sein Image in der Öffentlichkeit nicht.

Clifford Greenberg und Margaret M'Bala gehörten ebenfalls in die Kategorie der ›berühmten Unbekannten‹ – obwohl sich das sicher ändern würde, wenn sie auf die Erde zurückkehrten. Der erste Mann, der auf dem Merkur gelandet war, hatte eines jener netten Alltagsgesichter, an die man sich nur sehr schwer erinnert; außerdem lag die Zeit, in der er die Nachrichtensendungen beherrscht hatte, nun dreißig Jahre zurück. Und wie die meisten Autoren, die nicht nach Talkshows und Signierstunden süchtig sind, wäre Ms. M'Bala von der überwiegenden Mehrheit ihrer Millionen von Lesern nicht erkannt worden.

Ihr literarischer Erfolg war eine der Sensationen der vierziger Jahre gewesen. Eine wissenschaftliche Studie des griechischen Götterhimmels war gewöhnlich kein Anwärter für die Bestsellerliste, aber Ms. M'Bala hatte die auf ewig unerschöpflichen Mythen in das Umfeld des modernen Weltraumzeitalters gestellt. Namen, die hundert Jahre zuvor nur Astronomen und klassischen Gelehrten vertraut gewesen waren, gehörten nun ins Weltbild jedes gebildeten Menschen; fast jeden Tag gab es Nachrichten von Ganymed, Callisto, Io, Titan, Iapetus – oder von noch unbedeutenderen Welten wie Carme, Pasiphae, Hyperion, Phoebe...

Ihrem Buch wäre trotzdem nur ein mäßiger Erfolg beschieden gewesen, hätte sie sich nicht auf das komplizierte Familienleben (und noch vieles andere) von Jupiter-Zeus, dem Vater aller Götter konzentriert. Und durch einen Glücksfall hatte ein genialer Lektor den ursprünglichen Titel: ›Der Blick vom Olymp‹ in ›Die Leidenschaften der Götter‹ umgeändert. Neidische Akademiker sprachen gewöhnlich von den ›Olympischen Lüsten‹, wünschten sich aber ausnahmslos, sie hätten das Buch geschrieben.

Nicht überraschend war es, daß Maggie M. – wie sie von ihren Mitreisenden bald getauft wurde – als erste den Begriff ›Narrenschiff‹ gebrauchte. Victor Willis übernahm ihn bereitwillig und entdeckte bald eine faszinierende, historische Parallele. Fast ein

Jahrhundert zuvor war Katherine Anne Porter selbst mit einer Gruppe von Wissenschaftlern und Schriftstellern auf einem Ozeandampfer gefahren, um den Start von ›Apollo 17‹ und das Ende der ersten Phase der Monderforschung zu beobachten.

»Ich werde darüber nachdenken«, hatte Ms. M'Bala unheilverkündend bemerkt, als man ihr dies berichtete. »Vielleicht ist es Zeit für eine dritte Version. Aber das kann ich natürlich erst sagen, wenn wir zur Erde zurückkommen...«

11

Die Lüge

Es dauerte viele Monate, bis Rolf van der Berg erneut seine Gedanken und seine Energien auf den Mount Zeus richten konnte. Ganymed zu zähmen war mehr als eine Vollzeitbeschäftigung, und er war wochenlang ununterbrochen von seinem Hauptbüro im Stützpunkt Dardanus abwesend, um die Route der geplanten Einschienenbahn von Gilgamesch nach Osiris zu vermessen.

Die Geographie des dritten und größten galileischen Mondes hatte sich, seit Jupiter zur Minisonne geworden war, drastisch verändert – und veränderte sich immer noch weiter. Die neue Sonne, die das Eis Europas geschmolzen hatte, war hier, vierhunderttausend Kilometer weiter draußen, nicht so stark – aber sie war warm genug, um im Zentrum der ihr ständig zugewandten Seite ein gemäßigtes Klima zu erzeugen. Es gab nach Norden und Süden bis zum vierzigsten Breitengrad kleine, seichte Meere – einige so groß wie das Mittelmeer der Erde. Von den Landkarten, die die ›Voyager‹-Mission damals im zwanzigsten Jahrhundert erstellt hatten, war nicht mehr viel übrig. Schmelzender Dauerfrostboden und gelegentliche tektonische Bewegungen, ausgelöst von denselben Gezeitenkräften, die auf die beiden inneren Monde einwirkten, machten den neuen Ganymed zum Alptraum jedes Kartographen.

Aber genau diese Faktoren machten ihn auch zu

einem Paradies für Planetentechniker. Hier war, abgesehen von dem trockenen und viel weniger einladenden Mars die einzige Welt, auf der der Mensch sich eines Tages ohne Schutz unter freien Himmel würde bewegen können. Ganymed besaß reichlich Wasser, alle für das Leben notwendigen Chemikalien und – wenigstens solange Luzifer schien – ein wärmeres Klima als große Teile der Erde.

Das beste war, daß man keine vollständigen Raumanzüge mehr zu tragen brauchte; die Atmosphäre war zwar noch nicht atembar, aber gerade dicht genug, um den Gebrauch einfacher Gesichtsmasken und Sauerstoffzylinder zu gestatten. In einigen Jahrzehnten – so versprachen die Mikrobiologen, obwohl sie sich nur recht vage über genaue Daten äußerten – konnte man sogar diese weglassen. Schon hatte man auf der Oberfläche von Ganymed sauerstofferzeugende Bakterienstämme ausgesetzt; die meisten waren eingegangen, aber einige waren gediehen, und die langsam ansteigende Kurve auf dem Atmosphäreanalyse-Diagramm war das erste, was man allen Besuchern von Dardanus voller Stolz vorführte.

Lange Zeit hatte van der Berg ein wachsames Auge auf die Informationen, die von Europa VI hereinströmten, und hoffte, daß die Wolken eines Tages wieder genau dann aufreißen würden, wenn der Satellit über dem Mount Zeus vorbeizog. Er wußte, daß die Chancen dagegen standen, aber solange es auch nur die leiseste Möglichkeit gab, machte er keine Anstalten, irgendeine andere Forschungsrichtung einzuschlagen. Es hatte keine Eile, er hatte viel wichtigere Arbeiten zu erledigen – und überhaupt, viel-

82

leicht stellte sich die Erklärung als etwas ganz Triviales und Uninteressantes heraus.

Dann versagte Europa VI plötzlich den Dienst, vermutlich die Folge eines zufälligen Meteoraufpralls. Unten auf der Erde hatte Victor Willis sich – nach Ansicht vieler – ziemlich zum Narren gemacht, als er die ›Eurospinner‹ interviewte, die jetzt mehr als ausreichend die Lücke füllten, die die UFO-Begeisterten des letzten Jahrhunderts hinterlassen hatten. Einige von ihnen behaupteten, das Versagen der Sonde sei auf feindliche Aktionen der darunterliegenden Welt zurückzuführen: die Tatsache, daß man sie ungestört fünfzehn Jahre lang hatte arbeiten lassen – fast doppelt so lange wie die geschätzte Lebensdauer – kümmerte sie nicht im mindesten. Zu Victors Ehre sei gesagt, daß er diesen Punkt betonte und auch die meisten anderen Argumente der Sektierer entkräftete: man war sich trotzdem allgemein einig, daß er ihnen von vornherein keine Reklame hätte verschaffen sollen.

Für van der Berg, dem die Bezeichnung ›sturer Holländer‹, mit der ihn seine Kollegen beschrieben, sehr behagte und der tat, was er konnte, um ihr gerecht zu werden, war das Veragen von Europa VI eine Herausforderung, der er nicht widerstehen konnte. Es gab nicht die leiseste Hoffnung, finanzielle Mittel für einen Ersatz zu bekommen, denn das Verstummen der geschwätzigen und peinlich langlebigen Sonde war mit beträchtlicher Erleichterung aufgenommen worden.

Was war also die Alternative? Van der Berg überlegte, welche Möglichkeiten er sonst noch hatte. Da er Geologe und kein Astrophysiker war, dauerte es mehrere Tage, bis er plötzlich erkannte, daß die Antwort vor seiner Nase lag, seit er auf Ganymed gelandet war.

Afrikaans ist eine der besten Sprachen auf der Welt, wenn es ums Fluchen geht; selbst wenn sie höflich gesprochen wird, kann sie harmlose Unbeteiligte verletzen. Van der Berg ließ ein paar Minuten lang Dampf ab; dann meldete er ein Gespräch zum Tiamat-Observatorium an – das stand genau am Äquator und hatte die winzige, blendendhelle Scheibe des Luzifers stets senkrecht über sich.

Astrophysiker, die sich mit den spektakulärsten Objekten im Universum befassen, neigen dazu, kleine Geologen, die sich ihr Leben lang mit so winzigen, unordentlichen Dingen wie Planeten beschäftigen, von oben herab zu behandeln. Aber hier draußen im Grenzland half jeder jedem, und Dr. Wilkins gab sich nicht nur interessiert, sondern sogar wohlwollend.

Das Tiamat-Observatorium war zu einem einzigen Zweck errichtet worden, der auch einer der Hauptgründe für den Bau eines Stützpunkts auf Ganymed gewesen war. Das Studium Luzifers war von enormer Bedeutung, nicht nur für die reine Wissenschaft, sondern auch für Atomtechniker, Meteorologen, Ozeanographen – und nicht zuletzt für Staatsmänner und Philosophen. Daß es Wesen gab, die einen Planeten in eine Sonne verwandeln konnten, war ein schwindelerregender Gedanke, der vielen den Schlaf geraubt hatte. Die Menschheit tat gut daran, über diesen Vorgang soviel in Erfahrung zu bringen, wie sie nur konnte; vielleicht bestand eines

Tages die Notwendigkeit, ihn zu imitieren – oder zu verhindern...

Und so beobachtete Tiamat seit mehr als zehn Jahren Luzifer mit allen nur möglichen Instrumenten, zeichnete ständig sein Spektrum auf der gesamten, elektromagnetischen Bandbreite auf und sondierte auch aktiv mit Radar, von einem bescheidenen Hundert-Meter-Reflektor aus, der über einem kleinen Aufschlagkrater hing.

»Ja«, sagte Dr. Wilkins, »wir haben uns Europa und Io oft angesehen. Aber unser Strahl ist fest auf Luzifer gerichtet, deshalb haben wir sie nur ein paar Minuten lang im Blickfeld, wenn sie vorbeiziehen. Und Ihr Mount Zeus ist drüben, auf der Tagseite – deshalb ist er für uns ständig verdeckt.«

»Das ist mir schon klar«, sagte van der Berg ein wenig ungeduldig. »Abr könnten Sie den Strahl nicht ein ganz klein wenig versetzen, so daß man einen Blick auf Europa werfen könnte, ehe er direkt auf einer Linie mit Luzifer ist? Mit zehn oder zwanzig Grad kämen Sie weit genug auf die Tagseite hinüber.«

»*Ein* Grad würde genügen, um an Luzifer vorbeizutreffen und Europa auf der anderen Seite seines Orbits voll ins Bild zu bekommen. Aber dann wäre es mehr als dreimal so weit entfernt, und wir bekämen nur ein Hundertstel der reflektierten Energie. Könnte aber funktionieren: versuchen werden wir es. Geben Sie mir die Einzelheiten über Frequenzen, Gruppenlaufzeit, Polarisation und was Ihre Leute von der Fernaufklärung sonst noch für hilfreich halten. Es wird nicht lange dauern, ein Phasenverschiebungsnetz aufzubauen, das den Strahl um ein paar

Grad schwenkt. Mehr kann ich Ihnen nicht sagen – wir haben uns mit diesem Problem noch nie beschäftigt. Aber vielleicht hätten wir es tun sollen – was erwarten Sie überhaupt auf Europa zu finden, außer Wasser und Eis?«

»Wenn ich das wüßte«, sagte van der Berg munter, »würde ich Sie ja nicht um Hilfe bitten, oder?«

»Und *ich* würde nicht verlangen, mit vollem Namen erwähnt zu werden, wenn Sie veröffentlichen. Nur schade, daß mein Name am Ende des Alphabets steht; sie sind nur einen Buchstaben vor mir.«

Das war vor einem Jahr gewesen: die Fernaufnahmen waren nicht gut genug geworden, und den Strahl zu versetzen, um kurz vor der Konjunktion einen Blick auf die Tagseite von Europa werfen zu können, hatte sich als schwieriger herausgestellt als erwartet. Aber endlich waren die Ergebnisse da; die Computer hatten sie verarbeitet, und van der Berg war der erste Mensch, der eine mineralogische Karte des post-luziferischen Europa betrachtete.

Er bestand, wie Dr. Wilkins vermutet hatte, hauptsächlich aus Eis und Wasser, außerdem gab es Felsvorsprünge aus Basalt mit eingestreuten Schwefelablagerungen. Aber zwei Dinge fielen aus dem Rahmen:

Das eine schien durch den Abbildungsprozeß künstlich erzeugt zu sein; es gab da eine absolut geradlinige, zwei Kilometer lange Formation, die praktisch kein Radarecho aufwies. Van der Berg überließ es Dr. Wilkins, sich darüber den Kopf zu zerbrechen: ihn interessierte nur der Mount Zeus.

Er hatte lange für die Identifizierung gebraucht, weil nur ein Verrückter – oder ein wirklich zu allem entschlossener Wissenschaftler – es sich hätte träumen lassen, daß so etwas möglich war. Selbst jetzt konnte er es noch nicht glauben, obwohl er jeden Parameter bis an die äußerste Grenze der Genauigkeit geprüft hatte. Und er hatte sich nicht einmal ansatzweise überlegt, wie er weiter verfahren wollte.

Als Dr. Wilkins, dem viel daran gelegen war, daß sich sein Name und sein Ruf durch die Datenspeicher verbreiteten, ihn anrief, nuschelte er, er sei noch immer dabei, die Ergebnisse zu analysieren. Aber schließlich konnte er es nicht länger aufschieben.

»Nichts besonders Aufregendes«, erklärte er seinem ahnungslosen Kollegen. »Nur eine seltene Form von Quarz – ich bin immer noch dabei, ihn mit Proben von der Erde zu vergleichen.«

Das war das erstemal, daß er einen Wissenschaftlerkollegen angelogen hatte, und es war ihm schrecklich unangenehm.

Aber was hatte er für eine Wahl?

12

Ohm Paul

Rolf van der Berg hatte seinen Onkel Paul seit zehn
Jahren nicht mehr gesehen, und es war unwahrscheinlich, daß sie sich jemals wieder persönlich begegnen würden. Und doch empfand er eine sehr
enge Verbundenheit mit dem alten Wissenschaftler –
dem letzten seiner Generation und dem einzigen,
der sich (wenn er das wollte, was selten vorkam) an
die Lebensweise seiner Vorfahren erinnern konnte.

Dr. Paul Kreuger – ›Ohm Paul‹ für seine gesamte
Familie und die meisten seiner Freunde – war immer
da, wenn man ihn brauchte und stand einem entweder persönlich oder am anderen Ende einer fünfhundert Millionen Kilometer langen Funkverbindung
mit Informationen und Ratschlägen zur Seite. Es
ging das Gerücht, daß nur extremer, politischer
Druck das Nobelpreiskomitee hatte zwingen können
– sehr widerwillig –, seine Beiträge zur Mikrophysik
zu übergehen, die jetzt, nach dem großen Aufräu-
men am Ende des zwanzigsten Jahrhunderts, wieder
fürchterlich durcheinandergeraten war.

Wenn das stimmte, war Dr. Kreuger deshalb nicht
böse. Er war bescheiden und anspruchslos und hatte
keine persönlichen Feinde, nicht einmal in den Rei-
hen seiner untereinander zerstrittenen, ebenfalls in
der Verbannung lebenden Landsleute. Ja, er wurde
so allgemein geachtet, daß man ihn mehrmals eingeladen hatte, die Vereinigten Staaten von Südafrika

wieder zu besuchen, das hatte er jedoch immer höflich abgelehnt – nicht, wie er sich zu erklären beeilte, weil er glaubte, daß ihm in den USSA Gefahr für Leib und Leben drohte, sondern weil er fürchtete, daß ihn das Heimweh überwältigen würde.

Obwohl van der Berg sicherheitshalber eine Sprache benützte, die inzwischen nur noch von weniger als einer Million Menschen verstanden wurde, hatte er sich sehr diskret ausgedrückt und Umschreibungen und Bezeichnungen verwendet, die für jeden, außer einem nahen Verwandten, bedeutungslos gewesen wären. Aber Paul hatte keine Schwierigkeiten, die Botschaft seines Neffen zu verstehen, obgleich er sie nicht ernst nehmen konnte. Er fürchtete, der junge Rolf habe sich zum Narren gemacht, und wollte ihm das so schonend wie möglich beibringen. Nur gut, daß er nicht überstürzt veröffentlicht hatte: wenigstens war er noch so vernünftig gewesen, sich ruhig zu verhalten...

Und angenommen – nur einmal angenommen – es *stimmte?* Die spärlichen Haare auf Pauls Hinterkopf sträubten sich. Ein ganzes Spektrum von Möglichkeiten – wissenschaftlich, finanziell, politisch – tat sich plötzlich vor seinen Augen auf, und je mehr er darüber nachdachte, desto mehr Ehrfurcht flößten sie ihm ein.

Im Gegensatz zu seinen frommen Vorfahren hatte Dr. Kreuger keinen Gott, an den er sich in Augenblicken der Krise oder der Verwirrung wenden konnte. Nun wünschte er sich fast, es wäre anders: aber selbst wenn er hätte beten können, hätte ihm das nicht wirklich geholfen. Als er sich an seinen Computer setzte und damit begann, die Datenspei-

89

cher abzufragen, wußte er nicht, ob er hoffen sollte, daß sein Neffe eine überwältigende Entdeckung gemacht hatte – oder ob er absoluten Unsinn redete. Konnte der Alte der Menschheit *wirklich* einen so unglaublichen Streich spielen? Paul erinnerte sich an Einsteins berühmte Bemerkung, ER sei zwar spitzfindig, aber niemals boshaft.

Hör auf zu träumen, befahl sich Dr. Paul Kreuger. Was *du* magst oder nicht magst, hoffst oder fürchtest, hat absolut nichts mit der Sache selbst zu tun...

Man hatte ihm über das halbe Sonnensystem hinweg eine Herausforderung zugeschleudert; er würde keinen Frieden mehr finden, bis er die Wahrheit herausgefunden hatte.

13

Niemand hat gesagt, wir sollten Badeanzüge mitbringen...

Kapitän Smith hob sich die kleine Überraschung bis zum fünften Tag, nur ein paar Stunden vor dem Wendepunkt auf. Seine Bekanntmachung wurde, wie er es erwartet hatte, mit ungläubigem Staunen aufgenommen.

Victor Willis erholte sich als erster.

»Ein *Swimming-pool!* In einem Raumschiff! Das muß ein Witz sein!«

Der Kapitän lehnte sich zurück und bereitete sich seelisch auf eine vergnügliche Unterhaltung vor. Er grinste Heywood Floyd an, den er schon in das Geheimnis eingeweiht hatte.

»Tja, vermutlich hätte auch Kolumbus über einige der Einrichtungen auf den Schiffen, die nach ihm kamen, gestaunt.«

»Gibt es auch ein Sprungbrett?« fragte Greenberg wehmütig. »Ich war einmal College-Champion.«

»Es gibt tatsächlich eines. Es ist nicht mehr als fünf Meter hoch – aber das gibt Ihnen bei unserem nominellen Zehntel g drei Sekunden im freien Fall. Und wenn Sie noch länger schweben wollen, wird Mr. Curtis sicher gerne den Schub verringern.«

»Wirklich?« fragte der Chefingenieur trocken. »Und meine ganzen Bahnberechnungen durcheinanderbringen? Ganz zu schweigen von dem Risiko, daß Wasser herauskriecht. Oberflächenspannung, Sie wissen schon...«

»Gab es nicht einmal eine Raumstation, die einen kugelförmigen Swimming-pool hatte?« fragte jemand.

»Das hat man im Zentrum von Pasteur versucht, ehe die Rotation einsetzte«, antwortete Floyd. »Es war einfach nicht zweckmäßig. Bei Schwerelosigkeit mußte er völlig geschlossen sein. Und man kann in einer großen Kugel aus Wasser ziemlich leicht ertrinken, wenn man in Panik gerät.«

»Eine Möglichkeit, in die Rekordverzeichnisse aufgenommen zu werden – der erste Mensch, der im Weltraum ertrank...«

»Niemand hat gesagt, wir sollten Badeanzüge mitbringen«, beklagte sich Maggie M'Bala.

»Wer einen Badeanzug braucht, sollte ihn wohl auch tragen«, flüsterte Mihailowitsch Floyd zu.

Kapitän Smith klopfte auf den Tisch, um zur Ordnung zu rufen.

»Das folgende ist wichtig, bitte: Wie Sie wissen, erreichen wir um Mitternacht unsere Höchstgeschwindigkeit und müssen die Bremsphase einleiten. Der Antrieb wird also um 23.00 abgeschaltet und das Schiff gewendet. Dann haben wir zwei Stunden Schwerelosigkeit, ehe um 01.00 der Schub wiedereinsetzt.

Wie Sie sich vorstellen können, wird die Besatzung ziemlich beschäftigt sein – wir wollen die Gelegenheit nützen, um die Triebwerke zu überprüfen und den Rumpf zu inspizieren, was nicht möglich ist, solange der Antrieb arbeitet. Ich rate Ihnen dringend, zu dieser Zeit zu schlafen, die Haltegurte lokker über den Betten befestigt. Die Stewards werden nachsehen, ob keine losen Gegenstände herumliegen, die Schwierigkeiten machen könnten, wenn das Gewicht wiedereinsetzt. Fragen?«

Es herrschte tiefes Schweigen, so als wären die versammelten Passagiere noch ein wenig benommen von der Offenbarung und müßten sich erst klarwerden, was zu tun war.

»Ich hoffte, Sie würden mich nach der Wirtschaftlichkeit einer solchen Luxuseinrichtung fragen – aber da Sie das nicht getan haben, will ich es Ihnen trotzdem sagen. Es ist überhaupt kein Luxus – die Sache kostet keinen Pfennig, aber wir hoffen, daß sie auf künftigen Reisen ein sehr wertvoller Aktivposten sein wird.

Sehen Sie, wir müssen fünftausend Tonnen Wasser als Reaktionsmasse mitführen, und da können wir ebensogut das Beste daraus machen. Tank Nummer eins ist jetzt zu drei Vierteln leer; auf diesem Stand wird er bis zum Ende der Reise bleiben. Wir sehen uns also morgen nach dem Frühstück – unten am Strand...«

Wenn man bedachte, wie hektisch man hatte arbeiten müssen, um die ›Universe‹ rechtzeitig in den Weltraum zu bringen, war es überraschend, daß etwas so sensationell Unwichtiges so gut gemacht worden war.

Der ›Strand‹ war eine etwa fünf Meter breite Metallplattform, die an einem Drittel der Wölbung des großen Tanks entlangführte. Obwohl die gegenüberliegende Wand nur weitere zwanzig Meter entfernt war, wurde durch geschickten Einsatz von Projektionen der Eindruck erweckt, sie sei unendlich weit weg. In mittlerer Entfernung schaukelten Surfer auf den Wellen und strebten auf eine Küste zu, die sie nie erreichen würden. Dahinter fuhr ein herrlicher Klipper, den jeder Reisebüroangestellte sofort als die ›Tai Pan‹ der Tsung-See- und Raumfahrtgesellschaft erkannt hätte, unter vollen Segeln über den Horizont.

Um die Illusion vollkommen zu machen, spürte man Sand unter den Füßen (leicht magnetisiert, damit er nicht zu weit von dem ihm zugewiesenen Platz weggetragen wurde), und der kurze Strand endete in einem Palmenhain, der ganz echt aussah, solange man ihn nicht zu genau untersuchte. Von oben machte eine heiße, tropische Sonne das idyllische Bild komplett; es fiel schwer, sich vorzustellen, daß gleich hinter diesen Wänden die *wirkliche* Sonne doppelt so intensiv brannte wie an jedem irdischen Strand.

Der Designer hatte bei dem begrenzten Raum, der zur Verfügung stand, wirklich großartige Arbeit geleistet. Es schien ein wenig unfair, als Greenberg sich beklagte: »Schade, daß es keine Brandung gibt ...«

14

Die Suche

Es ist ein guter Grundsatz der Naturwissenschaften, an keine – ganz gleich, wie gut belegte – Tatsache zu glauben, solange sie nicht in einen anerkannten Bezugsrahmen paßt. Gelegentlich kann eine Beobachtung diesen Rahmen natürlich sprengen und dazu zwingen, einen neuen zu erstellen, aber das kommt höchst selten vor. Es gibt so gut wie nie mehr als einen Einstein oder Galilei in einem Jahrhundert, und das ist für den Seelenfrieden der Menschheit auch ganz gut so.

Dr. Kreuger erkannte diesen Grundsatz voll an; er würde an die Entdeckung seines Neffen erst glauben, wenn er sie auch erklären konnte, und soweit er die Sache sah, war dazu nicht weniger als ein direktes göttliches Eingreifen erforderlich. Er schwang Occams immer noch höchst nützliches Skalpell und fand es um einiges wahrscheinlicher, daß Rolf ein Fehler unterlaufen war; wenn es sich so verhielt, konnte es nicht allzu schwierig sein, diesen Fehler zu finden.

Zu Onkel Pauls großer Überraschung stellte sich heraus, daß dies sogar sehr schwierig war. Die Analyse von Radar-Fernbeobachtungen war inzwischen eine ehrenwerte und anerkannte Kunst, und die Experten, die Paul zu Rate zog, gaben nach beträchtlichem Zögern alle die gleiche Antwort. Und sie fragten auch: »Wo haben Sie diese Aufzeichnung denn her?«

»Tut mir leid«, hatte er geantwortet. »Es ist mir nicht gestattet, das zu sagen.«

Der nächste Schritt war, davon auszugehen, daß das Unmögliche zutraf, und anzufangen, die Fachliteratur zu durchforsten. Das konnte eine gewaltige Aufgabe werden, weil er nicht einmal wußte, wo er anfangen sollte. Eines war ganz sicher: wenn er sich Hals über Kopf blindlings in die Sache hineinstürzte, würde er zwangsläufig scheitern. Das wäre genauso, als ob Röntgen am nächsten Morgen, nachdem er seine Strahlen entdeckt hatte, begonnen hätte, in den Physikzeitschriften seiner Zeit nach einer Erklärung dafür zu suchen. Die Informationen, die er brauchte, lagen damals noch Jahre in der Zukunft.

Aber es gab zumindest eine faire Chance, daß das, wonach Paul Kreuger suchte, irgendwo in dem gewaltigen Korpus schon existierenden wissenschaftlichen Wissens verborgen lag. Langsam und sorgfältig stellte er ein automatisches Suchprogramm zusammen, das ebenso auf das zugeschnitten war, was es ausschließen sollte, wie auf das, was es erfassen mußte. Alle mit der Erde in Verbindung stehenden Stichwörter – sie würden sicherlich in die Millionen gehen – sollten ausgeschieden werden und der Schwerpunkt nur auf extraterrestrischen Zitaten liegen.

Einer der Vorzüge von Dr. Kreugers hohem Ansehen war ein unbegrenztes Computerbudget; es war Teil des Honorars, das er von den verschiedenen Organisationen verlangte, die seine Fähigkeiten brauchten. Auch wenn die Suche vielleicht teuer wurde, um die Rechnung brauchte er sich keine Sorgen zu machen.

Wie sich herausstellte, war diese überraschend niedrig. Er hatte Glück: die Suche war nach nicht mehr als zwei Stunden und siebenunddreißig Minuten beim 21456. Stichwort zu Ende.

Der Titel genügte. Paul war so aufgeregt, daß sein eigenes Komgerät seine Stimme nicht erkannte und er den Befehl für einen vollständigen Ausdruck wiederholen mußte.

›Nature‹ hatte den Aufsatz im Jahre 1981 veröffentlicht – fast fünf Jahre vor seiner Geburt! –, und als seine Augen flink über die einzige Seite flogen, wußte er nicht nur, daß sein Neffe die ganze Zeit über recht gehabt hatte, sondern auch, was ebenso wichtig war, wie es zu einem solchen Wunder hatte kommen können.

Der Herausgeber dieser achtzig Jahre alten Zeitschrift mußte viel Sinn für Humor gehabt haben. Ein Aufsatz, der sich mit den Kernen der äußeren Planeten beschäftigte, war nicht dazu geeignet, den flüchtigen Leser zu fesseln: dieser hier hatte jedoch einen ungewöhnlich ausgefallenen Titel. Pauls Komgerät hätte ihm schnell genug sagen können, daß dieser Titel einstmals Teil eines berühmten Songs gewesen war, aber das war natürlich ganz nebensächlich.

Außerdem hatte Paul Kreuger ohnehin noch nie von den Beatles und ihren psychedelischen Fantasien gehört.

ZWEITER TEIL

ZWEITER TEIL

Das Tal
des schwarzen
Schnees

15

Das Rendezvous

Und jetzt war Halley so nahe, daß man ihn nicht mehr sehen konnte; ironischerweise würden die Beobachter unten auf der Erde ein viel besseres Bild des Schweifs bekommen, der sich jetzt schon fünfzig Millionen Kilometer im rechten Winkel zur Umlaufbahn des Kometen entfaltete wie ein im unsichtbaren Toben des Sonnenwindes flatternder Wimpel.

Am Morgen des Rendezvous erwachte Heywood Floyd früh aus unruhigem Schlaf. Er träumte für gewöhnlich nicht – oder erinnerte sich wenigstens nicht an seine Träume – diesmal waren zweifellos die in den nächsten paar Stunden zu erwartenden Aufregungen dafür verantwortlich. Er war auch etwas beunruhigt wegen einer Nachricht von Caroline, in der sie anfragte, ob er in jüngster Zeit von Chris gehört habe. Er hatte, ein wenig schroff, zurückgefunkt, Chris hätte sich nicht einmal die Mühe gemacht, ›danke‹ zu sagen, als er ihm geholfen hatte, seine jetzige Anstellung auf der ›Cosmos‹, dem Schwesterschiff der ›Universe‹ zu bekommen; vielleicht wurde es ihm auf der Erde-Mond-Strecke schon langweilig und er suchte anderswo nach Aufregung.

»Wie üblich«, hatte Floyd hinzugefügt, »werden wir von ihm hören, wenn er soweit ist.«

Unmittelbar nach dem Frühstück hatten sich Fahrgäste und Wissenschaftlerteam versammelt, um von

Kapitän Smith letzte Instruktionen zu erhalten. Die Wissenschaftler hatten das sicher nicht nötig, aber wenn sie deshalb verärgert waren, dann verflog eine so kindische Reaktion vor dem unheimlichen Schauspiel auf dem Hauptbildschirm ganz schnell.

Man konnte sich eher vorstellen, daß die ›Universe‹ in einen Nebel hineinflog als in einen Kometen. Voraus war nun der ganze Himmel in weißen Dunst gehüllt – nicht einheitlich weiß, sondern von dunkleren Kondensflecken, leuchtenden Streifen und hellen Strahlen durchzogen, die alle von einem Punkt im Zentrum ausgingen. Bei der eingestellten Vergrößerung war der Kern als winziger, kaum sichtbarer, schwarzer Fleck zu erkennen, und doch gingen alle Phänomene ringsum eindeutig von ihm aus.

»In drei Stunden schalten wir den Antrieb ab«, sagte der Kapitän. »Dann sind wir nur noch tausend Kilometer vom Kern entfernt und praktisch ohne Geschwindigkeit. Wir werden ein paar abschließende Beobachtungen machen und unseren Landeplatz bestätigen.

Um genau 12.00 tritt also Schwerelosigkeit ein. Zuvor werden Ihre Kabinenstewards nachsehen, ob alles korrekt verstaut ist. Es wird genauso sein wie am Wendepunkt, nur dauert es diesmal drei Tage und nicht nur dreißig Minuten, bis wir wieder Gewicht bekommen.

Halleys Schwerkraft? Die können Sie vergessen – ungefähr ein Tausendstel der Erdschwerkraft. Sie werden feststellen können, daß sie vorhanden ist, wenn Sie lange genug warten, aber mehr auch nicht. Es dauert fünfzehn Sekunden, bis ein Gegenstand einen Meter weit fällt...

Aus Sicherheitsgründen möchte ich Sie alle während des Rendezvous und der Landung hier auf dem Beobachtungsdeck haben, mit angelegten Sitzgurten, wie es sich gehört. Von hier haben Sie ohnehin die beste Aussicht, und die ganze Operation dauert nicht länger als eine Stunde. Wir werden nur sehr kleine Schubkorrekturen vornehmen, aber sie können aus jeder Richtung kommen und geringfügige, sensorische Störungen auslösen.«

Damit meinte der Kapitän natürlich Raumkrankheit – aber dieses Wort war, nach allgemeiner Übereinkunft, an Bord der ›Universe‹ tabu. Man konnte jedoch beobachten, daß viele Hände zu den Fächern unter den Sitzen wanderten, als wollten sie sich überzeugen, daß die berüchtigten Plastiktüten auch verfügbar waren, falls sie benötigt werden sollten.

Das Bild auf dem Schirm dehnte sich aus, als die Vergrößerung verstärkt wurde. Einen Augenblick lang kam es Floyd so vor, als säße er in einem Flugzeug, das durch eine dünne Wolkenschicht nach unten sank, anstatt in einem Raumschiff, das sich dem berühmtesten aller Kometen näherte. Der Nukleus wurde immer größer und deutlicher; er war nicht länger ein schwarzer Punkt, sondern eine unregelmäßige Ellipse – dann eine kleine, pockennarbige Insel im kosmischen Ozean – und plötzlich eine eigene Welt.

Man hatte immer noch kein Gefühl für Größenverhältnisse. Obwohl Floyd wußte, daß das ganze Panorama, das sich vor ihm ausbreitete, einen Durchmesser von weniger als zehn Kilometern hatte, hätte er sich durchaus einbilden können, einen Körper zu sehen, der so groß war wie der Mond. Aber der

Mond hatte keine verschwommenen Ränder, und von seiner Oberfläche spritzten auch keine kleinen – und zwei große – Dampfstrahlen in die Höhe.

»Mein Gott!« schrie Mihailowitsch. »Was ist das?«

Er zeigte auf den unteren Rand des Nukleus, gleich innerhalb des Terminators. Unverkennbar – unmöglich – dort blitzte in völlig gleichmäßigem Rhythmus auf der Nachtseite des Kometen ein Licht: An – aus – an – aus – im Abstand von zwei oder drei Sekunden.

Dr. Willis ließ sein charakteristisches ›Das kann ich Ihnen in ganz kurzen Worten erklären‹-Hüsteln ertönen, aber Kapitän Smith kam ihm zuvor.

»Tut mir leid, Sie enttäuschen zu müssen, Mr. Mihailowitsch. Das ist nur das Leuchtfeuer auf Probesonde zwei – die liegt seit einem Monat dort und wartet darauf, daß wir kommen und das Signal auffangen.«

»Wie schade; ich dachte, es könnte jemand – etwas – dasein, um uns willkommen zu heißen.«

»Pech gehabt, fürchte ich; wir sind hier draußen sehr allein. Dieses Leuchtfeuer befindet sich genau an der Stelle, wo wir landen wollen – in der Nähe von Halleys Südpol und im Augenblick in ständiger Dunkelheit. Das erleichtert unseren lebenserhaltenden Systemen die Arbeit. Auf der sonnenbeschienenen Seite beträgt die Temperatur bis zu 120 Grad – weit über dem Siedepunkt.«

»Kein Wunder, daß der Komet brodelt«, sagte der nicht einzuschüchternde Dimitri. »Diese Dampfstrahlen sehen aus, als wären sie nicht sonderlich gesund. Sind Sie sicher, daß es nicht gefährlich ist, da hineinzufliegen?«

»Das ist ein weiterer Grund, warum wir auf der Nachtseite landen; dort gibt es keine Aktivität. Und jetzt entschuldigen Sie mich bitte, ich muß wieder auf die Brücke. Das ist meine erste Chance, auf einer neuen Welt zu landen – und ich bezweifle, ob ich noch einmal eine bekomme.«

Kapitän Smith' Publikum zerstreute sich langsam und ungewöhnlich schweigsam. Das Bild auf dem Schirm schrumpfte auf normale Größe zurück, und der Kometenkern verkleinerte sich wieder zu einem kaum sichtbaren Fleck. Aber selbst während dieser paar Minuten schien er etwas größer geworden zu sein, und vielleicht war das keine Illusion. Weniger als vier Stunden vor dem Zusammentreffen jagte das Schiff immer noch mit fünfzigtausend Stundenkilometern auf den Kometen zu.

Wenn in dieser Phase des Spiels etwas mit dem Hauptantrieb passierte, würde es einen Krater geben, der eindrucksvoller war als alle anderen, die Halley schon sein eigen nannte.

16

Die Landung

Die Landung war genauso wenig spektakulär, wie Kapitän Smith gehofft hatte. Es war unmöglich, genau festzustellen, in welchem Augenblick die ›Universe‹ den Boden berührte; es verging eine volle Minute, bis die Passagiere merkten, daß die Landung abgeschlossen war, und in verspäteten Jubel ausbrachen.

Das Schiff lag am Ende eines flachen Tals, umgeben von wenig mehr als hundert Meter hohen Bergen. Wer etwa erwartet hätte, eine Mondlandschaft zu sehen, wäre sehr überrascht gewesen; die Formationen hier hatten keinerlei Ähnlichkeit mit den glatten, sanften Hängen des Mondes, die ein Bombardement von Mikrometeoriten über Milliarden von Jahren hinweg glattgeschmirgelt hatte.

Hier gab es nichts, was mehr als tausend Jahre alt war; die Pyramiden reichten weiter zurück als diese Landschaft. Jedesmal, wenn Halley um die Sonne reiste, wurde er von ihrem Feuer umgeformt – und verkleinert. Auch seit er 1986 das Perihel passiert hatte, hatte sich die Gestalt des Nukleus leicht verändert. Obwohl er rücksichtslos die Metaphern durcheinanderwarf, hatte Victor Willis es doch recht gut ausgedrückt, als er seinen Zuschauern sagte: »Die ›Erdnuß‹ hat eine Wespentaille bekommen!« Es wies sogar einiges darauf hin, daß sich Halley nach einigen weiteren Drehungen um die Sonne in zwei ungefähr gleich große Stücke spalten könnte – wie es Bielas Komet im Jahre 1846 zum Erstaunen der Astronomen getan hatte.

Die praktisch nicht vorhandene Schwerkraft trug ebenfalls zur Fremdartigkeit der Landschaft bei. Überall gab es spinnenähnliche Gebilde, wie der Fantasie eines surrealistischen Künstlers entsprungen, und unwahrscheinlich schräge Steinhaufen, die selbst auf dem Mond nicht länger als ein paar Minuten gehalten hätten.

Obwohl Kapitän Smith beschlossen hatte, die ›Universe‹ in der tiefsten Polarnacht zu landen – volle fünf Kilometer von der sengenden Hitze der Sonne entfernt – gab es reichlich Licht. Die riesige Hülle aus Gas und Staub, die den Kometen umgab, bildete einen leuchtenden Hof, der zu diesem Gebiet zu passen schien; man konnte sich leicht vorstellen, daß da ein Nordlicht über dem Eis der Antarktis tanzte. Und als ob das nicht genügt hätte, steuerte auch Luzifer noch Licht in der Stärke von mehreren hundert Vollmonden bei.

Obwohl man es erwartet hatte, war das völlige Fehlen jeglicher Farbe eine Enttäuschung; die ›Universe‹ hätte in einem Tagebau-Bergwerk stehen können; das war eigentlich kein schlechter Vergleich, denn ein großer Teil der sie umgebenden Schwärze war auf Kohle oder Kohleverbindungen zurückzuführen, die mit Schnee und Eis vermischt waren.

Kapitän Smith war, wie es ihm zustand, der erste, der das Schiff verließ und sich vorsichtig von der Hauptschleuse der ›Universe‹ abstieß. Es schien eine Ewigkeit zu dauern, bis er zwei Meter tiefer den Boden erreichte; dann hob er eine Handvoll des pulverfeinen Staubs auf und untersuchte ihn in der Fläche seines Handschuhs genau.

An Bord des Schiffs warteten alle auf die Worte, die in die Geschichtsbücher eingehen würden.

»Sieht aus wie Pfeffer und Salz«, sagte der Kapitän. »Wenn man es auftauen lassen würde, käme ganz schön was zusammen.«

Zum Missionsprogramm gehörte ein vollständiger Halley-›Tag‹ von fünfundfünfzig Stunden am Südpol, dann – wenn keine Probleme auftraten – ein Flug von zehn Kilometern auf den sehr schlecht zu bestimmenden Äquator zu, um während eines vollständigen Tag- und Nachtzyklus einen der Geysire zu studieren.

Chefwissenschaftler Pendrill verlor keine Zeit. Sofort machte er sich mit einem Kollegen auf einem Zweimann-Düsenschlitten auf den Weg zum Leuchtfeuer der wartenden Sonde. Innerhalb einer Stunde waren sie zurück, mit vorverpackten Kometenproben, die sie voll Stolz der Gefriertruhe anvertrauten.

Inzwischen zogen die anderen Teams zwischen Stangen, die sie in die krümelige Kruste getrieben hatten, ein Spinnennetz von Kabeln durch das Tal. Diese Kabel sollten nicht nur zahlreiche Instrumente mit dem Schiff verbinden, sondern erleichterten es auch sehr, sich draußen zu bewegen. Man konnte diesen Teil von Halley erforschen, ohne schwerfällige Steueraggregate verwenden zu müssen; man brauchte nur ein Seil an einem Kabel zu befestigen und dann Hand über Hand daran entlangzugehen. Das machte auch viel mehr Spaß als mit den Steueraggregaten, die praktisch Einmann-Raumschiffe und damit sehr viel umständlicher waren.

Die Passagiere beobachteten dies alles fasziniert, lauschten den per Funk übertragenen Gesprächen und versuchten, an der Entdeckerfreude teilzuhaben. Nach etwa zwölf Stunden – im Falle des Ex-Astronauten Clifford Greenberg schon wesentlich früher – flaute die Begeisterung für die Rolle des gefesselten Publikums allmählich ab. Bald war viel vom ›Hinausgehen‹ die Rede, nur von Victor Willis, der sich überhaupt ganz ungewohnt ruhig verhielt, war nichts zu hören.

»Ich glaube, er hat Angst«, sagte Dimitri verächtlich. Er hatte Victor nie leiden können, seit er entdeckt hatte, daß der Wissenschaftler überhaupt kein Gehör für Töne besaß. Obwohl dies Victor gegenüber (der sich bereitwillig als Versuchskaninchen für Studien seines sonderbaren Leidens hergegeben hatte) höchst unfair war, fügte Dimitri stets gerne finster hinzu: »Ein Mann, der die Musik nicht in sich hat, neigt zu Intrigen, Lüge und Verrat.«

Floyd war schon fest entschlossen gewesen, ehe sie die Erdumlaufbahn verlassen hatten. Maggie M. war durchaus bereit, alles zu probieren und würde keine Ermunterung brauchen. (Ihr Wahlspruch: Ein Autor sollte nie eine Gelegenheit ausschlagen, eine neue Erfahrung zu machen, hatte weithin berühmte Auswirkungen auf ihr Gefühlsleben gehabt).

Yva Merlin hatte wie gewöhnlich alle im ungewissen gelassen, aber Floyd war entschlossen, sie persönlich auf dem Kometen herumzuführen. Das war das mindeste, was er tun konnte, um seinem Ruf gerecht zu werden; jedermann wußte, daß er teilweise dafür verantwortlich gewesen war, weshalb die legendäre Einsiedlerin auf die Passagierliste kam, und jetzt wurde ständig darüber gewitzelt, daß sie eine Affäre miteinander hätten. Die harmlosesten Bemerkungen wurden von Dimitri und Dr. Mahindran, dem Schiffsarzt, der gestand, das Paar mit Neid und Ehrfurcht zu beobachten, mit Begeisterung mißdeutet.

Nach anfänglicher Gereiztheit – weil er sich dabei nur zu genau an die Gefühle seiner Jugend erinnert fühlte – hatte Floyd den Spaß mitgemacht. Aber er wußte nicht, wie Yva darüber dachte, und hatte bisher nicht den Mut aufgebracht, sie danach zu fragen. Selbst hier, in dieser festgefügten, kleinen Gemeinschaft, wo sich nur wenige Geheimnisse länger als sechs Stunden halten konnten, bewahrte sie sich viel von ihrer berühmten Zurückhaltung – von jener Aura des Mysteriösen, die drei Generationen lang das Publikum fasziniert hatte.

Was Victor Willis anging, so hatte er eben eine jener vernichtenden, kleinen Einzelheiten entdeckt, die die durchdachtesten Pläne von Mäusen und Raumfahrern zunichte machen können.

Die ›Universe‹ war mit den neuesten Mark XX-Anzügen ausgestattet, mit beschlagfreien, entspiegelten Helmsichtfenstern, die eine beispiellose Aussicht auf den Weltraum garantieren sollten. Und obwohl die Helme in mehreren Größen vorhanden waren, konnte Victor Willis keinen davon aufsetzen, ohne sich einem größeren, chirurgischen Eingriff zu unterziehen.

Er hatte fünfzehn Jahre gebraucht, um sein Markenzeichen zu vervollkommnen. (Ein Kritiker hatte es, vielleicht bewundernd, ›einen Triumph gärtnerischer Schnittkunst‹ genannt).

Nun stand zwischen Victor Willis und Halleys Komet nur sein Bart. Bald würde er sich zwischen den beiden entscheiden müssen.

17

Das Tal des schwarzen Schnees

Kapitän Smith hatte überraschend wenig Einwände gegen die Vorstellung erhoben, die Passagiere könnten EVAs* unternehmen. Er gestand zu, daß es absurd wäre, so weit gereist zu sein, um dann den Kometen nicht zu betreten.

»Wenn Sie die Anweisungen befolgen, wird es keine Probleme geben«, sagte er bei der unvermeidlichen Instruktionssitzung. »Auch wenn Sie noch nie einen Raumanzug getragen haben – und ich glaube, daß nur Commander Greenberg und Dr. Floyd Erfahrung damit besitzen – sie sind recht bequem und vollautomatisch. Sie brauchen sich nicht um Regler und Einstellungen zu kümmern, nachdem Sie in der Luftschleuse abgefertigt wurden.

Eine strikte Vorschrift: Es können immer nur zwei von Ihnen auf einmal hinaus. Natürlich bekommen Sie einen persönlichen Begleiter, der durch fünf Meter Sicherheitsleine mit Ihnen verbunden ist – die man aber, wenn nötig, auf zwanzig Meter verlängern kann. Zusätzlich werden Sie *beide* an die beiden Führungskabel angehängt, die wir über die ganze Länge des Tals gezogen haben. Die Straßenverkehrsordnung ist die gleiche wie auf der Erde: rechts halten! Wenn Sie jemanden überholen wollen, brauchen Sie nur die Schnalle zu öffnen – einer von Ihnen

---

* EVA: extravehicular activity; Verlassen eines Raumschiffs im freien Raum – *Anm. d. Übers.*

muß jedoch immer an der Leine bleiben. Auf diese Weise besteht keine Gefahr, daß Sie in den Weltraum abgetrieben werden. Noch Fragen?«

»Wie lange können wir draußen bleiben?«

»So lange Sie wollen, Ms. M'Bala. Aber ich empfehle Ihnen, sofort zurückzukehren, wenn Sie auch nur das leiseste Unbehagen spüren. Vielleicht wäre für das erstemal eine Stunde am besten – obwohl sie Ihnen vielleicht nur wie zehn Minuten vorkommen wird ...«

Kapitän Smith hatte völlig recht gehabt. Als Heywood Floyd auf seine Zeitanzeige schaute, schien es ihm unglaublich, daß schon vierzig Minuten vergangen sein sollten. Aber es hätte ihn eigentlich nicht so sehr zu überraschen brauchen, denn das Schiff war schon einen guten Kilometer entfernt.

Als in fast jeder Beziehung ältestem Passagier hatte man ihm das Vorrecht eingeräumt, den ersten Ausflug zu unternehmen. Und er konnte sich wirklich nicht aussuchen, wen er mitnehmen wollte.

»EVA mit Yva«, gluckste Mihailowitsch. »Wie können Sie da noch widerstehen! Selbst wenn ...«, fügte er mit lüsternem Grinsen hinzu, »diese verdammten Anzüge nicht alle Aktivitäten zulassen, die Sie vielleicht gerne hätten.«

Yva hatte ohne Zögern, aber auch ohne Begeisterung zugestimmt. Das, so dachte Floyd etwas ironisch, war typisch. Man konnte nicht direkt sagen, daß er desillusioniert war – in seinem Alter hatte er nur noch sehr wenige Illusionen –, aber er war enttäuscht. Und eher von sich selbst als von Yva; sie war über jede Kritik und jedes Lob so erhaben wie die Mona Lisa – mit der man sie oft verglichen hatte.

Der Vergleich war natürlich lächerlich; La Gioconda war mysteriös, aber sie wirkte sicherlich nicht erotisch. Yvas Stärke hatte in der einmaligen Kombination von beidem bestanden – und dazu kam noch Unschuld als Zugabe. Auch ein halbes Jahrhundert später waren alle drei Eigenschaften noch ansatzweise erkennbar, wenigstens für das Auge des Gläubigen.

Was fehlte – das hatte Floyd sich traurigerweise eingestehen müssen – war wirkliche Persönlichkeit. Wenn er versuchte, sie sich im Geiste vorzustellen, sah er nur die Rollen, die sie gespielt hatte. Er hätte dem Kritiker, der einmal gesagt hatte: ›Yva Merlin spiegelt die Sehnsüchte aller Menschen wider; aber ein Spiegel hat keinen Charakter‹, widerstrebend beipflichten müssen.

Und nun schwebte dieses einmalige, rätselhafte Geschöpf neben ihm über Halleys Kometen, und sie beide und ihr Führer bewegten sich an dem Doppelkabel entlang, das das ›Tal des schwarzen Schnees‹ überspannte. Der Name stammte von ihm; er war kindisch stolz darauf, obwohl diese Bezeichnung niemals auf einer Landkarte stehen würde. Von einer Welt, deren Geographie so kurzlebig war wie das Wetter auf der Erde, konnte es keine Karten geben. Er kostete das Wissen aus, daß kein menschliches Auge je zuvor die Landschaft ringsum erblickt hatte – und es je wieder tun würde.

Auf dem Mars oder auf dem Mond konnte man sich manchmal – wenn man die Fantasie ein wenig anstrengte und den fremden Himmel ignorierte – einbilden, man sei auf der Erde. Das war hier unmöglich, weil die hochaufragenden – oft überhängenden – Schneeskulpturen nur ganz minimale Zugeständnisse an die Schwerkraft machten. Man mußte sich seine Umgebung sehr sorgfältig ansehen, um zu wissen, wo oben war.

Das Tal des schwarzen Schnees war ungewöhnlich, weil es eine ziemlich stabile Formation war – ein in unbeständige Verwehungen aus Wasser- und Kohlenwasserstoffeis eingebettetes Felsenriff. Die Geologen waren sich noch nicht darüber einig, woher es stammte, einige behaupteten, es sei eigentlich der Teil eines Asteroiden, der vor einer Ewigkeit mit dem Kometen zusammengestoßen sei. Tiefbohrungen hatten komplexe Mischungen organischer Verbindungen zutage gefördert, gefrorenem Steinkohlenteer ziemlich ähnlich – obwohl es sicher war, daß Lebewesen bei ihrer Entstehung keine Rolle gespielt hatten.

Der ›Schnee‹-Teppich auf dem Boden des kleinen Tals war nicht völlig schwarz; als Floyd den Strahl seiner Taschenlampe darübergleiten ließ, glitzerte und funkelte er, als seien Millionen mikroskopisch kleiner Diamanten darin eingebettet. Er fragte sich, ob es auf Halley tatsächlich Diamanten gab: Kohlenstoff war bestimmt genug vorhanden. Aber – fast sicher – hatten die Temperaturen und die Drücke, die nötig waren, um Diamanten hervorzubringen, niemals existiert.

Auf einen plötzlichen Einfall hin bückte sich Floyd und sammelte zwei Hände voll Schnee: er mußte sich dazu mit den Füßen gegen die Sicherheitsleine stemmen und sah sich in einer komischen Vision als Trapezartisten, der auf einem Seil ging – aber mit dem Kopf nach unten. Die brüchige Kruste bot praktisch keinen Widerstand, als er sich mit Kopf und Schultern hineingrub; dann zog er sanft an seiner Leine und tauchte mit einer Handvoll Halley wieder auf.

Er wünschte sich, die kristalline, flaumige Masse durch die Isolierung seiner Handschuhe zu spüren, als er sie zu einer Kugel zusammenballte, die gerade in seine Handfläche paßte. Da lag sie, ebenholzschwarz, gab aber flüchtige Lichtblitze ab, als er sie von einer Seite auf die andere drehte.

Und plötzlich wurde sie in seiner Fantasie blendendweiß – und er war wieder ein Junge auf dem winterlichen Spielplatz seiner Jugend, umgeben von den Geistern seiner Kindheit. Er konnte sogar die Schreie seiner Kameraden hören, die ihn mit Geschossen aus fleckenlosem Schnee reizten und bedrohten...

Die Erinnerung war kurz, aber sie erschütterte ihn, denn sie erfüllte ihn mit einer überwältigenden Traurigkeit. Über einen Zeitraum von hundert Jahren hinweg konnte er sich an keinen einzigen jener Phantomfreunde, die um ihn herumstanden, mehr erinnern; und doch wußte er, daß er einige von ihnen einst geliebt hatte...

Tränen stiegen ihm in die Augen, und seine Finger krampften sich um die Kugel aus fremdem Schnee. Dann verblaßte die Vision: er war wieder er selbst. Dies war kein Augenblick für Traurigkeit, dies war ein Augenblick des Triumphes.

»Mein Gott!« schrie Heywood Floyd, und seine Worte hallten im winzigen, dröhnenden Universum seines Raumanzugs wider; »ich stehe auf Halleys Komet – was will ich mehr? Wenn mich jetzt

116

ein Meteor trifft, werde ich kein Wort dagegen sagen!«

Er hob die Arme und schleuderte den Schneeball den Sternen zu. Die Kugel war so klein und so dunkel, daß sie augenblicklich verschwand, aber Floyd starrte weiter in den Himmel.

Und dann, unvermittelt – unerwartet – erschien sie in einer plötzlichen Lichtflut, von den Strahlen der verborgenen Sonne erfaßt. Obwohl sie so schwarz war wie Ruß, reflektierte sie soviel von dem blendendem Schein, daß sie sich gegen den schwachleuchtenden Himmel deutlich abhob.

Floyd sah ihr nach, bis sie schließlich verschwand – vielleicht verdunstete, vielleicht in der Entfernung immer kleiner wurde. Der heftigen Strahlung dort oben würde sie nicht lange standhalten können; aber wie viele Menschen konnten von sich behaupten, einen eigenen Kometen erschaffen zu haben?

18

Old Faithful

Man hatte schon vorsichtig damit begonnen, den Kometen zu erforschen, als die ›Universe‹ noch im Polarschatten weilte. Zuerst düsten Einmann-EMUs (nur wenige Menschen wußten noch, daß das eine Abkürzung für ›Extravehicular Manoeuvring Unit‹ war)* sanft über die Tag- und die Nachtseite und zeichneten alles auf, was von Interesse war. Sobald die einleitenden Untersuchungen abgeschlossen waren, flogen Gruppen von bis zu fünf Wissenschaftlern in dem an Bord befindlichen Shuttle hinaus und stationierten Geräte und Instrumente an strategisch wichtigen Stellen.

Die ›Lady Jasmine‹ war weit entfernt von den primitiven ›Raumkapseln‹ der ›Discovery‹-Ära, die nur in einer schwerkraftfreien Umgebung operieren konnten. Sie war praktisch ein kleines Raumschiff für den Transport von Personal und leichter Fracht von der in der Umlaufbahn befindlichen ›Universe‹ zum Mars, zum Mond oder zu den Jupitersatelliten und wieder zurück. Ihr Chefpilot, der sie als die ›grande dame‹ behandelte, die sie ja auch war, beklagte sich mit gespielter Bitterkeit, daß es weit unter ihrer Würde sei, um einen elenden, kleinen Kometen herumzufliegen.

Als Kapitän Smith ganz sicher war, daß Halley –

---

* Kleines, raketengetriebenes Aggregat, das für Bewegungen außerhalb des Raumschiffs verwendet wird. – *Anm. d. Übers.*

118

wenigstens auf der Oberfläche – keine Überraschungen barg, hob er vom Pol ab. Ein Flug von weniger als einem Dutzend Kilometern brachte die ›Universe‹ in eine andere Welt, aus einem flackernden Dämmerlicht, das noch Monate anhalten würde, in ein Reich, das den Wechsel von Tag und Nacht kannte. Und mit der Dämmerung erwachte der Komet langsam zum Leben.

Wenn die Sonne über den zerklüfteten, unglaublich nahen Horizont stieg, fielen ihre Strahlen schräg hinab in die zahllosen, kleinen Krater, die die Kruste wie Pockennarben überzogen. Die meisten von ihnen blieben inaktiv, ihre schmalen Schlote waren von verkrustetem Mineralsalz verschlossen. Nirgendwo sonst auf Halley konnte man so lebhafte Farben sehen; sie hatten Biologen zu der falschen Annahme verleitet, hier beginne, so wie auf der Erde, das Leben in Form von Algenbewuchs. Viele hatten diese Hoffnung noch nicht aufgegeben, obwohl sie das nur ungern eingestanden hätten.

Von anderen Kratern schwebten Dampfschwaden in den Himmel, in unnatürlich geraden Bahnen, weil es keine Winde gab, die sie hätten ablenken können. Gewöhnlich geschah ein oder zwei Stunden lang weiter nichts; wenn dann die Sonnenwärme in das gefrorene Innere vordrang, begann Halley – wie Victor Willis es ausgedrückt hatte – zu ›blasen wie eine Herde Wale‹.

Wenn auch sehr anschaulich, war es doch keine seiner treffenderen Metaphern. Die Dampfstrahlen, die von der Tagseite Halleys aufstiegen, kamen nicht stoßweise, sondern tanzten ununterbrochen, stundenlang. Und sie stürzten auch nicht im Bogen auf die Oberfläche zurück, sondern schossen immer weiter in den Himmel hinauf, bis sie sich in dem glühenden Nebel verloren, den sie mitgeschaffen hatten.

Zuerst behandelte das Wissenschaftlerteam die Geysire so vorsichtig wie Vulkanologen, die sich dem Ätna oder dem Vesuv nähern, wenn diese nicht in allerbester Stimmung sind. Aber bald entdeckten sie, daß Halleys Eruptionen, so furchterregend sie oft aussahen, einmalig sanft und brav waren; das Wasser spritzte etwa so schnell wie aus einem gewöhnlichen Feuerwehrschlauch und war kaum warm. Sekunden nachdem es die unterirdischen Reservoire verlassen hatte, zerfiel es zu einer funkelnden Mischung aus Dampf und Eiskristallen; Halley war in einen ständigen Schneesturm gehüllt, der nach *oben* fiel. Selbst bei dieser mäßigen Ausbruchsgeschwindigkeit würde nichts von dem Wasser jemals an seinen Ursprung zurückkehren. Jedesmal, wenn der Komet die Sonne umrundete, ergoß sich mehr von seinem Lebenssaft in das unersättliche Vakuum des Weltraums.

Nach langem Zureden erklärte sich Kapitän Smith bereit, die ›Universe‹ bis auf hundert Meter an ›Old Faithful‹, den größten Geysir auf der Tragseite, heranzufliegen. Es war ein eindrucksvoller Anblick – eine weißlichgraue Dunstsäule wuchs wie ein Riesenbaum aus einer überraschend schmalen Öffnung in einem dreihundert Meter breiten Krater heraus, der offenbar eine der ältesten Formationen auf dem Kometen war. Bald kletterten die Wissenschaftler überall auf diesem Krater herum, sammelten Proben von seinen (leider völlig sterilen) vielfarbigen Mine-

ralien und stießen ihre Thermometer und Reagenz-
gläser lässig direkt in die aufsteigende Säule aus
Wasser, Eis und Dunst. »Wenn einer von Ihnen in
den Raum hinausgeschleudert wird«, warnte der
Kapitän, »dann brauchen Sie nicht damit zu rechnen, daß Sie allzu schnell gerettet werden. Vielleicht
warten wir einfach, bis Sie zurückkommen.«

»Was will er damit sagen?« hatte Dimitri Mihailowitsch verständnislos gefragt. Wie üblich war Victor
Willis mit der Antwort schnell bei der Hand.

»Es geht in der Himmelsmechanik nicht immer so,
wie man es erwarten würde. Wenn ein Gegenstand
mit der erforderlichen Geschwindigkeit wegge-
schleudert wird, bewegt er sich im wesentlichen immer noch auf der gleichen Bahn – man braucht eine
riesige Geschwindigkeit, um eine größere Abwei-
chung zu erzielen. Also werden sich die beiden Orbits eine Umkreisung später wieder kreuzen – und
dann ist man genau da, wo man angefangen hat.
Sechsundsiebzig Jahre älter natürlich.«

Nicht weit von ›Old Faithful‹ entfernt gab es ein
weiteres Phänomen, mit dem vernünftigerweise niemand hatte rechnen können. Als die Wissenschaftler
es erstmals beobachteten, konnten sie ihren Augen
kaum trauen. Über mehrere Hektar von Halley hin-
gebreitet, dem Vakuum des Weltraums ausgesetzt,
befand sich etwas, das aussah wie ein ganz gewöhnlicher See, ungewöhnlich nur, weil er so extrem
schwarz war.

Wasser konnte es offensichtlich nicht sein; die einzigen Flüssigkeiten, die in dieser Umgebung stabil
blieben, waren schwere, organische Öle oder Teere.
Es stellte sich tatsächlich heraus, daß der ›Tuonela-

See‹ eher aus ziemlich festem Pech bestand, bis auf eine klebrige Oberflächenschicht von weniger als einem Millimeter Dicke. Bei der fast nicht vorhandenen Schwerkraft mußte es Jahre – vielleicht mehrere Reisen um die wärmenden Feuer der Sonne herum – gedauert haben, bis er seine gegenwärtige, spiegelglatte Form angenommen hatte.

Bis der Kapitän Einhalt gebot, war der See eine der größten Touristenattraktionen auf Halleys Komet. Irgend jemand (niemand erhob Anspruch auf diese zweifelhafte Ehre) entdeckte, daß es möglich war, völlig normal, fast wie auf der Erde darauf zu *gehen*; der Oberflächenfilm besaß gerade genug Adhäsion, um den Fuß festzuhalten. Bald hatte fast die ganze Besatzung sich, allem Anschein nach auf dem Wasser wandelnd, auf Video aufnehmen lassen...

Dann inspizierte Kapitän Smith die Luftschleuse, entdeckte, daß die Wände zahlreiche Teerflecken aufwiesen und kam einem Wutausbruch so nahe, wie es noch niemand bei ihm erlebt hatte.

»Es ist schlimm genug«, sagte er mit zusammengebissenen Zähnen, »daß die Außenseite des Schiffes mit – Ruß – überzogen ist. Halleys Komet ist so ziemlich der dreckigste Ort, den ich je gesehen habe...«

Danach gab es keine Spaziergänge auf dem Tuonela-See mehr.

19

Am Ende des Tunnels

In einem kleinen, abgeschlossenen Universum, wo jeder jeden kennt, kann es keinen größeren Schock geben, als einen völlig Fremden zu treffen.

Heywood Floyd schwebte gerade gemächlich durch den Korridor zum Hauptsalon, als er dieses aufwühlende Erlebnis hatte. Er starrte den Eindringling erstaunt an und fragte sich, wie es einem blinden Passagier gelungen sein konnte, so lange unentdeckt zu bleiben. Der andere Mann erwiderte seinen Blick mit einer Mischung aus Verlegenheit und Trotz und wartete offensichtlich darauf, daß Floyd das Wort ergriff.

»Na, Victor«, sagte dieser schließlich. »Entschuldigen Sie, daß ich Sie nicht erkannt habe. Sie haben also das höchste Opfer gebracht, für die Wissenschaft – oder soll ich lieber sagen, für Ihr Publikum?«

»Ja«, antwortete Willis brummig. »Ich habe es tatsächlich geschafft, mich in einen der Helme zu zwängen – aber die verdammten Stoppeln haben so gekratzt, daß man von dem, was ich sagte, kein Wort hören konnte.«

»Wann gehen Sie raus?«

»Sobald Cliff zurückkommt – er ist mit Bill Chant auf eine Höhlenexpedition gegangen.«

Bei den ersten Vorbeiflügen an Halleys Kometen im Jahre 1986 hatte sich schon angedeutet, daß er beträchtlich weniger dicht war als Wasser – was nur heißen konnte, daß er entweder aus sehr porösem Material bestand oder zahlreiche Höhlungen aufwies. Beide Erklärungen erwiesen sich als richtig.

Zuerst verbot der stets vorsichtige Kapitän Smith rundheraus jede Höhlenforschung. Schließlich ließ er sich jedoch erweichen, als Dr. Pendrill ihn daran erinnerte, daß sein Chefassistenz Dr. Chant ein erfahrener Speläologe war – das war ja sogar einer der Gründe gewesen, warum man ihn für diese Mission ausgewählt hatte.

»Einstürze sind bei dieser niedrigen Schwerkraft unmöglich«, hatte Pendrill dem wiederstrebenden Kapitän erklärt. »Deshalb besteht keine Gefahr, in eine Falle zu geraten.«

»Und wenn er sich verirrt?«

»Diese Vorstellung würde Chant als Beleidigung seiner Berufsehre ansehen. Er war schon zwanzig Kilometer weit in der Mammuthöhle. Außerdem wird er ein Führungsseil ausrollen.«

»Verbindung?«

»Das Seil hat im Innern eine Faseroptik. Und das Funkgerät im Raumanzug wird vermutlich auf dem größten Teil der Strecke funktionieren.«

»Hm. Und wo will er einsteigen?«

»Die beste Stelle ist der erloschene Geysir am Fuß von Ätna Junio. Er ist seit mindestens tausend Jahren tot.«

»Dann sollte er sich wohl auch noch ein paar Tage länger ruhig verhalten. Na schön – will noch jemand mitgehen?«

»Cliff Greenberg hat sich gemeldet – er hat auf den Bahamas Unterwasserhöhlenforschung betrieben.«

»Ich habe das einmal versucht – das hat mir gereicht. Sagen Sie Cliff, er ist viel zu kostbar. Er kann so weit hineingehen, wie er den Einstieg noch sieht – aber nicht weiter. Und wenn er die Verbindung mit Chant verliert, soll er ihm nicht nachgehen, ohne meine Genehmigung.«

Und die, so fügte der Kapitän bei sich hinzu, würde ich nur sehr ungern erteilen.

Dr. Chant kannte all die alten Witze darüber, daß Speläologen den Wunsch hätten, in den Mutterleib zurückzukehren, und war ganz sicher, daß er sie widerlegen konnte.

»Da muß es verdammt laut zugehen bei alldem Pochen, Klopfen und Gurgeln«, argumentierte er. »Ich liebe Höhlen, weil sie so friedlich und zeitlos sind. Man weiß, daß sich seit hunderttausend Jahren nichts verändert hat, außer daß die Stalaktiken ein wenig dicker geworden sind.«

Aber als er jetzt tiefer ins Innere von Halley hineinschwebte und den dünnen, aber praktisch unzerreißbaren Faden abspulte, der ihn mit Clifford Greenberg verband, erkannte er, daß das hier nicht zutraf. Bisher hatte er noch keinen wissenschaftlichen Beweis, aber seine Geologeninstinkte sagten ihm, daß diese unterirdische Welt erst gestern entstanden war, jedenfalls auf der Zeitskala des Universums. Sie war jünger als manche Städte des Menschen.

Der Tunnel, durch den er mit langen, flachen Sprüngen glitt, hatte etwa vier Meter im Durchmesser, und das Gefühl, praktisch gewichtslos zu sein, rief lebhafte Erinnerungen an das Höhlentauchen auf der Erde wach. Die niedrige Schwerkraft trug ebenfalls zu dieser Illusion bei; es war genauso, als trüge er etwas zuviel Gewicht und schwebte deshalb ständig leicht abwärts. Nur das Fehlen jeglichen Widerstandes erinnerte ihn daran, daß es sich durch Vakuum und nicht in Wasser bewegte.

»Sie kommen jetzt gerade außer Sicht«, sagte Greenberg fünfzig Meter hinter dem Einstieg. »Die Funkverbindung ist noch gut. Wie sieht die Landschaft aus?«

»Sehr schwer zu sagen – ich kann die Formationen nicht identifizieren, deshalb fehlt mir auch das Vokabular, um sie zu beschreiben. Gestein in irgendeiner Form ist es nicht, es bröckelt, wenn ich es berühre – ich komme mir vor, als erforsche ich einen riesigen Gruyère-Käse...«

»Sie meinen, es ist organisch?«

»Ja – hat natürlich nichts mit Leben zu tun – ist aber das vollkommene Rohmaterial dafür. Alle möglichen Kohlenwasserstoffe – die Chemiker werden ihren Spaß haben. Können Sie mich noch sehen?«

»Nur Ihren Lichtschein, und der wird schnell schwächer.«

»Aha – hier ist richtiges Gestein – sieht nicht so aus, als würde es hierhergehören – wahrscheinlich eingedrungen... ah... ich bin auf Gold gestoßen!«

»Sie machen Witze!«

»Eine Menge Leute im alten Westen sind auf so etwas hereingefallen – Eisenpyrit. Auf den äußeren Satelliten natürlich weit verbreitet, aber fragen Sie mich nicht, was es hier zu suchen hat...«

»Sichtkontakt verloren. Sie sind zweihundert Meter weit drin.«

»Ich passiere gerade eine deutlich abgegrenzte Schicht – sieht aus wie Meteorschutt – da muß einmal etwas Aufregendes passiert sein – hoffentlich können wir datieren, wann... He!«

»Kommen Sie mir doch nicht so!«

»Entschuldigung – mir ist richtig die Luft weggeblieben – vor mir liegt eine große Höhle – das letzte, was ich erwartet hätte – ich will sie einmal ableuchten...

Fast kugelförmig – dreißig, vierzig Meter im Durchmesser. Und – es ist nicht zu glauben – Halley steckt wirklich voller Überraschungen – Stalaktiten, Stalagmiten.

»Was ist *daran* so überraschend?«

»Kein freies Wasser, natürlich auch kein Kalkstein – und diese niedrige Schwerkraft. Sieht aus wie eine Art Wachs. Augenblick, ich muß das ausführlich auf Video aufzeichnen... fantastische Formen – etwa so, wie bei einer tropfenden Kerze... das ist sonderbar...«

»Was jetzt?«

Der Tonfall von Dr. Chants Stimme hatte sich plötzlich verändert, und Greenberg war das sofort aufgefallen.

»Einige von den Säulen sind *zerbrochen*. Sie liegen auf dem Boden. Es ist fast, als ob...«

»Weiter!«

»...als ob etwas – *hineingerannt* – wäre.«

»Das ist verrückt. Könnten sie von einem Erdbeben abgeschlagen worden sein?«

»Hier gibt es keine Erdbeben – nur minimale seismische Bewegungen von den Geysiren. Vielleicht hat irgendwann ein großer Ausbruch stattgefunden.

Jedenfalls ist das Jahrhunderte her. Über den ge-
stürzten Säulen liegt eine Schicht von diesem Wachs-
zeug – mehrere Millimeter dick.«

Dr. Chant gewann langsam seine Fassung zurück.
Er war kein sehr fantasievoller Mensch – beim Höh-
lenforschen werden solche Leute schnell ausgeschieden –, aber die Atmosphäre an diesem Ort hatte eine
beunruhigende Erinnerung ausgelöst. Und diese
umgestürzten Säulen glichen allzusehr den Stangen
eines Käfigs, den irgendein Ungeheuer bei einem
Fluchtversuch zerbrochen hatte...

Das war natürlich völlig absurd – aber Dr. Chant
hatte gelernt, nie eine Vorwarnung, ein Gefahrensi-
gnal zu ignorieren, solange er es nicht bis zu seinem
Ursprung zurückverfolgt hatte. Diese Vorsicht hatte
ihm mehr als einmal das Leben gerettet; er würde
nicht über diese Höhle hinausgehen, bis er die
Quelle seiner Angst identifiziert hatte. Und er war
ehrlich genug, einzugestehen, daß ›Angst‹ das richtige Wort war.

»Bill – alles in Ordnung? Was geht vor?«

»Ich filme noch. Einige von diesen Formen erinnern mich an indische Tempelstatuen. Fast erotisch.«

Er lenkte sich bewußt von der direkten Konfronta-
tion mit seinen Ängsten ab und hoffte, ihnen unbe-
merkt auf die Schliche zu kommen, indem er sozusa-
gen im Geist den Blick abwendete. Unterdessen nahmen die rein mechanischen Tätigkeiten des Auf-
zeichnens und Probensammelns den größten Teil
seiner Aufmerksamkeit in Anspruch.

Gegen gesunde Angst, so erinnerte er sich selbst,
war nichts einzuwenden; nur wenn sie zu Panik es-

kalierte, wurde sie mörderisch. Er hatte zweimal in seinem Leben Panik verspürt (einmal auf einem Berghang, einmal unter Wasser) und schauderte immer noch, wenn er sich an ihre feuchtklamme Berührung erinnerte. Jetzt war er jedoch – glücklicherweise – weit davon entfernt, und zwar aus einem Grund, den er, obwohl er ihn nicht verstand, als seltsam beruhigend empfand. Die Situation hatte *komische* Züge.

Und schließlich fing er an zu lachen – nicht hysterisch, sondern vor Erleichterung.

»Haben Sie jemals die alten ›Star Wars‹-Filme gesehen?« fragte er Greenberg.

»Natürlich – ein halbes Dutzend Mal.«

»Nun, ich weiß jetzt, was mich beunruhigt hat. Es gab da eine Szene, wo Lukes Raumschiff auf einen Asteroiden zustürzt – und auf ein gigantisches Schlangenwesen trifft, das in den Höhlen lauert.«

»Nicht Lukes Schiff – Han Solos ›Millenium Falcon‹. Und ich habe mich immer gefragt, wie das arme Vieh dort sein Leben fristen konnte. Es muß sehr hungrig gewesen sein, wenn es immer nur auf einen gelegentlichen Happen aus dem Weltraum warten mußte. Prinzessin Leia wäre ohnehin nicht mehr als eine Vorspeise gewesen.«

»Und ich habe bestimmt nicht vor, mich dafür herzugeben«, sagte Dr. Chant, jetzt völlig entspannt. »Selbst wenn es hier Leben gibt – was ein Wunder wäre – wäre die Nahrungskette sehr kurz. Es würde mich daher überraschen, wenn ich etwas fände, das größer ist als eine Maus. Oder, wahrscheinlicher noch, als ein Pilz... Mal sehen – wo gehen wir jetzt hin... auf der anderen Seite der Höhle gibt es zwei Ausgänge – der rechte ist größer... den werde ich nehmen...«

»Wieviel Leine haben Sie noch?«

»Oh, einen guten halben Kilometer. Und jetzt geht es los. Ich bin in der Mitte der Höhle... verdammt, von der Wand abgeprallt... jetzt habe ich einen Griff... ich gehe mit dem Kopf voraus hinein... glatte Wände, zur Abwechslung richtiger Fels... wie schade...«

»Wo liegt das Problem?«

»Ich komme nicht weiter. Wieder Stalaktiten... zu dicht beieinander, als daß ich durch könnte... und zu dick, um sie ohne Sprengstoff abzubrechen. Und das wäre ein Jammer... die Farben sind wunderschön... das erste, richtige Grün und Blau, das ich auf Halley gesehen habe. Moment, ich muß sie auf Video aufzeichnen...«

Dr. Chant spreizte sich in dem schmalen Tunnel ein und richtete die Kamera aus. Mit seinen behandschuhten Fingern suchte er nach dem Schalter für den Lichtverstärker, verfehlte ihn aber und schaltete die Hauptbeleuchtung völlig aus.

»Mieses Design«, murmelte er. »Das passiert mir nun schon zum drittenmal.«

Er korrigierte seinen Fehler nicht sofort, weil er die Stille und die völlige Dunkelheit, die man nur in den tiefsten Höhlen erleben kann, immer genossen hatte. Das leise Hintergrundgeräusch seines Lebenserhaltungssystems zerstörte die Stille, aber wenigstens...

– was war *das?* Hinter dem Gitterwerk von Stalaktiten, die ein weiteres Vordringen verhinderten, sah er einen schwachen Schein, wie das erste Licht der

Dämmerung. Als sich seine Augen an die Dunkelheit gewöhnt hatten, schien der Schein heller zu werden, und er konnte einen Anflug von Grün entdecken. Jetzt sah er sogar die Umrisse der Sperre vor sich...

»Was ist los?« fragte Greenberg nervös.

»Nichts – ich beobachte nur.«

Und denke nach, hätte er noch hinzufügen können. Es gab vier mögliche Erklärungen.

Durch einen natürlichen Lichtschacht – Eis, Kristall, was auch immer – konnte Sonnenlicht nach unten dringen. Aber in dieser Tiefe? Unwahrscheinlich...

Radioaktivität? Er hatte keinen Zähler mitgebracht; hier gab es so gut wie keine schweren Elemente. Aber es würde sich lohnen, wiederzukommen und nachzusehen.

Irgendein phosphoreszierendes Mineral – darauf hätte er sein Geld gesetzt. Aber es gab eine vierte Möglichkeit – die unwahrscheinlichste und aufregendste von allen.

Dr. Chant hatte niemals eine mondlose – und luziferlose – Nacht an den Küsten des Indischen Ozeans vergessen, in der er unter leuchtenden Sternen einen Sandstrand entlanggewandert war. Das Meer war sehr ruhig, aber von Zeit zu Zeit brach sich eine träge Welle vor seinen Füßen – und zerbarst in einer Lichtexplosion. Er war in die Untiefen hinausgewatet (er spürte immer noch das Wasser um seine Knöchel, wie ein warmes Bad), und bei jedem Schritt, den er machte, hatte es neue Lichtflut gegeben. Er konnte sie sogar dadurch auslösen, daß er nahe an der Oberfläche in die Hände klatschte.

Konnten sich hier, im Herzen von Halleys Kometen, ähnliche, biolumineszierende Organismen entwickelt haben? Der Gedanke wäre zu schön. Es schien ein Jammer, etwas so Herrliches wie dieses natürliche Kunstwerk zu zerstören – mit dem Lichtschein dahinter erinnerte ihn die Barriere jetzt an eine Altarwand, die er einmal in einer Kathedrale gesehen hatte – aber er würde zurückgehen und Sprengstoff holen müssen. Unterdessen gab es noch den zweiten Korridor...

»Auf diesem Weg komme ich nicht weiter«, sagte er zu Greenberg, »ich versuche es also mit dem anderen. Ich kehre zur Abzweigung zurück – lasse die Leine aufwickeln.«

Er sagte nichts von dem mysteriösen Schein, der sofort verschwunden war, als er seine Lampen wieder eingeschaltet hatte.

Greenberg antwortete nicht sofort, was ungewöhnlich war; wahrscheinlich sprach er mit dem Schiff. Chant machte sich keine Gedanken; er würde seine Botschaft wiederholen, sobald er sich wieder auf den Weg gemacht hatte.

Er sparte sich die Wiederholung, weil von Greenberg eine Bestätigung kam.

»Schön, Cliff – ich dachte kurz, ich hätte Sie verloren. Bin wieder in der Höhle – gehe jetzt in den anderen Tunnel – hoffentlich ist der nicht auch blockiert.«

Diesmal antwortete Greenberg sofort. »Tut mir leid, Bill. Kommen Sie zum Schiff zurück! Wir haben einen Notfall – nein, nicht hier, mit der ›Universe‹ ist alles bestens. Aber es kann sein, daß wir sofort zur Erde zurückkehren müssen.«

Nur ein paar Wochen später entdeckte Dr. Chant eine sehr plausible Erklärung für die zerbrochenen Säulen. Da der Komet bei jeder Perihelpassage etwas von seiner Substanz in den Weltraum hineinjagte, änderte sich seine Massenverteilung ständig. Und so wurde seine Rotation alle paar tausend Jahre instabil, und er änderte - ziemlich heftig, wie ein Deckel, der am Herunterfallen ist, weil er Energie verliert - die Richtung seiner Achse. Wenn das geschah, konnte das daraus resultierende Kometenbeben die respektable Stärke 5 auf der Richterskala erreichen.

Aber das Geheimnis des Leuchtens löste er nie. Obwohl dieses Problem schnell von dem Drama überschattet wurde, das sich nun entwickelte, würde ihn das Gefühl, eine Gelegenheit verpaßt zu haben, bis an sein Lebensende verfolgen.

Obwohl es ihn gelegentlich reizte, erzählte er seinen Kollegen nie davon. Aber er hinterließ eine versiegelte Nachricht für die nächste Expedition, zu öffnen im Jahre 2133.

20

Rückruf

»Haben Sie Victor gesehen?« fragte Mihailowitsch hämisch, als Floyd gerade in aller Eile einem Ruf des Kapitäns folgen wollte. »Er ist ein gebrochener Mann.«

»Auf der Heimreise wird der Bart schon wieder nachwachsen«, fauchte Floyd, der im Moment keine Zeit für derartige Belanglosigkeiten hatte. »Ich will herausfinden, was geschehen ist.«

Kapitän Smith saß immer noch, fast wie betäubt, in seiner Kabine, als Floyd eintraf. Wenn dies ein Notfall gewesen wäre, der sein eigenes Schiff betraf, dann hätte er wie ein Wirbelwind voll gebändigter Energie nach allen Seiten Befehle ausgegeben. Aber in dieser Situation konnte er nichts tun, als auf die nächste Botschaft von der Erde zu warten.

Kapitän Laplace war ein alter Freund von ihm; wie konnte er in einen solchen Schlamassel geraten sein? Smith vermochte sich keinen Unfall, keinen Navigationsfehler, kein Instrumentenversagen vorzustellen, die diese Zwangslage hätten erklären können. Und es gab, soweit er sah, auch keine Möglichkeit, wie die ›Universe‹ da hätte helfen können. Das Kontrollzentrum drehte sich nur ständig im Kreise; es sah aus, als handle es sich um einen jener in der Raumfahrt nur allzu häufigen Notfälle, bei denen man nichts tun konnte, außer Beileidsbezeigungen zu übermitteln und letzte Botschaften aufzuzeichnen. Aber er ließ sich seine Zweifel und Bedenken nicht anmerken, als er Floyd die Nachricht mitteilte.

»Es hat einen Unfall gegeben«, sagte er. »Wir haben den Befehl erhalten, sofort zur Erde zurückzukehren, wo wir für eine Rettungsmission ausgerüstet werden sollen.«

»Was für ein Unfall?«

»Es geht um unser Schwesterschiff, die ›Galaxy‹. Sie führte eine Erkundung der Jupitersatelliten durch. Und sie hat eine Bruchlandung gemacht.«

Er sah den erstaunten, ungläubigen Ausdruck auf Floyds Gesicht.

»Ja, ich weiß, daß es unmöglich ist. Aber das Wichtigste haben Sie noch gar nicht gehört. Sie sitzt fest – auf Europa.«

»*Europa!*«

»Leider ja. Sie ist beschädigt, aber offenbar sind keine Menschenleben zu beklagen. Wir warten noch auf Einzelheiten.«

»Wann ist es passiert?«

»Vor zwölf Stunden. Es gab eine Verzögerung, ehe sie sich bei Ganymed melden konnten.«

»Aber was können *wir* tun? Wir befinden uns auf der anderen Seite des Sonnensystems. Wenn wir in den Mondorbit zurückkehren, um aufzutanken, und dann den schnellsten Orbit zum Jupiter nehmen – würde das – ach, mindestens ein paar Monate dauern!« (Und damals, zu Zeiten der ›Leonow‹, fügte Floyd bei sich hinzu, wären es ein paar Jahre gewesen...)

»Ich weiß, aber es gibt sonst kein Schiff, das etwas tun könnte.«

»Was ist mit Ganymeds eigenen Intersatelliten-Fähren?«

»Die sind nur für Einsätze im Orbit gebaut.«

»Sie sind auf Callisto gelandet.«

»Dazu war viel weniger Energie erforderlich. Oh, auf Europa könnten sie es gerade schaffen, aber so gut wie ohne Nutzlast. Man hat es natürlich erwogen…«

Floyd hörte kaum, was der Kapitän sagte; er versuchte immer noch, mit dieser erstaunlichen Nachricht fertig zu werden. Zum erstenmal seit einem halben Jahrhundert – und erst zum zweitenmal in der ganzen Geschichte! – war ein Schiff auf dem verbotenen Mond gelandet. Und das brachte ihn auf einen bedrohlichen Gedanken…

»Glauben Sie«, fragte er, »daß – wer auch immer – was auch immer – auf Europa ist, dafür verantwortlich sein könnte?«

»Das habe ich mich auch schon gefragt«, antwortete der Kapitän bedrückt. »Aber wir schnüffeln seit Jahren dort in der Gegend herum – ohne daß etwas geschehen wäre.«

»Noch genauer zum Thema – was könnte *uns* passieren, wenn wir einen Rettungsversuch machten?«

»Das ist mir als erstes in den Sinn gekommen. Aber das sind alles Spekulationen – wir müssen warten, bis wir mehr Fakten haben. Bis dahin – deshalb habe ich Sie eigentlich rufen lassen – ich habe soeben das Besatzungsmanifest der ›Galaxy‹ bekommen, und ich habe mich gefragt…«

Zögernd schob er den Ausdruck über seinen Schreibtisch. Aber noch bevor Heywood Floyd die

136

Liste überflogen hatte, wußte er irgendwie, was er finden würde.

»Mein Enkel«, sagte er tonlos.

Und, so fügte er bei sich hinzu, der einzige Mensch, der meinen Namen über meinen Tod hinaus weitertragen kann.

DRITTER TEIL

Europanisches Roulette

21

Politik im Exil

Trotz aller düsteren Prophezeiungen war die süd-
afrikanische Revolution vergleichsweise unblutig
verlaufen – wie es in der Welt eben so geht. Das Fern-
sehen, dem man die Schuld an so vielen Mißständen
gegeben hatte, verdiente dafür einige Anerkennung.
Eine Generation zuvor hatte man auf den Philippi-
nen einen Präzedenzfall geschaffen; weitaus die meisten Männer und Frauen verhalten sich eher verant-
wortungsbewußt, wenn sie wissen, daß die Welt zu-
sieht. Von schmachvollen Ausnahmen abgesehen,
ereignen sich wenige Massaker vor der Kamera.

Die meisten Afrikander hatten, als sie einsahen,
daß es unvermeidlich war, das Land lange vor dem
Machtwechsel verlassen. Und – wie sich die neue Regierung bitter beklagte – sie waren nicht mit leeren
Händen gegangen. Milliarden von Rand waren auf
Schweizer und holländische Banken überwiesen
worden; gegen Ende hatte es fast stündlich mysteriö-
se Flüge von Kapstadt und Johannesburg nach Zü-
rich und Amsterdam gegeben. Es hieß, bis zum Frei-
heitstag würde man in der ehemaligen Republik
Südafrika keine Troyunze Gold und kein Karat Diamant mehr finden – und die Bergwerke waren wirkungsvoll sabotiert worden. Ein prominenter Flücht-
ling prahlte vor seinem Luxusapartment in Den
Haag aus: »Es wird fünf Jahre dauern, bis die Kaffern
Kimberley wieder in Gang bringen – wenn sie es

überhaupt je schaffen.« Zu seiner großen Überraschung war De Beers nach weniger als fünf Wochen wieder im Geschäft, unter neuem Namen und neuer Leitung, und Diamanten waren der einzige, wichtigste Faktor in der Wirtschaft der neuen Nation.

Innerhalb einer Generation waren die jüngeren Flüchtlinge – trotz verzweifelter Nachhutgefechte ihrer konservativen Eltern – in der entwurzelten Kultur des einundzwanzigsten Jahrhunderts aufgegangen. Sie erinnerten sich mit Stolz, aber ohne Prahlerei, an den Mut und die Entschlossenheit ihrer Vorfahren, distanzierten sich jedoch entschieden von deren Torheiten. So gut wie keiner von ihnen sprach noch Afrikaans, nicht einmal im eigenen Haus.

Und doch gab es, genau wie bei der Russischen Revolution ein Jahrhundert zuvor, viele, die davon träumten, die Uhr zurückzustellen – oder mindestens die Anstrengungen derer zu sabotieren, die ihre Macht und ihre Privilegien an sich gerissen hatten. Gewöhnlich reagierten sie ihre Frustration und ihre Verbitterung in Propaganda, Demonstrationen, Boykotten, Petitionen an den Weltrat – und, seltener, in Kunstwerken – ab. Wilhelm Smuts' ›The Voortrekkers‹ wurde als Meisterwerk der (ironischerweise) englischen Literatur angesehen, sogar von denjenigen, die dem Autor erbittert widersprachen.

Aber es gab auch Gruppen, die politische Aktionen für nutzlos hielten und glaubten, nur mit Gewalt sei der ersehnte Status quo wiederherzustellen. Auch wenn es nicht viele gegeben haben konnte, die sich wirklich einbildeten, sie könnten die Seiten der Geschichte neu schreiben, einige wären doch, wenn schon ein Sieg unmöglich war, gerne auch mit Rache zufrieden gewesen.

Zwischen diesen beiden Extremen, den völlig Angepaßten und den völlig Unnachgiebigen, gab es ein ganzes Spektrum politischer – und apolitischer – Parteien. ›Der Bund‹ war nicht die größte, aber er war die mächtigste und sicher die reichste, da er durch ein Netz von Firmen und Holdinggesellschaften einen großen Teil der außer Landes geschmuggelten Reichtümer der verlorenen Republik kontrollierte. Die meisten dieser Unternehmen waren inzwischen völlig legal und auch durchaus respektabel.

Eine halbe Milliarde Bund-Geld steckte in der Tsung-Luft- und Raumfahrtgesellschaft und wurde ordnungsgemäß in der jährlichen Bilanz aufgeführt. Im Jahre 2059 nahm Sir Lawrence gerne eine weitere halbe Milliarde in Empfang, die es ihm ermöglichte, die Indienststellung seiner kleinen Flotte zu beschleunigen.

Aber nicht einmal sein ausgezeichneter Nachrichtendienst fand irgendeine Verbindung zwischen dem Bund und der letzten Chartermission der Tsung-Luft- und Raumfahrt für die ›Galaxy‹. Halley näherte sich damals auf jeden Fall dem Planeten Mars, und Sir Lawrence war so damit beschäftigt, die ›Universe‹ zum geplanten Starttermin fertigzustellen, daß er den Routineoperationen ihrer Schwesterschiffe nur wenig Aufmerksamkeit schenkte.

Obwohl Lloyds von London einige Zweifel be-

züglich des geplanten Programms der ›Galaxy‹ äu-
ßerte, wurden diese Einwände schnell erledigt. Der
Bund hatte überall Leute in Schlüsselpositionen sitzen; das war zwar unangenehm für die Versiche-
rungsmakler, aber sehr günstig für die Raumfahrtan-
wälte.

22

Riskante Fracht

Es ist nicht einfach, eine Schiffahrtslinie zwischen Zielen zu betreiben, die nicht nur alle paar Tage ihre Position um Millionen von Kilometern verändern, sondern auch einen Geschwindigkeitsbereich von mehreren zehn Kilometern pro Sekunde durchlaufen. So etwas wie ein geregelter Fahrplan ist völlig ausgeschlossen; gelegentlich muß man die ganze Sache aufgeben und im Hafen – oder zumindest im Orbit – bleiben und warten, bis sich das Sonnensystem wieder so geordnet hat, daß es für die Menschheit günstiger ist.

Glücklicherweise sind diese Perioden Jahre im voraus bekannt, daher ist es möglich, sie für Generalüberholungen, Neuausrüstungen und Planetenurlaub für die Besatzung bestens zu nützen. Und gelegentlich kann man, wenn man Glück hat und eine aggressive Verkaufspolitik betreibt, an Ort und Stelle einige Charteraufträge bekommen, auch wenn man dazu nur, wie man früher gesagt hätte, ›einmal um die Bucht segelt‹.

Kapitän Eric Laplace war sehr erfreut, daß der dreimonatige Aufenthalt über Ganymed kein vollständiger Verlust sein würde. Durch eine anonyme und unerwartete Schenkung konnte die Stiftung für Planetenkunde eine Erkundung des Jupiter- (auch jetzt sprach noch niemand je vom Luzifer-)Satellitensystems unter besonderer Berücksichtigung eines

145

Dutzends bisher vernachlässigter, kleinerer Monde finanzieren. Einige davon waren noch nicht einmal vermessen, geschweige denn besucht worden.

Sobald Rolf van der Berg von dieser Mission hörte, rief er den Schiffahrtsagenten von Tsung an und holte diskret einige Erkundigungen ein.

»Ja, zuerst steuern wir Io an – dann fliegen wir an Europa vorbei...«

»Nur ein Vorbeiflug? In welcher Entfernung?«

»Augenblick mal – sonderbar, der Flugplan macht darüber keine genaueren Angaben. Aber natürlich wird das Schiff nicht in die Sperrzone eindringen.«

»Die war bei der letzten Regelung... vor fünfzehn Jahren, auf zehntausend Kilometer festgelegt worden. Jedenfalls möchte ich mich gerne freiwillig als Planetologe für die Mission melden. Ich werde Ihnen meine Unterlagen hinüberschicken...«

»Das ist nicht nötig, Dr. van der Berg. Man hat Sie schon darum gebeten.«

Hinterher hat man immer leicht reden, und wenn Kapitän Laplace sich zurückerinnert (dazu hatte er später genügend Zeit) fielen ihm bei diesem Charterauftrag eine Reihe sonderbarer Punkte ein. Zwei Besatzungsmitglieder erkrankten plötzlich und wurden kurzfristig ausgetauscht; er war so froh, Ersatzleute zu bekommen, daß er ihre Papiere nicht so genau studierte, wie er es vielleicht hätte tun sollen. (Und selbst wenn er es getan hätte, hätte er nur feststellen können, daß sie völlig in Ordnung waren.)

Dann kamen die Schwierigkeiten mit der Ladung. Als Kapitän hatte er das Recht, alles zu inspizieren, was an Bord des Schiffes ging. Natürlich war es un-

146

möglich, dies bei jedem einzelnen Stück zu tun, aber er zögerte nie, Nachforschungen anzustellen, wenn er guten Grund dazu hatte. Raumschiffbesatzungen waren im großen und ganzen eine Gruppe mit hohem Verantwortungsbewußtsein; aber lange Einsätze konnten langweilig sein, und es gab chemische Stoffe zur Linderung dieser Langeweile, die – obwohl auf der Erde völlig legal – außerhalb davon nicht unbedingt zu empfehlen waren.

Als Offizier Chris Floyd seinen Verdacht meldete, nahm der Kapitän an, der chromatographische ›Schnüffler‹ des Schiffs habe ein neues Versteck des hochwertigen Opiums entdeckt, dem seine großenteils aus Chinesen bestehende Mannschaft gelegentlich zusprach. Diesmal war die Angelegenheit jedoch ernst – *sehr* ernst.

»Frachtraum drei, Artikel 2/456, Kapitän. Im Manifest steht ›Wissenschaftliche Geräte‹. Der Inhalt ist Sprengstoff.«

»*Was?*«

»Eindeutig, Sir. Hier ist das Elektrogramm.«

»Ich glaube Ihnen, Mr. Floyd. Haben Sie den Artikel untersucht?«

»Nein, Sir. Es ist eine versiegelte Kiste, ungefähr einen halben Meter auf einen halben Meter auf fünf Meter. Eines der größten Gepäckstücke, die das Wissenschaftlerteam an Bord gebracht hat. ›Zerbrechlich‹ und ›Mit Vorsicht zu behandeln‹ steht darauf. Aber das steht natürlich *überall*.«

Kapitän Laplace trommelte nachdenklich mit den Fingern auf das körnige Plastik-›Holz‹ seines Schreibtischs. (Er haßte das Muster und beabsichtigte, es bei der nächsten Neueinrichtung loszuwer-

147

den.) Schon diese kleine Bewegung bewirkte, daß er von seinem Sitz hochschwebte, und er hielt sich automatisch fest, indem er seinen Fuß um das Stuhlbein schlang.

Obwohl er an Floyds Bericht keinen Augenblick lang zweifelte – sein neuer Zweiter Offizier war sehr kompetent, und der Kapitän rechnete es ihm hoch an, daß er noch nie seinen berühmten Großvater aufs Tapet gebracht hatte – konnte es eine harmlose Erklärung geben. Der Schnüffler konnte von anderen Chemikalien mit instabilen Molekularverbindungen irregeführt worden sein.

Sie konnten in den Frachtraum hinuntergehen und das Paket mit Gewalt öffnen. Nein – das könnte gefährlich sein und außerdem gesetzliche Probleme aufwerfen. Am besten ging man damit gleich nach oben; das mußte er früher oder später ohnehin tun.

»Bitte, holen Sie mir Dr. Anderson – und sprechen Sie mit niemandem darüber.«

»Jawohl, Sir.« Chris Floyd salutierte respektvoll, aber gänzlich unnötig und verließ den Raum mit geschmeidigen, mühelos gleitenden Bewegungen.

Der Leiter des Wissenschaftsteams war nicht an Schwerelosigkeit gewöhnt, und sein Eintreten wirkte ziemlich unbeholfen. Seine offensichtlich ehrliche Entrüstung machte die Sache auch nicht besser, und er mußte sich mehrmals auf ziemlich unwürdige Weise am Schreibtisch des Kapitäns festklammern.

»Sprengstoff! Natürlich nicht! Lassen Sie mal das Manifest sehen... 2/456...«

Dr. Anderson hämmerte die Nummer in sein tragbares Computerterminal und las langsam ab:

»Mark V Penetrometer, Stückzahl, drei. Natürlich – kein Problem.«

»Und was, bitte...«, sagte der Kapitän, »ist ein Penetrometer?« Trotz seiner Besorgnis hatte er Mühe, ein Lächeln zu unterdrücken; es klang ein wenig obszön.

»Ein Standardgerät zur Entnahme von Planetenproben. Man wirft es ab, und wenn man Glück hat, bekommt man eine bis zu zehn Meter lange Bohrprobe – sogar in hartem Felsgestein. Dann schickt das Gerät eine vollständige, chemische Analyse zurück. Die einzig sichere Möglichkeit, um Stellen wie die Tagseite des Merkur – oder Io zu studieren, wo wir das erste abwerfen wollen.«

»Dr. Anderson«, sagte der Kapitän sehr beherrscht, »Sie mögen ein ausgezeichneter Geologe sein, aber von Himmelsmechanik verstehen Sie nicht viel. Sie können aus dem Orbit nicht einfach etwas ›abwerfen‹...«

Der Vorwurf der Unwissenheit war eindeutig unbegründet, wie die Reaktion des Wissenschaftlers zeigte.

»Diese Idioten!« sagte er. »Natürlich hätte man Sie informieren müssen.«

»Genau. Feststoffraketen sind als ›riskante Fracht‹ eingestuft. Ich brauche eine Genehmigung von der Versicherung *und* von Ihnen persönlich die Garantie, daß die Sicherheitssysteme ausreichend sind; sonst gehen die Dinger über Bord. Nun, haben Sie noch andere kleine Überraschungen? Planen Sie seismische Messungen? Ich glaube, dazu sind im allgemeinen auch Sprengstoffe notwendig...«

Ein paar Stunden später gestand der etwas kleinlauter gewordene Wissenschaftler, er habe auch zwei Flaschen elementares Fluorin gefunden, das als Treibstoff für die Laser verwendet wurde, welche auf bis zu tausend Kilometer Entfernung vorbeifliegende Himmelskörper anzapfen und spektrographische Proben entnehmen konnten. Da reines Fluorin so etwa die tückischste Substanz war, die der Mensch kannte, stand sie ganz oben auf der Liste verbotener Stoffe – aber wie die Raketen, die die Penetrometer auf ihr Ziel hinunterschossen, war es unerläßlich für die Mission.

Als Kapitän Laplace überzeugt war, daß alle notwendigen Vorsichtsmaßnahmen getroffen waren, nahm er die Entschuldigung des Wissenschaftlers und seine Versicherung an, das Versehen sei allein auf die Eile zurückzuführen, mit der die Expedition organisiert worden war.

Er war überzeugt, daß Dr. Anderson die Wahrheit sagte, hatte aber damals schon das Gefühl, daß diese Mission irgendwie ungewöhnlich war.

Wie ungewöhnlich jedoch, das hätte er sich niemals träumen lassen.

23

Inferno

Vor der Explosion des Jupiter war Io gleich hinter der Venus der Körper im Sonnensystem gewesen, der der Hölle am ähnlichsten war. Nachdem Luzifer die Oberflächentemperatur noch einmal um ein paar hundert Grad gesteigert hatte, konnte nun auch die Venus nicht mehr konkurrieren.

Die Schwefelvulkane und Geysire hatten ihre Aktivität vervielfacht und veränderten nun innerhalb von Jahren anstatt von Jahrzehnten die Form des gequälten Satelliten. Die Planetologen hatten jeden Versuch, Karten zu erstellen, aufgegeben und begnügten sich damit, alle paar Tage aus dem Orbit Fotos zu machen. Aus diesen Bildern hatten sie beeindruckende Zeitrafferfilme eines Inferno in Aktion zusammengestellt.

Lloyds in London hatte eine gesalzene Prämie für diesen Teil der Mission gefordert, aber Io stellte keine wirkliche Gefahr für ein Schiff dar, das in einer Mindestentfernung von zehntausend Kilometern vorbeiflog – noch dazu über der relativ ruhigen Nachtseite.

Als Offizier Chris Floyd die herannahende, gelborangefarbene Kugel – das unwahrscheinlichste, grellste Objekt im ganzen Sonnensystem – beobachtete, mußte er unwillkürlich an die inzwischen fünfzig Jahre zurückliegende Zeit denken, als sein Großvater hierhergekommen war. Hier war die ›Leonow‹

mit der verlassenen ›Discovery‹ zusammengetroffen, und hier hatte Dr. Chandra den bewußtlosen Computer HAL wiedererweckt. Dann waren die beiden Schiffe weitergeflogen, um den gewaltigen, schwarzen Monolithen zu untersuchen, der bei L1, dem inneren Lagrangepunkt zwischen Io und Jupiter schwebte.

Nun war der Monolith verschwunden – und Jupiter ebenfalls. Die Minisonne, die wie ein Phoenix aus der Implosion des Riesenplaneten aufgestiegen war, hatte ihre Satelliten praktisch zu einem zweiten Sonnensystem gemacht, obwohl es nur auf Ganymed und Europa Gebiete mit erdähnlichen Temperaturen gab. Wie lange das noch so sein würde, wußte niemand. Schätzungen über Luzifers Lebensdauer reichten von tausend bis zu einer Million Jahren.

Das Wissenschaftlerteam der ›Galaxy‹ blickte wehmütig zum L1-Punkt, aber es war jetzt viel zu gefährlich, sich ihm zu nähern. Zwischen Jupiter und seinen inneren Satelliten war immer elektrische Energie – die ›Strömungsröhre von Io‹ – geflossen, und die Entstehung Luzifers hatte diesen Strom hundertfach verstärkt. Manchmal konnte man den Energiestrom sogar mit bloßem Auge sehen, wenn er im typischen Licht ionisierten Natriums gelb glühte. Einige Techniker auf Ganymed hatten davon gesprochen, die Gigawatt anzuzapfen, die da nebenan ungenutzt blieben, aber niemand konnte sich vorstellen, wie das machbar sein sollte.

Das erste Penetrometer wurde, unter vulgären Bemerkungen seitens der Besatzung, gestartet und fuhr zwei Stunden später wie die Nadel einer Injektionsspritze in den schwärenden Satelliten. Es funk-

152

tionierte fast fünf Sekunden lang – zehnmal so lange wie die geschätzte Lebensdauer – und sendete Tausende von chemischen, physikalischen und rheologischen Meßwerten, ehe Io es zerstörte.

Die Wissenschaftler waren hellauf begeistert; van der Berg war nur erfreut. Er hatte erwartet, daß die Sonde funktionierte; Io war ein lächerlich einfaches Ziel. Aber wenn er in bezug auf Europa recht hatte, würde das zweite Penetrometer sicher versagen.

Und doch würde das nichts beweisen; es konnte aus einem Dutzend guter Gründe versagen. Und wenn es das tat, gab es nur eine Alternative, nämlich eine Landung.

Die natürlich strengstens verboten war – nicht nur von den Gesetzen der Menschen.

24

Shaka der Große

Die ASTROPOL – die trotz ihres grandiosen Namens außerhalb der Erde enttäuschend wenig zu sagen hatte – wollte nicht zugeben, daß SHAKA wirklich existierte. Die USSA nahmen genau den gleichen Standpunkt ein, und ihre Diplomaten wurden verlegen oder entrüsteten sich, wenn jemand so taktlos war, diesen Namen zu erwähnen.

Aber Newtons Drittes Gesetz gilt in der Politik wie in jedem anderen Bereich. Der Bund hatte seine Extremisten – obwohl er sich, manchmal nicht sehr energisch, bemühte, sie zu verleugnen –, die ständig Pläne gegen die USSA schmiedeten. Gewöhnlich beschränkten sie sich auf Versuche, im kommerziellen Bereich Sabotage zu betreiben, aber gelegentlich kam es zu Explosionen, Entführungen und sogar Attentaten.

Überflüssig zu sagen, daß die Südafrikaner das nicht auf die leichte Schulter nahmen. Sie reagierten mit der Einrichtung eines eigenen, amtlichen Gegenspionagedienstes, der auch einen ziemlich großzügig bemessenen Operationsspielraum besaß – und ebenfalls behauptete, nichts von SHAKA zu wissen. Vielleicht wendeten sie die nützliche CIA-Erfindung der ›plausiblen Abstreitbarkeit‹ an. Es ist sogar möglich, daß sie die Wahrheit sagten.

Einer Theorie nach war SHAKA anfangs nur ein Codewort gewesen und hatte dann – so ähnlich wie

Prokofieffs ›Leutnant Kije‹ – ein Eigenleben angenommen, weil es für verschiedene Geheimbürokratien ganz nützlich war. Das war sicher eine Erklärung für die Tatsache, daß keines der Mitglieder von SHAKA je abgefallen oder auch nur verhaftet worden war.

Dafür gab es jedoch noch eine zweite, ziemlich weit hergeholte Erklärung, so behaupteten jedenfalls die Leute, die glaubten, daß SHAKA wirklich existierte. Alle Agenten waren psychologisch so konditioniert, daß sie Selbstmord begingen, ehe jemand die Möglichkeit hatte, sie zu verhören.

Was immer die Wahrheit war, niemand konnte sich ernsthaft vorstellen, daß die Legende des großen Zulutyrannen mehr als zweihundert Jahre nach seinem Tod ihre Schatten über Welten werfen würde, von denen er nie gehört hatte.

25

Die verhüllte Welt

Während der ersten zehn Jahre, nachdem der Jupiter zur Minisonne geworden war und sich das große Tauwetter über sein Satellitensystem ausgebreitet hatte, hatte man Europa strikt in Ruhe gelassen. Dann hatten die Chinesen einen schnellen Vorbeiflug gewagt und mit Radar durch die Wolken sondiert, um vielleicht das Wrack der ›Tsien‹ ausfindig zu machen. Sie hatten keinen Erfolg gehabt, aber ihre Karten von der Tagseite zeigten als erste die neuen Kontinente, die nun auftauchten, als die Eisdecke schmolz.

Sie hatten auch eine vollkommen gerade, zwei Kilometer lange Formation entdeckt, die so künstlich aussah, daß man sie ›Die große Mauer‹ taufte. Wegen ihrer Form und ihrer Größe nahm man an, es sei der Monolith – oder *ein* Monolith, da ja in den Stunden vor der Entstehung Luzifers Millionen davon reproduziert worden waren.

Aber es hatte unter der ständig dichter werdenden Wolkendecke keine Reaktion, keine Spur eines intelligenten Signals gegeben. Daher brachte man ein paar Jahre später Beobachtungssatelliten in eine feste Umlaufbahn und startete aus großer Höhe Ballons in die Atmosphäre, um die Windverhältnisse zu studieren. Terrestrische Meteorologen waren davon ganz gefesselt, weil Europa, mit einem zentralen Ozean und einer Sonne, die niemals unterging, ein

156

herrlich vereinfachtes Modell für ihre Lehrbücher darstellte.

So begann das Spiel des ›Europanischen Roulette‹, wie die Regierenden es gerne nannten, wenn die Wissenschaftler vorschlugen, näher an den Satelliten heranzugehen. Nach fünfzig ereignislosen Jahren war es ein wenig langweilig geworden. Kapitän Laplace hoffte, daß es so bleiben würde, und Dr. Anderson hatte ihn sehr beruhigen müssen.

»Ich persönlich«, hatte er dem Wissenschaftler erklärt, »würde es als etwas unfreundlichen Akt ansehen, wenn man eine Tonne panzerbrechende Munition mit einer Geschwindigkeit von tausend Stundenkilometern auf mich abwerfen würde. Es überrascht mich sehr, daß der Weltrat Ihnen dazu die Genehmigung erteilt hat.«

Dr. Anderson war darüber selbst ein wenig erstaunt, aber wenn er gewußt hätte, daß das Projekt der letzte Punkt auf einer langen Tagesordnung eines wissenschaftlichen Unterausschusses spät an einem Freitag nachmittag gewesen war, hätte es ihn vielleicht nicht gewundert. Aus solchen Kleinigkeiten erwächst Geschichte.

»Ich bin ganz Ihrer Meinung, Kapitän. Aber wir operieren mit sehr strengen Auflagen, und es ist ganz unmöglich, daß wir den... ah... Europanern, wer immer das ist, ins Gehege kommen. Wir peilen ein Ziel an, das fünf Kilometer über dem Meeresspiegel liegt.«

»Das habe ich gehört. Was ist am Mount Zeus so interessant?«

»Er ist ein absolutes Rätsel. Vor ein paar Jahren war er noch nicht einmal vorhanden. Deshalb verstehen Sie sicher, warum er die Geologen zum Wahnsinn treibt.«

»Und Ihr Apparat wird ihn analysieren, wenn er eindringt?«

»Genau. Und – ich sollte Ihnen das eigentlich gar nicht erzählen – man hat mich gebeten, die Ergebnisse vertraulich zu behandeln und sie verschlüsselt zur Erde zu senden. Offensichtlich ist da jemand einer größeren Entdeckung auf der Spur und möchte ganz sichergehen, daß ihm niemand mit einer Veröffentlichung zuvorkommt. Können Sie sich vorstellen, daß Wissenschaftler so kleinlich sein können?«

Kapitän Laplace konnte sich das gut vorstellen, aber er wollte seinem Passagier dessen Illusionen nicht rauben. Dr. Anderson wirkte rührend naiv; was immer da im Busch war – und der Kapitän war jetzt ganz sicher, daß hinter dieser Mission mehr steckte, als auf den ersten Blick erkennbar war – Anderson wußte nichts davon.

»Ich kann nur hoffen, Doktor, daß die Europaner keine begeisterten Bergsteiger sind. Es wäre mir sehr unangenehm, wenn wir dazwischenkämen, während sie gerade eine Fahne auf ihrem heimischen Everest aufpflanzen wollen.«

An Bord der ›Galaxy‹ herrschte eine ungewöhnlich erregte Atmosphäre, als das Penetrometer abgeschossen wurde – sogar die unvermeidlichen Witze klangen gedämpft. Während der langen zwei Stunden, die die Sonde brauchte, um Europa zu erreichen, fand praktisch jedes Mitglied der Besatzung eine völlig begründete Ausrede, um die Brücke zu besuchen und bei der Steuerung zuzusehen. Fünfzehn Minuten vor dem Aufschlag erklärte Kapitän Laplace die Brücke zum Sperrgebiet für alle Besucher, ausgenommen Rosie, die neue Stewardeß; ohne ihren unerschöpflichen Vorrat an Spritzkolben mit ausgezeichnetem Kaffee hätte die Operation nicht fortgesetzt werden können.

Alles verlief reibungslos. Kurz nach dem Eintritt in die Atmosphäre wurden die Luftbremsen eingesetzt und verlangsamten das Penetrometer auf eine annehmbare Aufschlaggeschwindigkeit. Das Radarbild des Ziels – völlig glatt, ohne Anhaltspunkte für seine Größe – wurde auf dem Schirm stetig größer. Bei minus einer Sekunde schalteten alle Aufzeichnungsgeräte automatisch auf Schnellauf...

Aber es gab nichts aufzuzeichnen. »Jetzt verstehe ich«, sagte Dr. Anderson traurig, »wie man sich im Jet Propulsion Lab gefühlt hat, als damals die ersten Ranger in den Mond gekracht sind – mit blinden Kameras.«

26

Nachtwache

Nur die Zeit ist universal; Nacht und Tag sind lediglich kuriose, ortsgebundene Erscheinungen auf Planeten, die von den Gezeitenkräften noch nicht ihrer Rotation beraubt wurden. Aber wie weit die Menschen sich auch von ihrer Heimatwelt entfernen, sie können dem Tagesrhythmus, der vor Ewigkeiten durch den Zyklus von Licht und Dunkelheit festgelegt wurde, nie entgehen.

Deshalb war der Zweite Offizier Chang um 01.05 Universalzeit allein auf der Brücke, während ringsum das ganze Schiff schlief. Eigentlich bestand auch für ihn keine Notwendigkeit, wach zu bleiben, da die elektronischen Sensoren der ›Galaxy‹ jede Störung viel früher entdecken würden, als er es konnte. Aber hundert Jahre Cybernetik hatten bewiesen, daß Menschen immer noch ein wenig besser mit dem Unerwarteten fertig werden konnten; und früher oder später traf das Unerwartete immer ein.

Wo bleibt mein Kaffee? dachte Chang brummig. Ist doch gar nicht Rosies Art, zu spät zu kommen. Er fragte sich, ob die Stewardeß wohl auch von dem Unbehagen angesteckt war, das die Wissenschaftler wie die Raumschiffbesatzung nach den Katastrophen der letzten vierundzwanzig Stunden befallen hatte.

Nach dem Versagen des ersten Penetrometers war hastig eine Konferenz einberufen worden, um über den nächsten Schritt zu entscheiden. Ein Gerät war noch übrig; es war eigentlich für Callisto bestimmt, konnte aber ebenso leicht hier eingesetzt werden.

»Und außerdem«, hatte Dr. Anderson argumentiert, »sind wir auf Callisto schon gelandet – dort gibt es nichts als ein Sortiment verschiedenster Eisbrokken.«

Niemand hatte widersprochen. Nach einer zwölfstündigen Verzögerung, um Penetrometer Nummer 3 umzubauen und zu testen, wurde es in die europanische Wolkenlandschaft geschossen und folgte der unsichtbaren Spur seines Vorläufers.

Diesmal bekamen die Aufzeichnungsgeräte des Schiffes tatsächlich einige Daten – ungefähr eine halbe Millisekunde lang. Der Beschleunigungsmesser auf der Sonde war so geeicht, daß er bis 20 000 g arbeitete und gab einen kurzen Impuls ab, ehe er von der Skala verschwand. Alles mußte in viel weniger als einem Lidschlag zerstört worden sein.

Nach einer zweiten und noch pessimistischeren Erörterung beschloß man, einen Bericht zur Erde zu schicken und im hohen Orbit um Europa weitere Instruktionen abzuwarten, ehe man in Richtung auf Callisto und die äußeren Monde weiterflog.

»Entschuldigen Sie die Verspätung, Sir«, sagte Rose McMahon (aus ihrem Namen hätte man nie erraten, daß sie noch etwas dunkler war als der Kaffee, den sie brachte), »aber ich muß den Wecker falsch eingestellt haben.«

»Welch ein Glück«, sagte der wachhabende Offizier leise lachend, »daß Sie nicht das Schiff fliegen.«

»Ich verstehe nicht, wie es überhaupt jemand fliegen kann. Es sieht alles so kompliziert aus.«

»Ach, es ist gar nicht so schlimm, wie es aussieht«, meinte Chang. »Hat man Ihnen denn in Ihrem Ausbildungskurs nicht die Grundlagen der Raumfahrttheorie beigebracht?«

»Äh – doch. Aber ich habe nicht viel davon verstanden. Orbits und der ganze Unsinn.«

Offizier Chang langweilte sich und hielt es für eine freundliche Geste, sein Publikum aufzuklären. Und obwohl Rose nicht eben sein Typ war, war sie doch zweifellos attraktiv; wenn er sich jetzt ein wenig Mühe gab, war das vielleicht eine lohnende Investition. Es kam ihm gar nicht in den Sinn, daß sich Rose, nachdem sie ihre Pflicht erfüllt hatte, vielleicht gerne wieder schlafenlegen wollte.

Zwanzig Minuten später zeigte Chang auf die Navigationskonsole und schloß überschwenglich: »Sie sehen also, es geht wirklich fast automatisch. Man braucht nur ein paar Zahlen einzutippen, und den Rest erledigt das Schiff.«

Rosie schien müde zu werden; sie schaute ständig auf die Uhr.

»Entschuldigen Sie«, sagte Chang, plötzlich von Reue erfaßt. »Ich hätte Sie nicht vom Schlafen abhalten sollen.«

»Aber nein – es ist äußerst interessant. Bitte, fahren Sie fort!«

»Ganz bestimmt nicht. Ein andermal vielleicht. Gute Nacht, Rosie, vielen Dank für den Kaffee.«

»Gute Nacht, Sir.«

Rose McMahon, Steward Dritter Klasse, glitt (nicht allzu geschickt) auf die immer noch offene Tür zu. Chang drehte sich nicht einmal um, als er die Tür zuschnappen hörte.

Daher war es ein ziemlicher Schock, als er ein paar Sekunden später von einer völlig unbekannten, weiblichen Stimme angesprochen wurde.

»Mr. Chang – Sie brauchen gar nicht auf den Alarmknopf zu drücken – der Alarm ist abgestellt. Hier sind die Landekoordinaten. Bringen Sie das Schiff hinunter.«

Chang drehte seinen Stuhl langsam herum und fragte sich dabei, ob er wohl eingenickt sei und jetzt einen Alptraum habe.

Die Person, die Rose McMahon gewesen war, schwebte neben dem ovalen Durchgang und bewahrte ihr Gleichgewicht, indem sie sich am Verschlußhebel der Tür festhielt. Sie wirkte vollkommen verändert; innerhalb eines Augenblicks waren die Rollen vertauscht. Die schüchterne Stewardeß – die ihm noch nie direkt in die Augen gesehen hatte – fixierte Chang jetzt mit einem kalten, gnadenlosen Blick, bei dem er sich vorkam wie das von einer Schlange hypnotisierte Kaninchen. Die kleine, aber tödlich aussehende Pistole in ihrer freien Hand schien nur eine überflüssige Verzierung zu sein; Chang hatte nicht den geringsten Zweifel, daß sie ihn auch ohne Waffe sehr rasch töten konnte.

Trotzdem verlangten seine Selbstachtung wie seine Berufsehre, daß er sich nicht völlig kampflos ergab. Zumindest konnte er vielleicht Zeit gewinnen.

»Rose«, sagte er – und jetzt hatte er Mühe, einen Namen über die Lippen zu bringen, der plötzlich nicht mehr paßte – »das ist doch vollkommen lächerlich. Was ich Ihnen eben erzählt habe – ist einfach nicht wahr. Ich könnte das Schiff unmöglich alleine

landen. Es würde Stunden dauern, um die richtige
Bahn für den Anflug zu berechnen, und ich würde
jemanden brauchen, der mir hilft. Mindestens einen
Copiloten.

Die Pistole bewegte sich nicht.

»Ich bin kein Dummkopf, Mr. Chang. Dieses
Schiff verfügt, anders als die alten, chemischen Raketen, über unbegrenzte Energie. Die Fluchtge-
schwindigkeit von Europa beträgt nur drei Kilometer
pro Sekunde. Zu Ihrer Ausbildung gehört eine Not-
landung bei Ausfall des Hauptcomputers. Das können Sie jetzt in die Praxis umsetzen: das Fenster für
die optimale Landung mit den Koordinaten, die ich
Ihnen gegeben habe, öffnet sich in fünf Minuten.«

»Diese Art von Abort«, sagte Chang, der nun anfing, heftig zu schwitzen, »hat eine geschätzte Versa-
gensquote von 25%...« – die wirkliche Zahl war
10%, aber unter den gegebenen Umständen hielt er
es für gerechtfertigt, ein wenig zu übertreiben –,
»und es ist Jahre her, seit ich die Prüfung gemacht
habe.«

»In diesem Fall«, antwortete Rose McMahon,
»muß ich Sie eliminieren und den Kapitän bitten, mir
einen qualifizierteren Mann zu schicken. Ärgerlich,
weil wir dieses Fenster verpassen und ein paar Stunden auf das nächste warten müssen. Noch vier Minuten.«

Offizier Chang wußte, wann er geschlagen war;
aber wenigstens hatte er es versucht.

»Geben Sie mir die Koordinaten«, sagte er.

27

Rosie

Kapitän Laplace erwachte bei den ersten, sanften Klopfzeichen der Richtungskontrolldüsen, die sich anhörten wie ein ferner Specht. Einen Augenblick lang wußte er nicht, ob er träumte: nein, das Schiff wendete eindeutig.

Vielleicht wurde es auf einer Seite zu heiß, und das Thermalkontrollsystem führte einige kleinere Anpassungen durch. Das kam gelegentlich vor und war ein Minus für den diensthabenden Offizier, der es hätte merken müssen, wenn sich die Temperaturen der kritischen Grenze näherten.

Er griff nach dem Interkomknopf, um – wer war es um die Zeit? – Mr. Chang auf der Brücke zu rufen. Seine Hand brachte die Bewegung nicht zu Ende.

Nach Tagen der Schwerelosigkeit ist auch ein Zehntel Schwerkraft ein Schock. Dem Kapitän kam es vor wie Minuten, obwohl es nur ein paar Sekunden gedauert haben konnte, bis er seine Haltegurte abgeschnallt und sich aus seiner Koje gekämpft hatte. Diesmal fand er den Knopf und drückte wütend darauf. Er bekam keine Antwort.

Er bemühte sich, das dumpfe Klopfen und Pochen zu ignorieren, als ungenügend gesicherte Gegenstände, vom Einsetzen der Schwerkraft überrascht, herumpolterten. Die Dinge schienen noch lange Zeit weiterzufallen, aber irgendwann war das einzige, anormale Geräusch das gedämpfte, weit entfernte Donnern des auf vollen Touren laufenden Antriebs.

Er riß den Vorhang vor dem kleinen Fenster der Kabine auf und schaute auf die Sterne hinaus. Er wußte ungefähr, wohin die Schiffsachse hätte zeigen *sollen*; auch wenn er die Richtung nur bis auf dreißig oder vierzig Grad genau schätzen konnte, war es ihm damit möglich, zwischen den beiden Alternativen zu unterscheiden.

Die ›Galaxy‹ konnte vektoriell so gesteuert werden, daß ihre Orbitalgeschwindigkeit entweder gesteigert oder reduziert wurde. Im Moment wurde sie abgebremst – und schickte sich daher an, auf Europa zuzustürzen.

Es wurde hartnäckig an die Tür gehämmert, und der Kapitän merkte, daß in Wirklichkeit kaum mehr als eine Minute vergangen sein konnte. Offizier Floyd und weitere Besatzungsmitglieder drängten sich in dem engen Durchgang.

»Die Brücke ist abgesperrt, Sir«, meldete Floyd atemlos. »Wir kommen nicht hinein – und Chang antwortet nicht. Wir wissen nicht, was vorgefallen ist.«

»Ich schon, fürchte ich«, antwortete Kapitän Laplace und stieg in seine Shorts. »Früher oder später mußte irgendein Wahnsinniger es ja versuchen. Wir werden entführt, und ich weiß auch, wohin. Aber der Teufel soll mich holen, wenn ich weiß, *warum*.«

Er warf einen Blick auf seine Uhr und führte eine schnelle Berechnung durch.

»Bei diesem Schubniveau haben wir in fünfzehn Minuten den Orbit verlassen – sagen wir sicherheits-

166

halber zehn. Können wir den Antrieb überhaupt abschalten, ohne das Schiff in Gefahr zu bringen?«

Der Zweite Offizier Yu, der für technische Dinge zuständig war, machte ein sehr unglückliches Gesicht, meldete sich aber zögernd zu Wort.

»Wir könnten den Stromkreis der Pumpenmotorleitungen unterbrechen und die Treibstoffzufuhr abschneiden.«

»Kommen wir da ran?«

»Ja – sie sind auf Deck drei.«

»Dann gehen wir.«

»Äh – dann würde nur das unabhängige Ersatzsystem einspringen. Aus Sicherheitsgründen befindet es sich hinter einem versiegelten Schott auf Deck fünf – wir brauchten einen Schweißbrenner – nein, das wäre nicht mehr rechtzeitig zu schaffen.«

Das hatte Kapitän Laplace befürchtet. Die genialen Männer, die die ›Galaxy‹ gebaut hatten, hatten das Schiff vor allen denkbaren Unfällen schützen wollen. Es gegen menschliche Bösartigkeiten zu sichern, dazu hatten sie keine Veranlassung gehabt.

»Irgendwelche Alternativen?«

»Nicht in der verfügbaren Zeit, fürchte ich.«

»Dann lassen Sie uns auf die Brücke gehen und sehen, ob wir mit Chang reden können – und mit der Person, die bei ihm ist.«

Wer konnte das sein, überlegte der Kapitän. Er wollte nicht glauben, daß es jemand von der regulären Besatzung war. Das hieß – natürlich, das war die Antwort! Er sah es ganz deutlich. Von fixer Idee besessener Forscher versucht, Theorie zu beweisen – Experimente scheitern – er entscheidet, daß Streben nach Wissen Vorrang vor allem anderen hat...

Es hörte sich unangenehm nach einem jener billigen Melodramen über ›mad scientists‹* an, aber es paßte vollkommen zu den Tatsachen. Er fragte sich, ob Dr. Anderson zu der Ansicht gekommen war, daß dies der einzige Weg zu einem Nobelpreis sei.

Diese Theorie fiel schnell in sich zusammen, als der Geologe atemlos und zerzaust angelaufen kam und keuchte: »Um Himmels willen, Kapitän – was ist denn los? Wir haben vollen Schub! Geht es nach oben – oder nach unten?«

»Nach unten«, antwortete Kapitän Laplace. »In etwa zehn Minuten sind wir auf einer Bahn, die auf Europa trifft. Ich kann nur hoffen, daß der, der an den Kontrollen sitzt, wer immer das sein mag, weiß, was er tut.«

Sie erreichten die Brücke und standen vor der verschlossenen Tür. Von der anderen Seite war kein Laut zu hören.

Laplace klopfte, so laut er konnte, ohne sich die Knöchel zu prellen.

»Hier spricht der Kapitän! Lassen Sie uns hinein!«

Es kam ihm ziemlich albern vor, einen Befehl zu geben, der bestimmt mißachtet werden würde, aber er hoffte wenigstens auf irgendeine Reaktion. Zu seiner Überraschung kam auch eine.

Der Außenlautsprecher erwachte zischend zum Leben, und eine Stimme sagte: »Versuchen Sie keine Dummheiten, Kapitän. Ich habe eine Pistole, und Mr. Chang gehorcht meinen Befehlen.«

»Wer war *das* denn?« flüsterte einer der Offiziere. »Das hört sich an wie eine Frau!«

---

* verrückte Wissenschaftler.

»Sie haben recht«, sagte der Kapitän grimmig. Das schränkte die Möglichkeiten zwar ein, half ihm aber in keiner Weise weiter.

»Was wollen Sie denn eigentlich? Sie kommen damit doch unmöglich durch!« schrie er, bemüht, seine Stimme eher souverän als kläglich klingen zu lassen.

»Wir landen auf Europa. Und wenn Sie auch wieder starten wollen, dann versuchen Sie nicht, mich aufzuhalten.«

»Ihr Zimmer ist völlig sauber«, meldete Offizier Chris Floyd dreißig Minuten später, der Schub war inzwischen auf Null reduziert, und die ›Galaxy‹ raste auf der elliptischen Bahn dahin, die bald die Atmosphäre von Europa streifen würde. Es blieb keine Wahl mehr, jetzt hätte man die Triebwerke zwar abschalten können, aber das wäre glatter Selbstmord gewesen. Man würde sie zur Landung wieder brauchen – obwohl das vielleicht lediglich eine verlängerte Form des Selbstmords war.

»Rosie McMahon! Wer hätte das gedacht! Glauben Sie, daß sie unter Drogen steht?«

»Nein«, sagte Floyd. »Das war sehr sorgfältig geplant. Sie muß irgendwo auf dem Schiff ein Funkgerät versteckt haben. Wir sollten danach suchen.«

»Sie reden wie ein verdammter Bulle.«

»Schluß damit, meine Herren!« verlangte der Kapitän. Die Gemüter erhitzten sich aus Frustration und weil es nicht gelungen war, noch einmal Kontakt mit der verbarrikadierten Brücke aufzunehmen. Er blickte auf seine Uhr.

»In weniger als zwei Stunden treten wir in die Atmosphäre ein – soviel davon vorhanden ist. Ich bin in meiner Kabine – es wäre ja möglich, daß sie versuchen, mich dort anzurufen. Mr. Yu, Sie bleiben bitte in der Nähe der Brücke und melden mir sofort jede weitere Entwicklung.«

Er hatte sich noch nie in seinem Leben so hilflos gefühlt, aber es gab Zeiten, da war nichts zu tun das einzige, was man tun konnte. Als er die Offiziersmesse verließ, hörte er jemanden wehmütig sagen: »Ich könnte einen Kolben Kaffee vertragen. Rosie hat den besten gemacht, den ich je getrunken habe.«

Ja, dachte der Kapitän grimmig, tüchtig ist sie zweifellos. Was immer sie anpackt, macht sie gründlich.

28

Dialog

Es gab nur einen Mann an Bord der ›Galaxy‹, der die Situation nicht unbedingt nur als absolute Katastrophe betrachtete. Vielleicht muß ich bald sterben, sagte sich Rolf van der Berg; aber wenigstens habe ich eine Chance, als Wissenschaftler unsterblich zu werden. Vielleicht war das ein schwacher Trost, es war jedoch mehr, als sich irgend jemand sonst auf dem Schiff erhoffen konnte.

Daß die ›Galaxy‹ auf dem Weg zum Mount Zeus war, bezweifelte er keinen Augenblick; es gab sonst nichts von irgendwelcher Bedeutung auf Europa. Ja, es gab auf *keinem* Planeten etwas, das nur entfernt damit vergleichbar gewesen wäre.

Also war seine Theorie – und er mußte eingestehen, daß es immer noch nicht mehr als eine Theorie war – nicht länger ein Geheimnis. Wie konnte es durchgesickert sein?

Er hatte vorbehaltloses Vertrauen zu Onkel Paul, aber der konnte unvorsichtig gewesen sein. Wahrscheinlicher war, daß jemand seine Computer überwacht hatte, vielleicht routinemäßig. Wenn dem so war, mochte der alte Wissenschaftler durchaus in Gefahr sein; Rolf überlegte, ob er ihm eine Warnung schicken konnte – oder sollte. Er wußte, daß der Funkoffizier sich bemühte, über einen der Notsender Kontakt mit Ganymed aufzunehmen; ein automatischer Funkfeueralarm war schon hinausgegangen, und die Nachricht würde jetzt jeden Augenblick auf der Erde eintreffen. Sie war seit fast einer Stunde unterwegs.

»Herein«, antwortete er auf das leise Klopfen an seiner Kabinentür. »Oh – hallo, Chris. Was kann ich für Sie tun?«

Er war überrascht, den Offizier Chris Floyd zu sehen, den er nicht besser kannte als einen seiner anderen Kollegen. Wenn sie sicher auf Europa landeten, dachte er düster, würden sie sich vielleicht alle viel besser kennenlernen, als ihnen lieb war.

»Hallo, Doktor. Sie sind der einzige Mensch, der hier in der Gegend wohnt. Ich habe überlegt, ob Sie mir wohl helfen könnten.«

»Ich weiß nicht, ob im Augenblick überhaupt jemand einem anderen helfen kann. Was gibt es Neues von der Brücke?«

»Gar nichts. Ich komme gerade von Yu und Gillings, sie sind oben und versuchen, ein Mikro an der Tür zu installieren. Aber drinnen scheint niemand etwas zu sagen; kein Wunder – Chang hat bestimmt alle Hände voll zu tun.«

»Kann er uns sicher runterbringen?«

»Er ist unser bester Mann; wenn es jemand kann, dann er. Ich mache mir mehr Sorgen darüber, wie wir wieder wegkommen.«

»Gott – so weit hatte ich noch gar nicht vorausgedacht. Ich hatte angenommen, das sei kein Problem.«

»Ein kleines Problem könnte es schon werden. Vergessen Sie nicht, dieses Schiff ist für Einsätze im Orbit gebaut. Wir hatten auf keinem der größeren Monde landen wollen – obwohl wir uns ein Rendez-

172

vous mit Ananke und Carme erhofft hatten. Wir könnten also auf Europa festsitzen – besonders, wenn Chang bei der Suche nach einem guten Landeplatz Treibstoff verschwenden muß.«

»Wissen wir denn, wo er landen will?« fragte Rolf, bemüht, seine Stimme nicht eifriger klingen zu lassen, als man es vernünftigerweise erwarten konnte. Es mußte ihm mißlungen sein, denn Chris sah ihn scharf an.

»Das kann man in diesem Stadium unmöglich sagen, aber vielleicht bekommen wir eine bessere Vorstellung, wenn er zu bremsen anfängt. Sie kennen doch diese Monde; was meinen *Sie?*«

»Es gibt nur einen interessanten Ort. Mount Zeus.«

»Warum sollte jemand dort landen wollen?«

Rolf zuckte die Achseln. »Das war eines der Dinge, die wir herauszufinden hofften. Hat uns zwei teure Penetrometer gekostet.«

»Und es sieht so aus, als kostet es noch viel mehr. Haben Sie gar keine Ahnung?«

»Sie hören sich an wie ein Bulle«, sagte van der Berg grinsend, ohne es aber im mindesten ernst zu meinen.

»Komisch – das ist das zweitemal in der letzten halben Stunde, daß mir das jemand sagt.«

Sofort war eine ganz leichte Veränderung in der Atmosphäre der Kabine zu spüren – fast als ob das lebenserhaltende System eine Korrektur vorgenommen hätte.

»Ach – das sollte nur ein Scherz sein – sind Sie denn einer?«

»Wenn es so wäre, würde ich es wohl nicht zugeben, oder?«

Das war keine Antwort, dachte van der Berg; aber wenn er es sich überlegte, vielleicht doch.

Er schaute den jungen Offizier eindringlich an und stellte – nicht zum erstenmal – seine auffallende Ähnlichkeit mit seinem berühmten Großvater fest. Jemand hatte erwähnt, daß Chris Floyd erst zu dieser Mission von einem anderen Schiff der Tsung-Flotte auf die ›Galaxy‹ versetzt worden war – und hatte sarkastisch hinzugefügt, daß es in jedem Beruf nützlich sei, gute Beziehungen zu haben. Aber an Floyds Eignung hatte es keine Kritik gegeben; er war ein ausgezeichneter Weltraumoffizier. Seine Fähigkeiten qualifizierten ihn vielleicht auch für andere Teilzeitbeschäftigungen; man brauchte sich nur Rosie McMahon anzusehen – die ebenfalls, jetzt fiel es ihm wieder ein, erst unmittelbar vor dieser Mission auf die ›Galaxy‹ gekommen war.

Rolf van der Berg hatte das Gefühl, in ein riesiges, feines Netz interplanetarischer Intrigen geraten zu sein; als Wissenschaftler war er daran gewöhnt – im allgemeinen – offene Antworten auf die Fragen zu bekommen, die er der Natur stellte, und fühlte sich in dieser Situation gar nicht wohl.

Aber er konnte kaum behaupten, ein unschuldiges Opfer zu sein. Er hatte versucht, die Wahrheit – oder zumindest, was er für die Wahrheit hielt – zu verbergen. Und jetzt hatten sich die Folgen dieser Irreführung vervielfacht wie die Neutronen bei einer Kettenreaktion, mit Ergebnissen, die sich als ebenso katastrophal erweisen mochten.

Auf welcher Seite stand Chris Floyd? Wie viele Seiten gab es überhaupt? Der Bund steckte sicherlich mit in der Sache, nachdem das Geheimnis durchgesickert war. Aber innerhalb des Bundes selbst gab es wiederum Splittergruppen und gegnerische Gruppen, es war wie in einem Spiegelkabinett.

In einem Punkt war er sich jedoch einigermaßen sicher. Chris Floyd war, wenn auch nur wegen seiner Beziehungen, vertrauenswürdig. Ich würde darauf wetten, dachte van der Berg, daß er für diese Mission – wie lang oder kurz die nun auch dauern mag... – ASTROPOL zugeteilt ist.

»Ich würde Ihnen gerne helfen, Chris«, sagte er langsam. »Wie Sie vielleicht schon vermuten, habe ich tatsächlich einige Theorien. Aber die können immer noch völliger Unsinn sein. – In weniger als einer halben Stunde kennen wir vielleicht die Wahrheit. Bis dahin möchte ich lieber nichts sagen.«

Und das, so dachte er, ist nicht nur tiefverwurzelte, burische Sturheit. Wenn er sich geirrt hatte, wollte er lieber nicht unter Menschen sterben, die wußten, daß *er* der Narr war, der sie ins Verderben geführt hatte.

29

Sinkflug

Offizier Chang schlug sich mit dem Problem herum, seit die ›Galaxy‹ – zu seiner Überraschung ebenso wie zu seiner Erleichterung – erfolgreich in den Transferorbit eingetreten war. Während der nächsten zwei Stunden lag sie in Gottes Hand oder zumindest in der von Sir Isaac Newton; man konnte nur das letzte Brems- und Sinkflugmanöver abwarten.

Er hatte kurz überlegt, ob er versuchen sollte, Rose zu täuschen, indem er in der letzten Annäherungsphase dem Schiff einen Gegenvektor eingab und es so wieder in den Raum hinaussteuerte. Dann würde es wieder in einen stabilen Orbit kommen, und man konnte irgendwann von Ganymed aus eine Rettungsaktion starten. Aber gegen diesen Plan gab es einen grundlegenden Einwand: Er, Chang, würde sicher nicht mehr am Leben sein, wenn die Rettung kam. Er war zwar kein Feigling, hatte aber auch nicht den Ehrgeiz, unbedingt ein toter Held des Weltraums zu werden.

Seine Chancen, die nächste Stunde zu überlegen, schienen ohnehin gering. Man hatte ihm befohlen, *ganz allein* einen Dreitausendtonner auf völlig unbekanntem Territorium zu landen. Das war ein Kunststück, das er nicht einmal auf dem wohlbekannten Mond hätte versuchen wollen.

»Wie viele Minuten noch, ehe Sie mit dem Bremsen beginnen?« fragte Rosie. Vielleicht war es mehr ein Befehl als eine Frage; sie kannte sich eindeutig in den Grundlagen der Astronautik aus, und Chang gab seine letzten, wilden Träume, sie zu überlisten, auf.

»Fünf«, sagte er zögernd. »Kann ich den Rest des Schiffes warnen, sich bereitzuhalten?«

»Das mache ich. Geben Sie mir das Mikro... HIER SPRICHT DIE BRÜCKE. WIR BEGINNEN IN FÜNF MINUTEN MIT DEM BREMSMANÖVER. ICH WIEDERHOLE: FÜNF MINUTEN. ENDE.«

Die in der Messe versammelten Wissenschaftler und Offiziere hatten diese Nachricht erwartet. In einem Punkt hatten sie Glück gehabt; die äußeren Videomonitoren waren nicht abgeschaltet worden. Vielleicht hatte Rose sie vergessen; wahrscheinlicher war, daß sie sich nicht darum gekümmert hatte. So konnten sie jetzt als hilflose Zuschauer – im wahrsten Sinne des Wortes ein gefesseltes Publikum – zusehen, wie sich ihr Verhängnis entfaltete.

Der umwölkte Halbmond Europa füllte nun den Sichtbereich der rückwärtigen Kamera aus. In der festen Decke aus Wasserdampf, der auf dem Weg zurück zur Nachtseite wieder kondensierte, war nirgends eine Lücke. Das war nicht wichtig, weil die Landung bis zum letzten Moment mit Radarsteuerung erfolgen würde. Es würde jedoch die Qualen der Zuschauer verlängern, die auf sichtbares Licht angewiesen waren.

Niemand starrte gespannter auf die sich nähernde Welt als der Mann, der sie so frustriert fast zehn Jahre lang studiert hatte. Rolf van der Berg saß in einem der leichten Stühle für niedrige Schwerkraft,

177

den Haltegurt locker befestigt, und bemerkte kaum das erste Einsetzen von Gewicht, als das Bremsmanöver begann.

Innerhalb von fünf Sekunden hatten sie vollen Schub erreicht. Alle Offiziere führten auf ihren Komgeräten hastige Berechnungen durch; ohne Zugang zur Navigation konnte vieles nur Schätzung bleiben, und Kapitän Laplace wartete darauf, daß sich eine Übereinstimmung zeigte.

»Elf Minuten«, verkündete er schließlich, »vorausgesetzt, er reduziert das Schubniveau nicht – er ist jetzt auf Maximum. Und vorausgesetzt, er schwebt auf zehn Kilometer – direkt über der Wolkendecke – und geht dann senkrecht hinunter. Das könnte noch einmal fünf Minuten dauern.«

Er braucht nicht zu sagen, daß die letzte Sekunde dieser fünf Minuten die kritischste sein würde.

Europa schien entschlossen, seine Geheimnisse bis zum allerletzten Augenblick für sich zu behalten. Als die ›Galaxy‹ bewegungslos knapp über der Wolkendecke schwebte, war immer noch keine Spur von dem Land – oder dem Meer – darunter zu sehen. Dann wurden ein paar qualvolle Sekunden lang die Schirme völlig leer – bis auf einen kurzen Blick auf das jetzt ausgefahrene und sehr selten benützte Fahrgestell. Das Geräusch des Ausfahrens hatte ein paar Minuten zuvor unter den Passagieren eine kurze, hektische Unruhe ausgelöst; jetzt konnten sie nur hoffen, daß es seinen Dienst tun würde.

Wie dick ist denn diese verdammte Wolkenschicht? fragte sich van der Berg. Reicht sie denn bis ganz hinunter?

Nein, sie riß auf, verdünnte sich zu Fetzen und

Schwaden – und da breitete sich das Neue Europa aus, nur ein paar tausend Meter tiefer, wie es schien.

Es war in der Tat neu; man brauchte kein Geologe zu sein, um das zu sehen. Vor vier Milliarden Jahren hatte die noch junge Erde vielleicht auch so ausgesehen, als Land und Meer sich anschickten, ihren endlosen Kampf zu beginnen.

Hier hatte es bis vor fünfzig Jahren weder Meer noch Land gegeben – nur Eis. Aber jetzt war das Eis auf der Luzifer zugewandten Hemisphäre geschmolzen, das dabei entstandene Wasser war hochgesprudelt – und in der Dauerkälte der Nachtseite abgelagert worden. Durch den Transport von Milliarden Tonnen von Flüssigkeit von einer Hemisphäre auf die andere waren uralte Meeresböden freigelegt worden, die nie zuvor auch nur das bleiche Licht der weit entfernten Sonne gesehen hatten.

Eines Tages würde vielleicht eine sich ausbreitende Vegetationsdecke diese bizarre Landschaft weicher und zahmer machen; jetzt sah man nur öde Lavaströme und leicht dampfende Schlammebenen, gelegentlich unterbrochen von hoch aufragenden Felsmassen mit seltsam schrägen Schichten. Hier hatten eindeutig starke, tektonische Bewegungen stattgefunden, und das war auch kaum verwunderlich, wenn erst vor kurzem ein Berg von der Größe des Everest entstanden war.

Und da war er – türmte sich über dem unnatürlich nahen Horizont auf. Rolf van der Berg spürte eine Beklemmung in der Brust und ein Kribbeln im Nakken. Nicht mehr nur durch ferne, unpersönliche Instrumente, sondern mit eigenen Augen erblickte er den Berg seiner Träume.

Dieser Berg hatte, das wußte er, annähernd die Form eines Tetrahedrons und war so schräg geneigt, daß eine Fläche fast senkrecht stand. (Das wäre eine schöne Herausforderung für einen Kletterer, sogar bei dieser Schwerkraft – besonders, weil man keine Haken hineinschlagen konnte...) Der Gipfel war in den Wolken verborgen, und ein großer Teil des sanft abfallenden, ihnen zugewandten Hangs war mit Schnee bedeckt.

»Und *darum* geht das ganze Getue?« murmelte jemand verächtlich. »Sieht für mich aus wie ein ganz normaler Berg. Ich meine, wenn man einen gesehen hat...« Er wurde mit wütendem Zischen zum Schweigen gebracht.

Die ›Galaxy‹ schwebte jetzt langsam auf den Mount Zeus zu, während Chang nach einem geeigneten Landeplatz suchte. Das Schiff hatte sehr wenig Seitensteuerung, da neunzig Prozent des Hauptschubs nur dazu verwendet werden mußten, es zu stützen. Chang hatte genügend Treibstoff für vielleicht fünf Minuten Schwebeflug. Danach konnte er vielleicht immer noch sicher landen – aber nicht wieder starten.

Neil Armstrong war, fast hundert Jahre zuvor, vor dem gleichen Dilemma gestanden. Aber er hatte nicht zu navigieren brauchen, während eine Pistole auf seinen Kopf zielte.

Während der letzten paar Minuten hatte Chang jedoch sowohl die Pistole als auch Rosie völlig vergessen. Er konzentrierte sich mit allen Sinnen auf die vor ihm liegende Aufgabe; er war praktisch ein Teil der großen Maschine, die er steuerte. Die einzige, menschliche Empfindung, die er noch verspürte, war nicht Angst – sondern Hochstimmung. Das war die Arbeit, für die er ausgebildet war; das war der Höhepunkt seiner beruflichen Karriere – auch wenn es vielleicht gleichzeitig das Finale war.

Und es sah so aus, als würde es das werden. Der Fuß des Berges war jetzt weniger als einen Kilometer entfernt – und er hatte immer noch keinen Landeplatz gefunden. Das Gelände war unglaublich zerklüftet, von Schluchten zerrissen, mit riesigen Felsbrocken übersät. Er hatte keine einzige, horizontale Fläche gesehen, die größer war als ein Tennisplatz – und die rote Linie auf dem Treibstoffmesser war nur noch dreißig Sekunden entfernt.

Aber *da* war endlich eine glatte Fläche – bei weitem die glatteste, die er bisher gesehen hatte – seine einzige Chance innerhalb des Zeitrahmens.

Vorsichtig jonglierte er den riesigen, instabilen Zylinder auf die ebene Stelle zu – sie schien schneebedeckt zu sein – ja, so war es – die Druckwelle blies jetzt den Schnee weg – aber was liegt darunter? Sieht aus wie Eis – muß ein gefrorener See sein – wie dick – WIE DICK –

Ein Fünfhundert-Tonnen-Hammerschlag aus den Hauptdüsen der ›Galaxy‹ traf die trügerisch einladende Fläche. Ein strahlenförmiges Muster breitete sich schnell darüber aus; das Eis bekam Sprünge, große Platten begannen umzukippen. Brodelndes Wasser wurde in konzentrischen Kreisen nach außen geschleudert, als die ganze Wut des Antriebs auf den plötzlich freigelegten See niederging.

Als gutausgebildeter Offizier reagierte Chang automatisch, ohne fatales Zögern. Seine linke Hand riß die Stange mit der Aufschrift SICHERHEITSVER-

181

SCHLUSS auf; seine rechte packte den roten Hebel, den sie schützte – und zog ihn in die Öffnungsposition.

Das ABORT-Programm, friedlich schlafend seit dem ersten Start der ›Galaxy‹, übernahm das Schiff und schleuderte es in den Himmel zurück.

30

›Galaxy‹ gelandet

In der Offiziersmesse empfand man den plötzlichen Schubstoß wie einen Hinrichtungsaufschub. Die Offiziere hatten voll Entsetzen beobachtet, wie der gewählte Landeplatz einbrach und wußten, daß es nur einen Ausweg gab. Nun, da Chang ihn gewählt hatte, gestatteten sie sich den Luxus, wieder zu atmen.

Aber wie lange sie diese Erfahrung noch genießen durften, konnte niemand sagen. Nur Chang wußte, ob das Schiff genügend Treibstoff hatte, um einen stabilen Orbit zu erreichen; und selbst wenn das der Fall war, dachte Kapitän Laplace düster, befahl ihm die Wahnsinnige mit ihrer Pistole vielleicht erneut, zu landen. Er glaubte allerdings keinen Augenblick daran, daß sie wirklich wahnsinnig war; sie wußte genau, was sie tat.

Plötzlich veränderte sich der Schub.

»Triebwerk vier hat soeben abgeschaltet«, sagte ein Techniker. »Mich überrascht das nicht – wahrscheinlich überhitzt. Nicht darauf ausgelegt, so lange auf dieser Stufe zu arbeiten.«

Natürlich merkte man nichts von einem Richtungswechsel – der reduzierte Schub wirkte noch immer entlang der Schiffsachse –, aber die Bilder auf den Monitorschirmen waren plötzlich schwindelerregend gekippt. Die ›Galaxy‹ stieg noch immer, aber nicht mehr senkrecht. Sie war zu einem Raketengeschoß geworden und flog auf ein unbekanntes Ziel auf Europa zu.

Noch einmal fiel der Schub unvermittelt ab; auf den Videomonitoren wurde der Horizont wieder eben.

»Er hat das gegenüberliegende Triebwerk abgeschaltet – einzige Möglichkeit, uns vor dem Radschlagen zu bewahren – aber kann er die Höhe halten – guter Mann!«

Die zuschauenden Wissenschaftler konnten nicht begreifen, was daran gut sein sollte; die Bilder auf den Monitoren waren verschwunden, verhüllt von einem blendendweißen Nebel.

»Er stößt überschüssigen Treibstoff ab – macht das Schiff leichter!«

Der Schub schrumpfte auf Null; das Schiff befand sich im freien Fall. Innerhalb von wenigen Sekunden war es durch die riesige Wolke aus Eiskristallen gestürzt, die entstanden war, als der abgestoßene Treibstoff in den Raum explodierte. Und darunter kam mit einer gemächlichen Beschleunigung von einem Achtel G Europas Zentralmeer näher. Wenigstens brauchte sich Chang keinen Landeplatz mehr auszuwählen. Von jetzt an war alles ein Standardmanöver, so bekannt wie ein Videospiel für die Millionen, die nie in den Weltraum geflogen waren und es auch nie tun würden.

Man brauchte nur noch den Schub gegen die Schwerkraft auszugleichen, so daß das sinkende Schiff auf Höhe Null auch null Geschwindigkeit erreichte. Es gab einen gewissen Fehlerspielraum, aber der war selbst für eine Wasserlandung, wie sie die ersten amerikanischen Astronauten bevorzugt hatten und wie sie Chang nun widerstrebend nachahmte, nicht sehr groß. Wenn er einen Fehler machte – und nach den letzten paar Stunden war ihm das kaum zu verübeln – würde ihm kein Homecomputer sagen: »Sie sind leider abgestürzt. Möchten Sie es noch einmal versuchen? Antwort JA/NEIN...«

Offizier Yu und seine zwei Gefährten, die mit ihren improvisierten Waffen vor der verschlossenen Tür der Brücke warteten, hatten vielleicht den schwierigsten Auftrag von allen. Sie hatten keine Monitorschirme, die ihnen sagten, was vorging, und waren auf Botschaften aus der Offiziersmesse angewiesen. Durch das Abhörmikrofon war auch nichts gekommen, aber das war kaum überraschend. Chang und McMahon hatten sehr wenig Zeit für Unterhaltungen – und wahrscheinlich auch wenig Bedürfnis danach.

Die Landung war großartig, es gab kaum einen Ruck. Die ›Galaxy‹ sank noch ein paar Meter tiefer, tauchte dann wieder auf und schwamm senkrecht und – dank dem Gewicht der Triebwerke – in aufrechter Position.

Dann hörten die Lauscher die ersten verständlichen Laute durch das Abhörmikrofon.

»Rosie, Sie Wahnsinnige«, sagte Changs Stimme, und sie klang eher resigniert und erschöpft als zornig. »Hoffentlich sind Sie jetzt zufrieden. Sie haben uns alle umgebracht.«

Man hörte einen Pistolenschuß, und dann war es lange still.

Yu und seine Kollegen warteten geduldig, weil sie wußten, daß bald etwas geschehen mußte. Dann hörten sie, wie die Verschlußhebel geöffnet wurden und packten die Schraubenschlüssel und Metallstangen, die sie bei sich hatten, fester. Einen von ihnen würde sie vielleicht erwischen, aber nicht alle drei.

Die Tür schwang sehr langsam auf.

»Tut mir leid«, sagte der Zweite Offizier Chang. »Ich muß einen Moment lang weggewesen sein.«

Und dann fiel er, wie es sich für einen vernünftigen Menschen gehörte, erneut in Ohnmacht.

31

Das galileische Meer

Ich werde nie begreifen, wie ein Mann Arzt werden kann, sagte sich Kapitän Laplace. Oder Bestattungsunternehmer. Da fallen manchmal wirklich gräßliche Arbeiten an...

»Nun, haben Sie etwas gefunden?«

»Nein, Skipper. Natürlich habe ich auch nicht die richtigen Instrumente. Es gibt Implantate, die man nur mit einem Mikroskop finden könnte – das habe ich jedenfalls gehört. Aber die könnten nur auf sehr kurze Distanz senden.«

»Vielleicht gibt es irgendwo auf dem Schiff ein Relais – Floyd hat vorgeschlagen, alles zu durchsuchen. Haben Sie Fingerabdrücke und andere Erkennungsmerkmale genommen?«

»Ja – wenn wir Kontakt mit Ganymed aufnehmen, strahlen wir alles hinauf, zusammen mit Fotos von ihren Papieren. Aber ich bezweifle, daß wir jemals erfahren werden, wer Rosie war und für wen sie arbeitete. Oder *warum*, in Gottes Namen.«

»Wenigstens hat sie ein paar menschliche Regungen gezeigt«, sagte Laplace nachdenklich. »Sie muß gewußt haben, daß sie gescheitert war, als Chang den ABORT-Hebel zog. In diesem Moment hätte sie ihn erschießen können, anstatt ihn landen zu lassen.«

»Das wird uns nicht viel nützen, fürchte ich. Ich möchte Ihnen erzählen, was passierte, als Jenkins

und ich die Leiche durch die Abfallschleuse hinaus-
kippten.«

Der Doktor verzog angewidert die Lippen.

»Sie hatten natürlich recht – es war das einzige,
was wir tun konnten. Nun, wir hatten uns nicht die
Mühe gemacht, sie mit Gewichten zu beschweren –
sie schwamm ein paar Minuten lang – wir beobachteten sie, um zu sehen, ob sie vom Schiff freikommen
würde – und dann...«

Der Doktor schien nach Worten zu ringen.

»Was, verdammt?«

»*Etwas* ist aus dem Wasser gekommen. Sah aus
wie ein Papageienschnabel, aber ungefähr hundertmal größer. Es hat – Rose – mit einem Haps gepackt
und ist verschwunden. Wir haben hier recht ein-
drucksvolle Gesellschaft; selbst wenn wir draußen
atmen könnten, schwimmen würde ich bestimmt
nicht empfehlen...«

»Brücke an Kapitän«, sagte der diensthabende Offizier. »Starke Wasserbewegung – Kamera drei – ich
gebe Ihnen das Bild.«

»Das ist das Ding, das ich gesehen habe!« rief der
Doktor. Ihn fröstelte bei dem unvermeidlichen, bedrohlichen Gedanken: Hoffentlich ist es nicht zu-
rückgekommen, um sich noch mehr zu holen.

Plötzlich brach eine riesige Masse durch die Was-
seroberfläche des Ozeans und wölbte sich in den
Himmel. Einen Augenblick lang hing die ganze,
monströse Gestalt zwischen Luft und Wasser.

Das Vertraute kann ebenso schockieren wie das
Fremde – wenn es am falschen Ort auftritt. Der Dok-
tor und der Kapitän riefen gleichzeitig: »Das ist ja ein
Hai!«

Sie hatten gerade noch Zeit, ein paar kleine Unterschiede – abgesehen von dem monströsen Papageienschnabel – festzustellen, ehe das Riesenwesen ins Meer zurückkrachte.

Es besaß ein zusätzliches Flossenpaar – und offenbar keine Kiemen. Man sah auch keine Augen, aber auf beiden Seiten des Schnabels waren sonderbare Auswüchse, die irgendwelche anderen Sinnesorgane sein mochten.

»Natürlich konvergente Evolution«, sagte der Doktor. »Gleiche Probleme – gleiche Lösungen, auf jedem Planeten. Sehen Sie sich die Erde an. Haie, Delphine, Ichthyosaurier – alle Ozeanraubtiere müssen im Grunde gleich gebaut sein. Aber der Schnabel ist mir ein Rätsel.«

»Was macht es jetzt?«

Das Geschöpf war wieder aufgetaucht, aber jetzt bewegte es sich langsam, als sei es von jenem einen, gewaltigen Sprung erschöpft. Ja, es schien in Schwierigkeiten zu sein – sogar Schmerzen zu leiden; es peitschte mit dem Schwanz das Wasser, ohne sich zu bemühen, in eine bestimmte Richtung zu schwimmen.

Plötzlich gab es seine letzte Mahlzeit von sich, drehte sich mit dem Bauch nach oben und lag, leblos schaukelnd, in der sanften Dünung.

»Oh, mein Gott«, flüsterte der Kapitän, von Abscheu erfüllt. »Ich glaube, ich weiß, was geschehen ist.«

»Fremde Biochemie«, sagte der Doktor, selbst er schien von dem Anblick erschüttert. »Rosie hat schließlich doch noch ein Opfer gefordert.«

Das galileische Meer war natürlich nach dem Mann benannt, der Europa entdeckt hatte – so wie er seinerseits nach einem viel kleineren Land auf einer anderen Welt benannt war.

Es war ein sehr junges Meer, weniger als fünfzig Jahre alt; und wie die meisten kleinen Kinder konnte es ziemlich ungestüm sein. Obwohl die Atmosphäre von Europa noch zu dünn war, um richtige Hurrikane zu erzeugen, wehte ein ständiger Wind vom Land ringsum in Richtung auf die tropische Zone, über der Luzifer ständig schien. Hier, wo immer Mittag war, brodelte das Wasser unaufhörlich – aber in der dünnen Atmosphäre mit einer Temperatur, die kaum hoch genug war für eine gute Tasse Tee.

Glücklicherweise war die dampfende, turbulente Region direkt unter Luzifer tausend Kilometer entfernt; die ›Galaxy‹ war in einem ziemlich ruhigen Gebiet weniger als hundert Kilometer vom nächsten Land niedergegangen. Bei Spitzengeschwindigkeit konnte sie diese Strecke im Bruchteil einer Sekunde überwinden; aber als sie jetzt unter der tiefhängenden, ständigen Wolkendecke Europas dahinschwamm, schien das Land so weit weg wie der fernste Quasar. Schlimmer noch – wenn das überhaupt möglich war – der ewige, ablandige Wind trieb sie noch weiter aufs Meer hinaus. Und selbst wenn es ihr gelang, sich an einer jungfräulichen Küste dieser neuen Welt auf Grund zu setzen, war sie vielleicht nicht besser dran als jetzt.

Aber bequemer würde es sein; obwohl Raumschiffe bewundernswert wasserdicht sind, sind sie selten seetüchtig. Die ›Galaxy‹ schwamm in senkrechter Stellung und hüpfte in sanften, aber unangenehmen Schaukelbewegungen auf und ab, die Hälfte der Besatzung war schon seekrank.

Nachdem Kapitän Laplace die Schadensmeldungen durchgesehen hatte, fragte er als erstes, ob jemand Erfahrung im Umgang mit Schiffen hatte – ganz gleich, welcher Größe und Form. Man konnte eigentlich annehmen, daß unter dreißig Astronautikingenieuren und Weltraumwissenschaftlern doch eine beträchtliche Anzahl von talentierten Seefahrern sein müßte, und er fand auch sofort fünf Amateursegler und sogar einen Profi – Zahlmeister Frank Lee, der seine Laufbahn bei den Tsung-Schiffahrtslinien begonnen hatte und dann in den Weltraum übergewechselt war.

Obwohl Zahlmeister eher daran gewöhnt sind, mit Rechenmaschinen (in Franks Fall oft mit einem zweihundert Jahre alten Abakus aus Elfenbein) umzugehen als mit Navigationsinstrumenten, hatten sie doch Prüfungen in den Grundlagen der Seemannskunst abzulegen. Lee hatte nie eine Chance gehabt, seine seemännischen Fähigkeiten auf die Probe zu stellen; jetzt, fast eine Milliarde Kilometer vom Südchinesischen Meer entfernt, war seine Zeit gekommen.

»Wir sollten die Treibstofftanks fluten«, erklärte er dem Kapitän. »Dann liegt sie tiefer und hüpft nicht mehr so stark auf und ab.«

Es schien absurd, noch mehr Wasser in das Schiff zu lassen, und der Kapitän zögerte.

»Angenommen, wir laufen auf Grund?«

Niemand kam mit der naheliegenden Bemerkung: »Was macht das für einen Unterschied?« Ohne ernsthafte Diskussionen waren alle davon ausgegangen, daß sie an Land – falls sie es je erreichen konnten – in einer besseren Lage sein würden.

»Wir können die Tanks jederzeit wieder ausblasen. Das müssen wir ohnehin tun, wenn wir die Küste erreichen, um das Schiff in die Horizontale zu bringen. Gott sei Dank haben wir Energie...«

Seine Stimme erstarb; alle wußten, was er meinte. Ohne den Zusatzreaktor, der die Lebenserhaltungssysteme speiste, wären sie alle innerhalb weniger Stunden tot. Jetzt konnte das Schiff sie – wenn es keine Panne gab – auf unbegrenzte Zeit am Leben erhalten.

Letztlich würden sie natürlich verhungern; sie hatten soeben einen dramatischen Beweis dafür erhalten, daß es in den Meeren Europas keine Nahrung, sondern nur Gift gab.

Wenigstens hatten sie Kontakt mit Ganymed aufnehmen können, so daß die gesamte menschliche Rasse nun wußte, in welcher Zwangslage sie sich befanden. Die besten Köpfe im Sonnensystem würden jetzt versuchen, sie zu retten. Wenn sie scheiterten, blieb den Passagieren und der Besatzung der ›Galaxy‹ wenigstens der zweifelhafte Trost, daß sie im vollen Licht der Öffentlichkeit starben.

VIERTER TEIL

Am
Wasserloch

32

Umleitung

»Die letzte Nachricht«, sagte Kapitän Smith zu seinen versammelten Fahrgästen, »ist, daß die ›Galaxy‹ schwimmt und sich in ziemlich gutem Zustand befindet. Ein Besatzungsmitglied – eine Stewardeß – wurde getötet – die Einzelheiten kennen wir nicht – aber alle anderen sind unverletzt.

Alle Systeme des Schiffes arbeiten; es gibt ein paar Lecks, aber die sind unter Kontrolle. Kapitän Laplace sagt, es bestünde keine unmittelbare Gefahr, aber der vorherrschende Wind treibt sie weiter vom Festland weg auf das Zentrum der Tagseite zu. Das ist kein gravierendes Problem – es gibt mehrere große Inseln, die sie so gut wie sicher vorher erreichen werden. Im Augenblick befinden sie sich neunzig Kilometer vom nächsten Land entfernt. Sie haben einige große Meerestiere gesehen, die aber keine Anzeichen von Feindseligkeit erkennen lassen.

Falls es nicht zu weiteren Unfällen kommt, müßten sie einige Monate lang überleben können, bis ihnen die Nahrung ausgeht – die jetzt natürlich streng rationiert wird. Aber nach Aussage von Kapitän Laplace ist die Moral noch sehr gut.

An dieser Stelle kommen wir nun ins Spiel. Wenn wir sofort zur Erde zurückkehren, um aufzutanken und uns umrüsten zu lassen, könnten wir Europa auf einer retrograd potenzierten Bahn in fünfundachtzig Tagen erreichen. Die ›Universe‹ ist gegenwärtig das einzige in Dienst stehende Schiff, das dort landen und mit einer vernünftigen Nutzlast wieder starten kann. Die Ganymed-Fähren können vielleicht Vorräte abwerfen, aber mehr auch nicht – obwohl das vielleicht den Unterschied zwischen Leben und Tod bedeutet.

Es tut mir leid, meine Damen und Herren, daß wir unseren Besuch vorzeitig abbrechen müssen – aber ich glaube, Sie werden zugeben, daß wir Ihnen alles gezeigt haben, was versprochen wurde. Und ich bin sicher, daß Sie mit unserer neuen Mission einverstanden sind – obwohl die Erfolgschancen, offen gesagt, ziemlich gering sind. Das wäre im Augenblick alles – Dr. Floyd – kann ich Sie noch kurz sprechen?«

Während die anderen langsam und nachdenklich aus dem Salon – dem Schauplatz so vieler, gewichtiger Instruktionssitzungen – schlenderten, überflog der Kapitän ein Klemmbrett mit Nachrichten. Es gab immer noch Gelegenheiten, bei denen auf Papier gedruckte Worte das praktischste Kommunikationsmittel waren, aber auch hier hatte die Technik ihre Spuren hinterlassen. Die Blätter, von denen der Kapitän ablas, bestanden aus dem unendlich oft wiederverwendbaren Multifax-Material, das soviel dazu beigetragen hatte, die Last für die Papierkörbe zu verringern.

»Heywood«, sagte er jetzt, nachdem die Formalitäten vorüber waren, »Sie können sich vielleicht vorstellen, daß die Drähte heißlaufen. Und es geschieht eine Menge, was ich nicht verstehe.«

»Dito«, antwortete Floyd. »Haben Sie schon von Chris gehört?«

»Nein, aber Ganymed hat Ihre Nachricht weitergegeben; er müßte sie inzwischen erhalten haben. Es gibt eine Dringlichkeitssperre für Privatkommunikation, wie Sie sich sicher denken können – aber Ihr Name hat sie natürlich außer Kraft gesetzt.«

»Danke, Skipper. Kann ich irgendwie behilflich sein?«

»Eigentlich nicht – ich werde es Sie wissen lassen.«

Das war auf einige Zeit fast das letztemal, daß sie miteinander sprechen sollten; in wenigen Stunden würde aus Dr. Heywood Floyd ›dieser verrückte, alte Narr!‹ werden, und die kurzlebige, vom Kapitän angeführte ›Meuterei auf der Universe‹ würde beginnen.

Es war eigentlich nicht direkt Heywood Floyds Idee; er hätte nur gewünscht, daß sie es wäre...

Offizier Roy Jolson war ›Stars‹, Navigationsoffizier; Floyd kannte ihn kaum vom Sehen und hatte nie Gelegenheit gehabt, mehr als ›Guten Morgen‹ zu ihm zu sagen. Daher war er ziemlich überrascht, als der Navigator schüchtern an seine Kabinentür klopfte.

Der Astrogator hatte eine Reihe von Diagrammen dabei und wirkte ein wenig gehemmt. Durch Floyds Anwesenheit konnte er nicht eingeschüchtert sein – jeder an Bord nahm ihn mittlerweile als selbstverständlich hin – es mußte also einen anderen Grund geben.

»Dr. Floyd«, begann er, und es klang so dringlich und besorgt, daß sein Zuhörer sich an einen Verkäufer erinnert fühlte, dessen gesamte Zukunft davon abhängt, daß er den nächsten Abschluß macht. »Ich brauche Ihren Rat – und Ihre Unterstützung.«

»Natürlich – aber was kann ich tun?«

Jolson entrollte das Diagramm, das die Stellung aller Planeten innerhalb des Luziferorbits zeigte.

»Ihr alter Trick, die ›Leonow‹ und die ›Discovery‹ zusammenzukoppeln, um von Jupiter wegzukommen, ehe er explodierte, hat mich auf die Idee gebracht.«

»Das war nicht mein Trick. Walter Curnow ist darauf gekommen.«

»Oh – das wußte ich nicht. Natürlich haben wir hier kein zweites Schiff, das uns einen Schubs geben könnte – aber wir haben etwas viel Besseres.«

»Was meinen Sie?« fragte Floyd völlig verblüfft.

»Lachen Sie nicht. Warum sollen wir zur Erde zurückkehren, um Treibstoff aufzunehmen, wenn in zweihundert Metern Entfernung Old Faithful jede Sekunde Tonnen davon ausspuckt. Wenn wir ihn anzapfen würden, könnten wir Europa nicht in drei *Monaten*, sondern schon in drei *Wochen* erreichen.«

Der Plan war so naheliegend und doch so gewagt, daß Floyd die Luft wegblieb. Ihm fielen sofort ein halbes Dutzend Gegenargumente ein; aber keines davon schien ihm vernichtend zu sein.

»Was hält der Kapitän von der Idee?«

»Ich habe es ihm noch nicht gesagt; deshalb brauche ich Ihre Hilfe. Ich möchte, daß Sie meine Berechnungen nachprüfen – und ihm dann die Sache vortragen. Bei mir würde er ablehnen – da bin ich ganz sicher –, und ich nehme es ihm nicht einmal übel. Wenn ich Kapitän wäre, würde ich es, glaube ich, auch nicht anders machen...«

Langes Schweigen herrschte in der kleinen Kabine. Dann sagte Heywood Floyd langsam: »Ich will

Ihnen alle Gründe nennen, warum es unmöglich ist. Dann können Sie mir sagen, warum ich mich irre.«

Offizier Jolson kannte seinen Kommandanten; Kapitän Smith hatte in seinem ganzen Leben noch keinen so verrückten Vorschlag gehört...

Seine Einwände waren alle wohlbegründet und ließen, wenn überhaupt, nur ganz schwach das berüchtigte ›Nicht hier erfunden‹-Syndrom erkennen.

»Oh, *theoretisch* würde es funktionieren«, gab er zu. »Aber denken Sie doch an die praktischen Probleme, Mann! Wie wollen Sie das Zeug denn in die Tanks bekommen?«

»Ich habe mit den Ingenieuren gesprochen. Wir würden das Schiff an den Rand des Kraters bringen – man kann ziemlich gefahrlos bis auf fünfzig Meter herangehen. Im nichtmöblierten Bereich gibt es Rohre, die wir herausreißen können – dann würden wir eine Leitung zu ›Old Faithful‹ legen und warten, bis er spuckt; Sie wissen doch, wie zuverlässig und artig er ist.«

»Aber unsere Pumpen funktionieren doch nicht, wenn beinahe Vakuum herrscht!«

»Wir brauchen sie auch nicht; wir können uns auf die Ausstoßgeschwindigkeit des Geysirs selbst verlassen, damit bekommen wir eine Einspeisungsmasse von mindestens hundert Kilo pro Sekunde. ›Old Faithful‹ nimmt uns die ganze Arbeit ab.«

»Er gibt aber nur Eiskristalle und Dampf ab, kein flüssiges Wasser.«

»Das kondensiert, wenn es an Bord kommt.«

»Sie haben wirklich an alles gedacht, nicht wahr?« fragte der Kapitän mit widerwilliger Bewunderung.

»Aber ich kann es einfach nicht glauben. Ist zum Beispiel das Wasser sauber genug? Was ist mit Verunreinigungen – besonders mit Kohlenstoffpartikeln?«

Floyd konnte sich ein Lächeln nicht verkneifen. Kapitän Smith entwickelte allmählich eine fixe Idee in bezug auf Ruß...

»Die großen können wir ausfiltern; die übrigen haben keinen Einfluß auf die Reaktion. Ach ja – das Wasserstoffisotop-Verhältnis sieht hier sogar *besser* aus als auf der Erde. Vielleicht bekommen Sie sogar zusätzlichen Schub.«

»Was halten Ihre Kollegen von der Idee? Wenn wir direkt zum Luzifer fliegen, kann es Monate dauern, ehe sie nach Hause kommen...«

»Ich habe nicht mit ihnen gesprochen. Aber ist das von Bedeutung, wenn so viele Menschenleben auf dem Spiel stehen? Wir können die ›Galaxy‹ siebzig Tage früher als geplant erreichen! *Siebzig Tage!* Stellen Sie sich nur vor, was in dieser Zeit auf Europa alles geschehen könnte!«

»Ich bin mir des Zeitfaktors durchaus bewußt«, fauchte der Kapitän. »Für uns gilt das ebenfalls. Vielleicht haben wir nicht genügend Proviant für solch eine verlängerte Reise.«

Jetzt treibt er Haarspalterei, dachte Floyd – und ihm ist sicher klar, daß ich das auch weiß. Ich muß taktvoll vorgehen...

»Zwei Wochen mehr? Ich kann mir nicht vorstellen, daß die Vorräte so knapp bemessen sind. Sie füttern uns ohnehin viel zu gut. Einigen von uns wird es gar nicht schaden, wenn wir eine Zeitlang auf Sparration gesetzt werden.«

Der Kapitän zwang sich ein frostiges Lächeln ab.

»Das können Sie Willis und Mihailowitsch erzählen. Aber ich fürchte, die ganze Sache ist verrückt.«

»Legen wir sie den Besitzern wenigstens einmal
vor. Ich möchte mit Sir Lawrence sprechen.«

»Daran kann ich Sie natürlich nicht hindern«,
sagte Kapitän Smith in einem Ton, der andeutete,
daß er wünschte, er könnte es doch. »Aber ich weiß
genau, was er sagen wird.«

Er irrte sich sehr.

Sir Lawrence Tsung hatte seit dreißig Jahren nicht
mehr gewettet; es paßte nicht mehr zu seiner hohen
Stellung in der Geschäftswelt. Aber als junger Mann
hatte er oft in bescheidenem Ausmaß sein Glück auf
der Rennbahn von Hong-Kong versucht, ehe eine
puritanische Regierung diese in einem Anfall von
moralischer Entrüstung geschlossen hatte. Es war
typisch für das Leben, dachte Sir Lawrence manchmal wehmütig, als er wetten konnte, hatte er kein
Geld dafür – und jetzt konnte er nicht mehr, weil er
als reichster Mann der Welt ein gutes Beispiel geben
mußte.

Und doch war, das wußte niemand besser als er
selbst, seine ganze, geschäftliche Karriere ein einziges Glücksspiel gewesen. Er hatte sein Möglichstes
getan, um die Chancen zu kontrollieren, indem er
sich so viele Informationen besorgte wie möglich
und auf die Experten hörte, von denen sein Gefühl
ihm sagte, daß sie ihm die klügsten Ratschläge geben
würden. Gewöhnlich war er rechtzeitig ausgestie-
gen, wenn sie sich irrten; aber ein gewisses Risiko
hatte immer bestanden.

Als er jetzt das Memorandum von Heywood Floyd

las, spürte er wieder den alten Nervenkitzel, den er nicht mehr erlebt hatte, seit er dabeigewesen war, als die Pferde donnernd in die letzte Runde galoppierten. Das war wirklich ein Glücksspiel – vielleicht das letzte und größte seiner Laufbahn – obwohl er niemals wagen würde, das seinem Vorstand zu sagen. Und noch viel weniger Lady Jasmine...

»Bill«, sagte er, »was meinst du?«

Sein Sohn (ausgeglichen und zuverlässig, aber ohne die sprühende Vitalität, die vielleicht in dieser Generation nicht mehr benötigt wurde) gab ihm die Antwort, die er erwartet hatte.

»Die Theorie klingt recht gut. Die ›Universe‹ kann es schaffen – auf dem Papier. Aber wir haben schon ein Schiff verloren. Und damit setzen wir ein zweites aufs Spiel.«

»Sie fliegt ohnehin zum Jupiter – Luzifer.«

»Ja – aber erst nach einer vollständigen Überprüfung im Erdorbit. Ist dir klar, was diese vorgeschlagene Direktmission bedeutet? Die ›Universe‹ wird alle Geschwindigkeitsrekorde brechen – am Wendepunkt fliegt sie mit mehr als tausend Kilometern pro Sekunde.«

Etwas Schlimmeres hätte er gar nicht sagen können; seinem Vater dröhnte wieder das Donnern von Hufen in den Ohren.

Aber Sir Lawrence antwortete nur: »Es wird nichts schaden, wenn sie ein paar Tests machen, auch wenn Kapitän Smith die ganze Idee mit Zähnen und Klauen bekämpft. Er droht sogar mit Rücktritt. Inzwischen prüfst du nach, wie die Situation mit Lloyd ist – vielleicht müssen wir bei den ›Galaxy‹-Ansprüchen zurückstecken.«

Besonders, hätte er hinzufügen können, wenn wir mit der ›Universe‹ einen noch höheren Einsatz auf den Tisch des Hauses legen.

Und er machte sich Sorgen um Kapitän Smith. Nachdem Laplace jetzt auf Europa festsaß, war Smith der beste Kommandant, den er noch hatte.

33

In der Grube

»Die schlampigste Arbeit, die ich seit dem College gesehen habe«, brummelte der Chefingenieur. »Aber etwas Besseres kriegen wir in der Zeit nicht hin.«

Die behelfsmäßige Pipeline führte über fünfzig Meter blendendes, mit Chemikalien verkrustetes Gestein zur im Augenblick ruhigen Krateröffnung von ›Old Faithful‹, wo sie in einem rechteckigen, nach unten zeigenden Trichter endete. Die Sonne war soeben über den Hügeln aufgegangen, und schon hatte der Boden leicht zu zittern begonnen, als die unterirdischen – oder unterhalleyschen – Reservoire des Geysirs den ersten Hauch von Wärme spürten.

Heywood Floyd sah vom Beobachtungsdeck aus zu und konnte kaum glauben, daß in nicht mehr als vierundzwanzig Stunden so viel geschehen war. Zuallererst hatte sich das Schiff in zwei rivalisierende Parteien gespalten – eine wurde vom Kapitän angeführt, an der Spitze der anderen stand notgedrungen er selbst. Sie waren einander mit kalter Höflichkeit begegnet, und es war nicht zu einem richtigen Schlagabtausch gekommen; aber er hatte entdeckt, daß er sich bei gewissen Leuten jetzt des Spitznamens ›Selbstmörder-Floyd‹ erfreute. Er war von dieser Ehre nicht sonderlich angetan.

Aber niemand konnte an dem Floyd-Jolson-Manöver einen grundlegenden Fehler finden. (Auch dieser Name war unfair: Floyd hatte darauf bestanden, daß Jolson die ganze Anerkennung bekam, aber niemand hatte auf ihn gehört. Und Mihailowitsch hatte gefragt: »Sind Sie nicht bereit, den Kopf mit hinzuhalten?«)

Der erste Test würde in zwanzig Minuten stattfinden, wenn ›Old Faithful‹ mit einiger Verspätung die Morgendämmerung begrüßte. Aber selbst wenn dieser Test funktionierte und der Treibstofftank sich allmählich mit funkelndem, reinem Wasser füllte anstatt mit der schlammigen Pampe, die Kapitän Smith prophezeit hatte, war der Weg nach Europa trotzdem noch nicht frei.

Ein kleinerer, aber nicht unwichtiger Faktor waren die Wünsche der berühmten Fahrgäste. Sie hatten damit gerechnet, in zwei Wochen nach Hause zu kommen; jetzt sahen sie sich, zu ihrer Überraschung und in manchen Fällen zu ihrer Bestürzung, mit der Aussicht auf eine gefährliche Mission quer durch das halbe Sonnensystem konfrontiert – und selbst wenn diese Mission erfolgreich verlief, hatten sie noch immer keinen festen Termin für die Rückkehr zur Erde.

Willis war völlig außer sich; alle seine Planungen würden völlig durcheinandergeraten. Er wandelte herum und murmelte etwas von Schadenersatzklage, aber niemand brachte ihm das leiseste Mitgefühl entgegen.

Greenberg war im Gegensatz dazu hellauf begeistert; jetzt kam er wirklich wieder ins Weltraumgeschäft! Und Mihailowitsch, der viel Zeit damit verbrachte, in seiner bei weitem nicht schalldichten Kabine lautstark zu komponieren, war fast ebenso entzückt. Er war sicher, daß diese Ablenkung ihn zu neuen Höhen der Kreativität inspirieren würde.

Maggie M. gab sich philosophisch: »Wenn damit viele Menschenleben gerettet werden können«, sagte sie mit einem bedeutungsvollen Blick auf Willis, »wie kann man dann Einwände haben?«

Was Yva Merlin anging – so gab sich Floyd besondere Mühe, ihr die Sache zu erklären und entdeckte, daß sie die Lage bemerkenswert gut begriff. Und zu seinem höchsten Erstaunen war es Yva, die die Frage stellte, der sonst niemand besonders viel Aufmerksamkeit geschenkt zu haben schien: »Angenommen, die Europaner wollen nicht, daß wir landen – nicht einmal, um unsere Freunde zu retten?«

Floyd sah sie mit unverhohlener Verblüffung an; es fiel ihm immer noch schwer, sie als wirklichen Menschen zu akzeptieren; und er wußte nie, ob sie mit einem brillanten Geistesblitz oder einer ganz dummen Bemerkung herausplatzen würde.

»Das ist eine sehr gute Frage, Yva. Glauben Sie mir, ich arbeite daran.«

Er sagte die Wahrheit; er konnte Yva Merlin nie belügen. Das wäre irgendwie frevelhaft gewesen.

Die ersten Dampfschwaden erschienen über der Mündung des Geysirs. Sie schossen auf ihren ungewöhnlichen Vakuumflugbahnen nach oben davon und verdampften schnell im starken Sonnenlicht.

›Old Faithful‹ hustete wieder und räusperte sich. Eine schneeweiße – und überraschend kompakte – Säule von Eiskristallen und Wassertröpfchen stieg zum Himmel auf. Man erwartete mit all seinen irdischen Instinkten, daß sie umkippte und herunterstürzte, aber das tat sie natürlich nicht. Sie stieg höher und höher und breitete sich nur wenig aus, bis sie sich mit der riesigen, glühenden Hülle der sich immer noch ausdehnenden Koma des Kometen vermischte. Floyd stellte befriedigt fest, daß die Pipeline zu zittern begann, als sich die Flüssigkeit hineinergoß.

Zehn Minuten später wurde auf der Brücke ein Kriegsrat abgehalten. Kapitän Smith, immer noch beleidigt, registrierte Floyds Anwesenheit mit einem leichten Nicken; seine Nummer zwei übernahm, ein wenig verlegen, das Reden.

»Nun, es funktioniert überraschend gut. Bei diesem Tempo können wir unsere Tanks in zwanzig Stunden füllen – aber vielleicht müssen wir hinaus, um das Rohr sicherer zu verankern.«

»Was ist mit dem Schmutz?« fragte jemand.

Der Zweite Offizier hob einen durchsichtigen Spritzkolben hoch, der eine farblose Flüssigkeit enthielt.

»Die Filter haben alles bis zu einem Durchmesser von ein paar Mikron weggebracht. Sicherheitshalber werden wir alles zweimal durchlaufen lassen und von einem Tank zum anderen schleusen. Einen Swimming-pool gibt es leider nicht mehr, bis wir den Mars passieren.«

Das brachte ihm einen dringend benötigten Lacher ein, und sogar der Kapitän entspannte sich ein wenig.

»Wir werden die Triebwerke – bei Minimalschub – anwerfen, um sicherzugehen, daß es mit Halley-H_2O keine Funktionsanomalien gibt. Sollte es doch welche geben, vergessen wir die ganze Geschichte und fliegen mit gutem, altem Mondwasser frei Aristarchus nach Hause.«

Nun trat eine jener ›Party-Pausen‹ ein, wo alle gleichzeitig darauf warten, daß jemand etwas sagt. Schließlich brach Kapitän Smith das peinliche Schweigen.

»Wie Sie alle wissen«, sagte er, »bin ich mit der ganzen Idee überhaupt nicht glücklich. Ja...« – er änderte unvermittelt den Kurs; es war ebenso allgemein bekannt, daß er in Erwägung gezogen hatte, Sir Lawrence seine Kündigung zu schicken, obwohl das unter den gegebenen Umständen eine einigermaßen sinnlose Geste gewesen wäre.

»Aber in den letzten paar Stunden sind zwei Dinge geschehen. Der Besitzer ist mit dem Projekt einverstanden – *wenn* sich aus unseren Tests keine grundlegenden Einwände ergeben. Und – das ist die große Überraschung, und ich weiß nicht mehr darüber als Sie – der Weltrat für Raumfahrt hat nicht nur zugestimmt, sondern *verlangt*, daß wir die Umleitung nehmen, und will für alle dabei entstehenden Kosten bürgen. Ich kann auch nur raten...

Aber eine Sorge habe ich immer noch...« – er warf einen skeptischen Blick auf den kleinen Kolben mit Wasser, den Heywood Floyd jetzt ins Licht hielt und sanft schüttelte. »Ich bin Ingenieur und kein Chemiker. Das Zeug *sieht* sauber *aus* – aber was wird es mit der Tankauskleidung anstellen?«

Floyd verstand nie so ganz, warum er das tat, was er tat; ein solch tollkühnes Verhalten war völlig untypisch für ihn. Vielleicht hatte er einfach die Geduld mit der ganzen Debatte verloren und wollte, daß es voranging. Vielleicht hatte er auch das Gefühl, daß der Kapitän ein wenig moralische Unterstützung brauchte.

Mit einer schnellen Bewegung öffnete er den Stöpsel und spritzte sich ungefähr 20 ccm Wasser von Halleys Komet in die Kehle.

»Da haben Sie Ihre Antwort, Kapitän«, sagte er, als er es hinuntergeschluckt hatte.

»Und *das*«, sagte der Schiffsarzt eine halbe Stunde später, »war eine der albernsten Demonstrationen, die ich je erlebt habe. Wissen Sie nicht, daß das Zeug Zyanide und Zyanogene, und Gott weiß was noch alles, enthält?«

»Natürlich weiß ich das«, sagte Floyd grinsend. »Ich habe die Analysen gesehen – nur ein paar Teile auf eine Million. Kein Grund zur Besorgnis. Aber es hat mich doch überrascht«, fügte er mit kläglicher Miene hinzu.

»Inwiefern?«

»Wenn Sie das Zeug auf die Erde verfrachten könnten, würden Sie ein Vermögen damit verdienen, wenn Sie es als Halleys Patent-Purgativ verkauften.«

34

Waschanlage

Nachdem die Entscheidung nun gefallen war, hatte sich die ganze Atmosphäre an Bord der ›Universe‹ verändert. Es wurde nicht mehr diskutiert, jeder half nach Kräften mit, und nur sehr wenige Leute bekamen während der nächsten beiden Rotationen des Nukleus – hundert Stunden Erdzeit – viel Schlaf.

Der erste Halley-›Tag‹ war einem immer noch ziemlich vorsichtigen Anzapfen von ›Old Faithful‹ gewidmet, aber als sich der Geysir bei Einbruch der Nacht beruhigte, beherrschte man die Technik vollkommen. Mehr als tausend Tonnen Wasser waren an Bord genommen worden; für den Rest würde die nächste Tageslichtperiode vollauf genügen.

Heywood Floyd ging dem Kapitän aus dem Weg, weil er sein Glück nicht strapazieren wollte; Smith mußte sich ohnehin um tausend Einzelheiten kümmern. Aber die Berechnung der neuen Bahn gehörte nicht dazu; die war auf der Erde mehrfach nachgeprüft worden.

Es bestand jetzt kein Zweifel mehr daran, daß der Plan brillant und die Ersparnis noch größer war, als Jolson behauptet hatte. Durch das Auftanken auf Halley hatte die ›Universe‹ die zwei größeren Bahnwechsel vermieden, die zum Rendezvous mit der Erde nötig waren, sie konnte jetzt mit höchster Beschleunigung geradewegs ihr Ziel ansteuern und

210

viele Wochen sparen. Trotz der möglichen Risiken applaudierte nun alle Welt dem Vorhaben.

Nun ja, fast alle Welt.

Auf der Erde empörte sich die schnell organisierte ›Hände weg von Halley‹-Gesellschaft. Ihre Mitglieder (nicht mehr als 236, aber sie wußten auf sich aufmerksam zu machen) hielten es nicht für gerechtfertigt, einen Himmelskörper zu plündern, auch nicht, um Menschenleben zu retten. Sie ließen sich auch dann nicht beschwichtigen, als man ihnen erklärte, daß die ›Universe‹ sich nur Material ausborgte, das der Komet ohnehin verschleuderte. Es ging, so war ihr Standpunkt, ums Prinzip. Ihre wütenden Verlautbarungen sorgten auf der ›Universe‹ für dringend benötigte Heiterkeit.

Vorsichtig wie immer begann Kapitän Smith mit einer der Lagekontrolldüsen bei niedriger Leistung die ersten Tests; wenn diese Düse unbrauchbar wurde, konnte das Schiff auch ohne sie auskommen. Es gab keine Anomalien; das Triebwerk verhielt sich genauso, als liefe es mit dem besten destillierten Wasser aus den Mondminen.

Dann testete er das zentrale Haupttriebwerk Nummer Eins; wenn *das* beschädigt wurde, ging nichts an Manövrierfähigkeit verloren – nur der Gesamtschub wurde geringer. Das Schiff war immer noch voll steuerbar, aber mit den vier verbleibenden Außentriebwerken alleine wäre die Spitzenbeschleunigung um zwanzig Prozent reduziert.

Wieder gab es keine Probleme; sogar die Skeptiker wurden allmählich höflich zu Heywood Floyd, und Offizier Jolson war kein gesellschaftlicher Außenseiter mehr.

Der Start war für den späten Nachmittag ange-
setzt, kurz bevor ›Old Faithful‹ sich beruhigen
würde. (Würde er in sechsundsiebzig Jahren noch da
sein, um die nächsten Besucher zu begrüßen? fragte
sich Floyd. Vielleicht; sogar auf den Fotos von 1910
gab es Anzeichen für seine Existenz.)

Es gab keinen Countdown im dramatischen Stil alter Cape Canaveral-Zeiten. Nachdem Kapitän Smith
sich überzeugt hatte, daß alles tipptopp war, gab er
nicht mehr als fünf Tonnen Schub auf Nummer Eins,
und die ›Universe‹ schwebte langsam nach oben,
weg vom Herzen des Kometen.

Die Beschleunigung war bescheiden, aber das
Feuerwerk war ehrfurchteinflößend – und kam für
die meisten Zuschauer völlig unerwartet. Bis jetzt
war der Ausstoß aus den Haupttriebwerken so gut
wie unsichtbar gewesen, da er ausschließlich aus
hochgradig ionisiertem Sauerstoff und Wasserstoff
bestand. Auch wenn sich – Hunderte von Kilometern entfernt – die Gase weit genug abgekühlt hatten, um chemische Verbindungen einzugehen, gab
es immer noch nichts zu sehen, weil die Reaktion
kein Licht im sichtbaren Spektralbereich abgab.

Aber jetzt stieg die ›Universe‹ auf einer weißglü-
henden Säule von Halley auf, die zu hell war, als daß
man mit bloßem Auge hätte hineinschauen können;
sie sah fast wie ein massiver Flammenpfeiler aus. Wo
sie auf den Boden traf, schossen Steine nach oben
und nach außen; bei ihrem endgültigen Abschied
grub die ›Universe‹ ihren Namenszug wie ein kosmi-
sches Graffitto quer über den Kern von Halleys Kometen.

Die meisten Passagiere waren daran gewöhnt,

ohne sichtbare Hilfe in den Raum zu klettern und reagierten mit beträchtlichem Schrecken. Floyd wartete auf die unvermeidliche Erklärung; eine seiner kleinen Freuden war es, Willis bei einem wissenschaftlichen Fehler zu ertappen, aber das geschah nur sehr selten. Und selbst wenn es passierte, hatte Willis immer eine sehr plausible Entschuldigung.

»Kohlenstoff«, sagte er. »Weißglühender Kohlenstoff – genau wie in einer Kerzenflamme – aber etwas heißer.«

»Etwas«, murmelte Floyd.

»Wir verbrennen – wenn Sie das Wort entschuldigen wollen . . .« Floyd zuckte die Achseln, »nicht länger reines Wasser. Obwohl es sorgfältig gefiltert wurde, enthält es eine Menge kolloidalen Kohlenstoff. Und außerdem Bestandteile, die nur durch Destillation entfernt werden könnten.«

»Es ist sehr eindrucksvoll, aber ich mache mir ein wenig Sorgen«, sagte Greenberg. »All diese Strahlung – wird sie nicht den Triebwerken schaden und das Schiff stark aufheizen?«

Das war eine sehr gute Frage, und sie hatte einige Besorgnis verursacht. Floyd wartete darauf, daß Willis sie beantwortete; aber der raffinierte Taktiker warf ihm den Ball sofort zurück.

»Ich möchte lieber, daß Dr. Floyd darauf eingeht – schließlich war es seine Idee.«

»Die von Jolson, bitte. Aber ein gutes Argument. Ein echtes Problem ist es jedoch nicht; wenn wir vollen Schub haben, bleibt das ganze Feuerwerk tausend Kilometer hinter uns zurück. Wir brauchen uns deshalb keine Gedanken zu machen.«

Das Schiff schwebte jetzt etwa zwei Kilometer

über dem Nukleus; wäre nicht das Leuchten der Triebwerksgase gewesen, dann hätte sich das ganze, sonnenbeschienene Antlitz der winzigen Welt unter ihnen ausgebreitet. In dieser Höhe – oder Entfernung – war die Säule von ›Old Faithful‹ ein wenig breiter geworden. Sie sah, wie Floyd sich plötzlich erinnerte, aus wie eine der Riesenfontänen, die den Genfer See zierten. Er hatte sie seit fünfzig Jahren nicht mehr gesehen und fragte sich, ob es sie wohl noch immer gab.

Kapitän Smith testete die Steuerung, dazu ließ er das Schiff langsam rotieren, absacken und entlang der Y- und Z-Achse agieren. Alles schien einwandfrei zu funktionieren.

»Stunde Null in zehn Minuten«, verkündete er. »Fünfzig Stunden lang 0,1 g; dann 0,2 g bis zum Wendepunkt – von jetzt an gerechnet in hundertfünfzig Stunden.« Er hielt inne, um seine Worte wirken zu lassen; kein anderes Schiff hatte je versucht, über so lange Zeit eine so hohe Dauerbeschleunigung aufrechtzuerhalten. Wenn die ›Universe‹ nicht richtig abbremsen konnte, würde sie auch in die Geschichtsbücher eingehen, als erstes, bemanntes, interstellares Raumschiff.

Das Schiff drehte sich nun in die Horizontale – wenn man dieses Wort in einer fast schwerkraftlosen Umgebung überhaupt verwenden konnte – und zeigte direkt auf die weiße Säule aus Nebel und Eiskristallen, die immer noch unvermindert stark vom Kometen aufspritzte. Die ›Universe‹ bewegte sich darauf zu...

»Was hat er denn vor?« fragte Mihailowitsch ängstlich.

214

Offenbar auf solche Fragen gefaßt, meldete sich der Kapitän erneut. Er schien seine gute Laune völlig wiedergefunden zu haben, und in seiner Stimme klang leichte Belustigung mit.

»Nur noch eine kleine Aktion, ehe wir abfliegen. Keine Sorge – ich weiß genau, was ich tue. Und Nummer Zwei ist auch meiner Meinung – nicht wahr?«

»Ja, Sir – obwohl ich zuerst glaubte, Sie scherzen.«

»Was geht da oben auf der Brücke eigentlich vor?« fragte Willis, der ausnahmsweise völlig ratlos war.

Nun begann das Schiff langsam zu schlingern, während es sich weiterhin in nicht mehr als gutem Schrittempo auf den Geysir zubewegte. Aus dieser Entfernung – es waren jetzt weniger als hundert Meter – erinnerte er Floyd noch mehr an jene fernen Genfer Fontänen.

Er will doch wohl nicht hineinfliegen –

Aber genau das tat er. Die ›Universe‹ vibrierte leicht, als sie sich in die aufsteigende Dampfsäule schob. Sie schlingerte immer noch ganz langsam, so als wolle sie sich in den riesigen Geysir hineinbohren. Auf den Videomonitoren und den Beobachtungsfenstern war nur milchige Leere zu sehen.

Die ganze Operation konnte nicht länger als zehn Sekunden gedauert haben; dann waren sie auf der anderen Seite wieder draußen. Von den Offizieren auf der Brücke kam kurzes, spontanes Klatschen; aber die Passagiere – darunter auch Floyd – fühlten sich immer noch ein wenig hintergangen.

»Jetzt sind wir startbereit«, sagte der Kapitän in höchst zufriedenem Tonfall. »Wir haben wieder ein schönes, sauberes Schiff.«

Während der nächsten halben Stunde meldeten mehr als zehntausend Amateurbeobachter auf Erde und Mond, daß sich die Helligkeit des Kometen verdoppelt habe. Der Kometenbeobachtungssender brach unter der Überlastung zusammen, und die Berufsastronomen waren wütend.

Aber die Öffentlichkeit war begeistert, und ein paar Tage später zog die ›Universe‹ ein paar Stunden vor Morgengrauen sogar noch eine größere Schau ab.

Das Schiff, das seine Geschwindigkeit jede Stunde um mehr als zehntausend Stundenkilometer steigerte, befand sich jetzt weit innerhalb der Venusbahn. Es würde der Sonne noch näherkommen, ehe es das Perihel passiert – viel schneller als jeder natürliche Himmelskörper – und dann auf Luzifer zusteuerte.

Als es zwischen Erde und Sonne hindurchflog, war der tausend Kilometer lange Schweif aus weißglühendem Kohlenstoff eine Stunde lang deutlich als Stern vierter Größe, der sich wahrnehmbar vor den Sternbildern des Morgenhimmels bewegte, zu erkennen. Ganz am Anfang ihrer Rettungsmission sollte die ›Universe‹ im gleichen Augenblick von mehr Menschen gesehen werden als je ein anderes Artefakt der Weltgeschichte.

35

Wind und Wellen preisgegeben

Die unerwartete Nachricht, daß ihr Schwesterschiff
›Universe‹ unterwegs war – und vielleicht viel früher
eintreffen würde, als irgendjemand zu träumen gewagt hatte – hatte eine Wirkung auf die Moral der
›Galaxy‹-Besatzung, die man nur euphorisch nennen konnte. Die Tatsache, daß man, umgeben von
unbekannten Monstern, hilflos auf einem fremden
Ozean trieb, schien plötzlich von geringerer Bedeutung.

Ebenso die Monster selbst, obwohl sie von Zeit zu
Zeit interessante Auftritte inszenierten. Die ›Riesen-
haie‹ wurden gelegentlich gesichtet, kamen aber nie
in die Nähe des Schiffes, nicht einmal, wenn Abfall
über Bord geschüttet wurde. Das war recht überraschend; es deutete darauf hin, daß die großen
Bestien – im Unterschied zu ihren irdischen Pen-
dants – ein gutes Kommunikationssystem besaßen.
Vielleicht standen sie den Delphinen näher als den
Haien.

Es gab auch viele Schwärme kleinerer Fische, denen auf einem Markt auf der Erde niemand einen
zweiten Blick geschenkt hätte. Nach mehreren Versuchen gelang es einem der Offiziere – einem passio-
nierten Angler – einen solchen Fisch mit einem kö-
derlosen Haken zu fangen. Er brachte ihn nicht
durch die Luftschleuse ins Schiff – das hätte der Kapitän ohnehin nicht gestattet – sondern vermaß und

fotografierte ihn sorgfältig, ehe er ihn ins Meer zurückwarf.

Der stolze Angler mußte jedoch für seine Trophäe bezahlen. Der Teildruck – Raumanzug, den er bei dieser Aktion getragen hatte, verströmte den typischen Schwefelwasserstoffgeruch nach faulen Eiern, als er ihn ins Schiff zurückbrachte, und machte ihn zur Zielscheibe unzähliger Witze. Das war wieder eine Erinnerung an die fremde, unerbittlich feindselige biochemische Zusammensetzung auf dieser Welt.

Trotz flehentlicher Bitten der Wissenschaftler wurde weiteres Angeln nicht mehr gestattet. Sie durften beobachten und aufzeichnen, aber nicht sammeln. Und überhaupt, so erklärte man ihnen, waren sie Planetenologen, keine Naturforscher. Niemand hatte daran gedacht, Formalin mitzubringen – aber das hätte hier wahrscheinlich ohnehin nicht gewirkt.

Einmal trieb das Schiff mehrere Stunden lang durch schwimmende Matten oder Flächen aus irgendeinem hellgrünen Material. Es bildete Ovale mit etwa zehn Metern Durchmesser, alle annähernd gleich groß. Die ›Galaxy‹ pflügte hindurch, ohne auf Widerstand zu stoßen, und die Matten schlossen sich schnell wieder hinter ihr. Man vermutete, es handle sich um irgendwelche kleine, in Kolonien lebende Organismen.

Und eines Morgens fuhr der wachhabende Offizier erschrocken auf, als sich ein Periskop aus dem Wasser hob und er in ein sanftes, blaues Auge starrte, das, so sagte er, als er sich wieder erholt hatte, wie das Auge einer kranken Kuh aussah. Es betrachtete ihn ein paar Augenblicke lang traurig, offenbar ohne größeres Interesse, und sank dann langsam in den Ozean zurück.

Nichts schien sich hier sehr schnell zu bewegen, und der Grund dafür war offensichtlich. Dies war immer noch eine energiearme Welt – es gab keinen freien Sauerstoff, der es den Tieren der Erde gestattete, vom ersten Atemzug bei der Geburt an durch eine Serie ständiger Explosionen zu leben. Nur der ›Hai‹ bei jener ersten Begegnung hatte Anzeichen hektischer Aktivität gezeigt – in seiner letzten Todeszuckung.

Vielleicht war das eine gute Nachricht für die Menschen. Selbst wenn sie durch Raumanzüge behindert waren, gab es auf Europa wahrscheinlich nichts, was sie fangen konnte – selbst wenn es wollte.

Es war kein ganz reines Vergnügen für Kapitän Laplace, als er die Leitung seines Schiffes dem Zahlmeister übergab; er fragte sich, ob diese Situation in den Annalen von Weltraum und Meer wohl einmalig war.

Nicht, daß Mr. Lee viel hätte tun können. Die ›Galaxy‹ schwamm senkrecht, ragte zu einem Drittel aus dem Wasser und neigte sich ein wenig vor dem Wind, der sie mit fünf Knoten stetig vorwärts trieb. Unterhalb der Wasserlinie gab es nur ein paar Lecks, die leicht zu schließen waren, und, ebenso wichtig, der Rumpf war noch luftdicht.

Obwohl die Navigationsgeräte größtenteils unbrauchbar waren, wußten sie genau, wo sie sich befanden. Ganymed gab ihnen auf der Notfrequenz stündlich eine genaue Ortsbestimmung, und wenn die ›Galaxy‹ ihren gegenwärtigen Kurs beibehielt, mußte sie innerhalb der nächsten drei Tage auf einer großen Insel landen. Wenn sie diese verfehlte, würde sie ins offene Meer hinaustreiben und irgendwann die lauwarm brodelnde Zone unmittelbar unterhalb von Luzifer erreichen. Obwohl das nicht unbedingt eine Katastrophe bedeutete, war es eine höchst unerfreuliche Aussicht; Lee, der kommissarische Kapitän, dachte viel darüber nach, wie er dies vermeiden könnte.

Segel – selbst wenn er dafür geeignetes Material und Takelage gehabt hätte – würden an ihrem Kurs nur sehr wenig ändern. Er hatte improvisierte Anker auf fünfhundert Meter hinuntergelassen, um nach Strömungen zu suchen, die sich als nützlich erweisen könnten, hatte aber keine gefunden. Er war auch nicht auf Grund gekommen; der lag unbekannt viele Kilometer tiefer.

Vielleicht war das ganz gut so; es schützte sie vor den unterseeischen Beben, die diesen neuen Ozean ständig erschütterten. Manchmal erzitterte die ›Galaxy‹ wie unter einem riesigen Hammerschlag, wenn eine Druckwelle vorbeiraste. Innerhalb von wenigen Stunden krachte dann ein Tsunami, Dutzende von Metern hoch, an irgendeine europanische Küste; aber hier, im tiefen Wasser, waren die tödlichen Wellen kaum mehr als ein leichtes Plätschern.

Mehrmals wurden in der Ferne plötzliche Strudel beobachtet; sie wirkten ziemlich gefährlich – Mahlströme, die sogar die ›Galaxy‹ in unbekannte Tiefen hinunterreißen könnten – aber glücklicherweise waren sie zu weit entfernt, so daß sie das Schiff höchstens ein paarmal im Wasser herumdrehten.

Und ein einziges Mal stieg, nur hundert Meter entfernt, eine riesige Gasblase auf und zerplatzte. Es war höchst eindrucksvoll, und jeder pflichtete der aus tiefstem Herzen kommenden Bemerkung des Doktors bei: »Gott sei Dank, daß wir die nicht riechen können.«

Es ist erstaunlich, wie schnell auch die bizarreste Situation zur Routine werden kan. Innerhalb von wenigen Tagen bewegte sich das Leben an Bord der ›Galaxy‹ in alltäglichen Bahnen, und Kapitän Laplaces Hauptproblem wurde es, die Mannschaft ständig zu beschäftigen. Es gab nichts Schlimmeres für die Moral als Müßiggang, und er fragte sich, was die Skipper der alten Windjammer ihren Männern auf jenen endlosen Reisen zu tun gegeben hatten. Sie konnten doch nicht die *ganze* Zeit in die Takelage hinaufgeklettert sein oder die Decks geschrubbt haben.

Genau das entgegengesetzte Problem hatte er mit den Wissenschaftlern. Sie schlugen ständig Tests und Experimente vor, die sorgfältig erwogen sein wollten, ehe man sie genehmigen konnte. Und wenn er es zugelassen hätte, hätten sie die nun stark eingeschränkten Nachrichtenverbindungen des Schiffes völlig mit Beschlag belegt.

Der Hauptantennenkomplex wurde jetzt auf der Wasserlinie herumgestoßen, und die ›Galaxy‹ konnte nicht mehr direkt mit der Erde sprechen. Alles mußte über Ganymed gesendet werden, auf einer Bandbreite von ein paar jämmerlichen Megahertz. Ein einziger Videokanal für Live-Übertragungen riß alles an sich, und der Kapitän mußte sich gegen die lautstark erhobenen Forderungen der irdischen Sender zur Wehr setzen. Nicht, daß sie ihrem Publikum sehr viel zu zeigen gehabt hätten außer offenem Meer, engen Schiffsräumen und einer Besatzung, die zwar guter Dinge war, aber ständig behaarter wurde.

Ein ungewöhnlich großer Teil des Funkverkehrs schien Offizier Floyd zu betreffen, dessen chiffrierte Antworten so kurz waren, daß sie nicht viel Information enthalten konnten. Laplace beschloß schließlich, ein Wörtchen mit dem jungen Mann zu reden.

»Mr. Floyd«, sagte er unter vier Augen in seiner Kabine zu ihm. »Ich würde es sehr begrüßen, wenn Sie mich über Ihre Nebenbeschäftigung aufklären würden.«

Floyd machte ein verlegenes Gesicht und griff nach dem Tisch, als das Schiff in einer plötzlichen Bö leicht schwankte.

»Ich wollte, ich könnte es, Sir, aber es ist mir untersagt.«

»Von wem, wenn ich fragen darf?«

»Das weiß ich offen gestanden nicht genau.«

Das entsprach vollständig der Wahrheit. Floyd hatte den Verdacht, daß es ASTROPOL war, aber die beiden ruhigen, beeindruckenden Herren, die ihn auf Ganymed instruiert hatten, hatten es unbegreiflicherweise versäumt, ihm diese Information zu geben.

»Als Kapitän dieses Schiffs – *besonders* unter den gegenwärtigen Umständen – möchte ich wissen, was hier vorgeht. Falls wir aus der ganzen Sache wieder herauskommen, werde ich die nächsten paar Jahre meines Lebens vor Untersuchungskommissionen verbringen. Und Ihnen wird es wahrscheinlich nicht anders ergehen.«

Floyd rang sich ein gequältes Grinsen ab.

»Dafür lohnt es sich kaum, gerettet zu werden, wie, Sir? Ich weiß nur, daß irgendeine hochrangige Behörde auf dieser Mission Schwierigkeiten erwartete, aber nicht wußte, in welcher Form sie auftreten würden. Mir hat man nur gesagt, ich solle die Augen offenhalten. Ich fürchte, ich war keine große Hilfe, aber ich könnte mir vorstellen, daß ich der einzige, qualifizierte Mann war, den sie noch rechtzeitig zu fassen bekamen.«

»Ich glaube nicht, daß Sie sich Vorwürfe zu machen brauchen. Wer hätte denn gedacht, daß Rosie...«

Der Kapitän unterbrach sich, weil ihm plötzlich etwas einfiel. »Haben Sie jemand anderen in Verdacht?« Er hätte am liebsten hinzugefügt: ›Zum Beispiel mich?‹, aber die Situation war schon verrückt genug.

Floyd machte ein nachdenkliches Gesicht, dann kam er offenbar zu einem Entschluß.

»Vielleicht hätte ich schon früher mit Ihnen sprechen sollen, Sir, aber ich weiß doch, wie beschäftigt Sie sind. Ich bin sicher, daß Dr. van der Berg irgendwie mit der Sache zu tun hat. Er ist natürlich Ganymeder; das sind sonderbare Leute, und ich verstehe sie nicht so richtig.« Und mag sie auch nicht, hätte er noch anfügen können. Zu klüngelhaft – nicht besonders freundlich zu Leuten von außerhalb. Trotzdem, man konnte es ihnen kaum verübeln; alle Pioniere, die versuchten, eine Wildnis urbar zu machen, waren sich wahrscheinlich ähnlich.

223

»Van der Berg – hmm. Was ist mit den anderen Wissenschaftlern?«

»Sie wurden natürlich überprüft. Alles vollkommen in Ordnung, nirgends etwas Ungewöhnliches.«

Das entsprach nicht vollständig der Wahrheit. Dr. Simpson hatte mehr Frauen, als strenggenommen erlaubt war – , jedenfalls gleichzeitig; und Dr. Higgins besaß eine große Sammlung sehr sonderbarer Bücher. Offizier Floyd wußte nicht genau, warum man ihm das alles erzählt hatte; vielleicht wollten ihn seine Mentoren nur mit ihrer Allwissenheit beeindrucken. Er kam zu der Ansicht, daß die Arbeit für ASTROPOL (oder wer immer es war) einige ganz unterhaltsame Randaspekte hatte.

»Na schön«, sagte der Kapitän und entließ den Amateuragenten. »Aber halten Sie mich bitte auf dem laufenden, wenn Sie etwas... nun, irgend etwas entdecken, was sich auf die Sicherheit des Schiffes auswirken könnte.«

Unter den gegenwärtigen Umständen war es schwer vorstellbar, was das sein könnte. Weitere Risiken schienen wahrhaft überflüssig.

36

An fremden Gestaden

Auch vierundzwanzig Stunden, ehe sie die Insel sichteten, war es noch nicht sicher, ob die ›Galaxy‹ sie verfehlen und in die Leere des zentralen Ozeans hinausgetrieben werden würde. Ihre Position wurde, wenn die Radargeräte auf Ganymed sie festgestellt hatten, auf einer großen Karte eingezeichnet, welche jedermann an Bord mehrmals täglich besorgt kontrollierte.

Auch wenn das Schiff auf Land stieß, fingen seine Probleme damit möglicherweise erst an. Es konnte an einer Felsküste zerschellen, anstatt sanft auf einen geeigneten, leicht abfallenden Strand zu laufen.

Der kommissarische Kapitän war sich all dieser Möglichkeiten klar bewußt. Er hatte selbst einmal Schiffbruch erlitten, vor der Insel Bali, in einem Kajütboot, dessen Motoren in einem kritischen Moment versagt hatten. Es hatte nur geringe Gefahr bestanden, war aber sehr dramatisch gewesen, und er hatte nicht den Wunsch, diese Erfahrung zu wiederholen – noch dazu, wo es hier keine Küstenwache gab, die zu Hilfe kommen konnte.

In ihrer Zwangslage lag eine wahrhaft kosmische Ironie. Da waren sie nun auf einem der fortschrittlichsten Transportmittel, das je von Menschenhand gebaut worden war – fähig, das Sonnensystem zu durchqueren – aber im Augenblick konnten sie es nicht mehr als ein paar Meter von seinem Kurs ab-

225

bringen. Trotzdem waren sie nicht völlig hilflos; Lee hatte noch ein paar Trümpfe im Ärmel.

Auf dieser stark gekrümmten Welt war die Insel nur fünf Kilometer entfernt, als sie sie erstmals sichteten. Zu Lees großer Erleichterung gab es keine Klippen, wie er befürchtet hatte; andererseits auch keine Spur des Strandes, den er sich erhofft hatte. Die Geologen hatten ihn gewarnt, daß es ein paar Millionen Jahre zu früh sei, um hier Sand zu erwarten; die Mühlen Europas mahlten langsam und hatten noch keine Zeit gehabt, ihre Arbeit zu tun.

Sobald es sicher war, daß sie das Land nicht verfehlen würden, gab Lee Anweisung, die Haupttanks der ›Galaxy‹, die er bald nach der Landung absichtlich hatte fluten lassen, leerzupumpen. Darauf folgten ein paar sehr unangenehme Stunden, in denen mindestens ein Viertel der Besatzung kein Interesse mehr dafür aufbrachte, was um sie herum vorging.

Die ›Galaxy‹ hob sich immer höher aus dem Wasser und schaukelte immer heftiger – dann machte sie mit gewaltigem Platschen einen Satz und lag auf der Wasserobfläche wie der Kadaver eines Wals in den schlimmen, alten Zeiten, als man auf den Fangbooten die Tiere noch voll Luft pumpte, damit sie nicht untergingen. Als Lee sah, wie das Schiff lag, regulierte er den Auftrieb erneut, bis es leicht hecklastig war und die vordere Brücke gerade aus dem Wasser herausragte.

Wie erwartet, drehte sich die ›Galaxy‹ nun mit der Breitseite in den Wind. Ein weiteres Viertel der Besatzung fiel daraufhin aus, aber Lee hatte genügend Helfer, um den Treibanker auszuwerfen, den er für diesen letzten Akt vorbereitet hatte. Es war nur ein improvisiertes Floß aus aneinandergebundenen, leeren Kisten, aber sein Zug bewirkte, daß das Schiff auf das näherkommende Land zeigte.

Nun sahen sie, daß sie – quälend langsam – auf ein schmales, mit kleinen Felsbrocken übersätes Strandstück zutrieben. Wenn sie keinen Sand haben konnten, war das die beste Alternative...

Die Brücke befand sich schon über dem Strand, als die ›Galaxy‹ auf Grund lief, und Lee spielte seinen letzten Trumpf aus. Er hatte nur einen einzigen Probelauf gemacht, mehr wagte er nicht, aus Angst, daß die mißhandelte Apparatur versagte.

Zum letztenmal fuhr die ›Galaxy‹ ihr Fahrgestell aus. Knirschend und zitternd wühlten sich die Polster auf der Unterseite in den fremden Strand. Jetzt war das Schiff gegen Wind und Wellen dieses gezeitenlosen Ozeans sicher verankert.

Es gab keinen Zweifel daran, daß die ›Galaxy‹ ihre letzte Ruhestätte gefunden hatte – und es war nur zu gut möglich, daß das auch für ihre Besatzung galt.

FÜNFTER TEIL

Durch
die Asteroiden

37

Der Star

Und jetzt bewegte sich die ›Universe‹ so schnell, daß
ihre Bahn nicht einmal mehr entfernt dem eines natürlichen Objekts im Sonnensystem ähnelte. Merkur, der Sonne am nächsten, kommt im Perihel nur
knapp über fünfzig Kilometer pro Sekunde; die ›Universe‹ hatte am ersten Tag schon das Doppelte dieser
Geschwindigkeit erreicht – und das nur mit der
Hälfte der Beschleunigung, die sie schaffen würde,
wenn sie um mehrere tausend Tonnen Wasser leichter war.

Ein paar Stunden lang war die Venus, als sie innerhalb ihrer Bahn vorbeiflogen, nach der Sonne und
Luzifer der hellste aller Himmelskörper. Ihre winzige Scheibe war mit bloßem Auge gerade noch sichtbar, aber selbst mit den stärksten Teleskopen des
Schiffs waren keinerlei Landschaftsmerkmale zu erkennen. Die Venus hütete ihre Geheimnisse ebenso
eifersüchtig wie Europa.

Indem die ›Universe‹ noch näher an die Sonne
heranflog – weit innerhalb des Merkurorbits – kürzte
sie nicht nur ab, sondern bekam auch einen kosten-
losen Zusatzantrieb vom Schwerkraftfeld der Sonne.
Da die Natur ihre Konten immer ausgleicht, verlor
die Sonne bei diesem Handel ein wenig an Geschwindigkeit; aber die Wirkung würde über ein
paar tausend Jahre hinweg nicht meßbar sein.

Kapitän Smith nützte die Perihel-Passage des

Schiffs dazu, einen Teil des Prestiges wiederzuerlangen, das er durch seine geringe Entschlußfreudigkeit verloren hatte.

»Jetzt wissen Sie genau«, sagte er, »*warum* ich das Schiff durch ›Old Faithful‹ geflogen habe. Wenn wir nicht den ganzen Schmutz vom Rumpf abgewaschen hätten, wären wir inzwischen stark überhitzt. Ja, ich bezweifle, ob die Thermalkontrollen damit fertiggeworden wären – wir haben schon das Zehnfache der Erdtemperaturen.« Als seine Passagiere – durch Filter, die fast schwarz waren – auf die gräßlich angeschwollene Sonne schauten, glaubten sie ihm das gerne. Sie waren alle mehr als froh, als sie wieder auf normale Größe geschrumpft war – und achtern weiterhin kleiner wurde, während die ›Universe‹ die Marsbahn schnitt und zur letzten Etappe ihrer Mission nach draußen flog.

›Die Berühmten Fünf‹ hatten sich, jeder auf seine Art, alle mit der unerwarteten Veränderung in ihrem Leben abgefunden. Mihailowitsch komponierte ausgiebig und lautstark und war selten zu sehen, er tauchte nur zu den Mahlzeiten auf, erzählte haarsträubende Geschichten und neckte alle verfügbaren Opfer, besonders Willis. Greenberg hatte sich, ohne auf Widerspruch zu treffen, zum Ehrenmitglied der Besatzung ernannt und verbrachte einen großen Teil seiner Zeit auf der Brücke.

Maggie M. betrachtete die Situation wehmütig amüsiert.

»Schriftsteller«, so bemerkte sie, »reden immer davon, wieviel sie schaffen könnten, wenn sie nur einmal an einem Ort wären, wo sie niemand stört – und es keine Termine gibt; Leuchttürme und Gefängnisse sind ihre Lieblingsbeispiele. Ich kann mich also nicht beklagen – außer darüber, daß meine Bitten um Forschungsmaterial ständig durch vorrangige Funksprüche verzögert werden.«

Sogar Victor Willis war nun mehr oder weniger zum gleichen Schluß gekommen; auch er arbeitete eifrig an verschiedenen langfristigen Projekten. Und er hatte einen zusätzlichen Grund, in seiner Kabine zu bleiben. Es würde immer noch mehrere Wochen dauern, bis er nicht mehr so aussah, als hätte er vergessen, sich zu rasieren.

Yva Merlin hielt sich jeden Tag stundenlang im Unterhaltungszentrum auf, um – wie sie bereitwillig erklärte – sich endlich ihre Lieblingsklassiker anzusehen. Es war ein Glück, daß die Filmsammlung und die Projektionsanlagen der ›Universe‹ noch rechtzeitig für diese Reise eingerichtet worden waren; obwohl die Sammlung noch relativ klein war, war Filmmaterial für mehrere Menschenleben vorhanden.

Alle berühmten Werke der visuellen Kunst waren vertreten, bis zurück zur flimmernden Morgendämmerung des Kinos. Yva kannte die meisten davon und gab ihr Wissen gerne weiter.

Floyd machte es natürlich Spaß, ihr zuzuhören, denn dann wurde sie lebendig – aus einem Idol wurde ein normales, menschliches Wesen. Er fand es gleichzeitig traurig und faszinierend, daß sie nur durch ein künstliches Universum von Videobildern Kontakt zur Wirklichkeit finden konnte.

Eine der sonderbarsten Erfahrungen in Heywood Floyds relativ ereignisreichem Leben war es, irgendwo jenseits der Marsbahn im Halbdunkel dicht hinter Yva zu sitzen und mit ihr gemeinsam die erste

Version von ›Vom Winde verweht‹ anzusehen. In manchen Augenblicken zeichnete sich ihr berühmtes Profil vor dem von Vivien Leigh ab, und er konnte die beiden vergleichen – obwohl man unmöglich sagen konnte, eine Schauspielerin sei besser als die andere; beide waren einzigartig.

Als die Lichter angingen, sah er erstaunt, daß Yva weinte. Er nahm ihre Hand und sagte zärtlich: »Ich habe auch geweint, als Bonnie starb.«

Yva brachte ein schwaches Lächeln zustande.

»Ich habe eigentlich um Vivien geweint«, sagte sie. »Als wir die Nummer Zwei drehten, las ich viel über sie – ihr Leben war so tragisch. Und hier draußen, zwischen den Planeten, von ihr zu sprechen, das erinnert mich an etwas, das Larry sagte, als er das arme Ding nach ihrem Nervenzusammenbruch von Ceylon zurückbrachte. Er erklärte seinen Freunden: »Ich habe eine Frau aus den Tiefen des Weltraums geheiratet.«

Yva schwieg einen Augenblick, und eine weitere Träne rann (ziemlich theatralisch, dachte Floyd unwillkürlich) ihre Wange hinab.

»Und da ist etwas noch Sonderbareres. Sie drehte ihren letzten Film vor genau hundert Jahren – und wissen Sie, welcher es war?«

»Nur zu – überraschen Sie mich noch einmal!«

»Ich nehme an, es wird Maggie überraschen – wenn sie wirklich an dem Buch schreibt, mit dem sie uns ständig droht. Viviens allerletzter Film war – das ›Narrenschiff‹.«

38

Eisberge des Weltraums

Nachdem sie nun so unerwartet viel Zeit zur Verfügung hatten, hatte Kapitän Smith endlich eingewilligt, Victor Willis das lange hinausgeschobene Interview zu geben, das ein Teil seines Vertrages war. Victor selbst hatte es immer wieder verzögert, aufgrund seiner ›Amputation‹, wie Mihailowitsch sich beharrlich ausdrückte. Da es noch viele Monate dauern würde, bis sich sein Äußeres so weit regeneriert hatte, daß er sich in der Öffentlichkeit zeigen konnte, hatte er schließlich beschlossen, bei dem Interview nicht vor der Kamera zu erscheinen; das Studio auf der Erde konnte später Archivaufnahmen von ihm hineinschneiden.

Sie hatten in der noch immer nicht vollständig möblierten Kabine des Kapitäns gesessen und sich einen der ausgezeichneten Weine munden lassen, die offenbar einen großen Teil von Victors Freigepäck ausmachten. Da die ›Universe‹ innerhalb der nächsten paar Stunden den Antrieb abschalten und in den freien Fall gehen würde, war dies auf mehrere Tage die letzte Gelegenheit. Schwereloser Wein war abscheulich, behauptete Victor, und er weigerte sich, seine erlesenen Jahrgänge in Spritzkolben aus Plastik zu füllen.

»Hier spricht Victor Willis von Bord des Raumschiffes ›Universe‹, am Freitag, 15. Juli 2061, 18.30 Uhr. Obwohl wir noch nicht einmal die Hälfte unserer Reise hinter uns haben, sind wir schon weit jenseits der Marsbahn und haben unsere Höchstgeschwindigkeit fast erreicht. Die beträgt wieviel, Kapitän?«

»Eintausendundfünfzig Kilometer pro Sekunde.«

»Mehr als tausend Kilometer pro Sekunde – fast vier Millionen Kilometer pro Stunde!«

Victor Willis' Überraschung klang völlig echt; niemand wäre darauf gekommen, daß er die Orbitalparameter fast so gut kannte wie der Kapitän. Aber eine seiner Stärken war seine Fähigkeit, sich in die Lage seiner Zuschauer zu versetzen und nicht nur ihre Fragen vorwegzunehmen, sondern auch ihr Interesse zu wecken.

»Das ist richtig«, antwortete der Kapitän stolz. »Wir fliegen doppelt so schnell wie jedes andere, menschliche Wesen seit Anbeginn der Zeiten.«

Das wäre eine von meinen Zeilen gewesen, dachte Victor; er mochte es nicht, wenn ihm sein Interviewpartner vorauseilte. Aber als gewiefter Profi paßte er sich schnell an.

Er tat so, als konsultiere er seinen berühmten, kleinen Notizblock mit dem scharf ausgerichteten Bildschirm, den er nur selbst sehen konnte.

»Alle zwölf Sekunden legen wir eine Strecke von der Länge des Erddurchmessers zurück. Aber wir werden trotzdem noch zehn Tage brauchen um Jupi –...– ah, Luzifer! – zu erreichen. Da bekommt man eine Vorstellung von den Ausmaßen des Sonnensystems...

Nun, Kapitän, komme ich zu einem heiklen Thema, aber ich habe während der letzten Woche diesbezüglich eine Menge Anfragen erhalten.«

Oh nein, stöhnte Smith. Nicht schon wieder die Toiletten bei Schwerelosigkeit!

»Genau in diesem Augenblick fliegen wir direkt durch das Herz des Asteroidengürtels...«

(Ich wünschte, es *wären* die Toiletten, dachte Smith.)

»...und wenn auch noch nie ein Raumschiff durch eine Kollision ernstlich beschädigt wurde, gehen wir nicht ein ziemlich großes Risiko ein? Schließlich gibt es buchstäblich Millionen von Körpern, bis hinunter zur Größe von Wasserbällen, die in diesem Raumabschnitt ihre Bahnen ziehen. Und nur ein paar tausend davon sind kartographisch erfaßt.«

»Mehr als ein paar tausend: es sind über zehntausend.«

»Aber es gibt Millionen, von denen wir nichts wissen.«

»Das ist richtig; aber es würde uns nicht viel helfen, wenn wir von ihnen wüßten.«

»Was soll das heißen?«

»Wir können nichts dagegen tun.«

»Warum nicht?«

Kapitän Smith schwieg und überlegte gründlich. Willis hatte recht – das war wirklich ein heikles Thema; die Zentrale würde ihm schön auf die Finger klopfen, wenn er etwas sagte, was künftige Kunden abschrecken könnte.

»Zuallererst ist der Weltraum so gewaltig, daß sogar hier – wie Sie schon sagten, mitten im Herzen des Asteroidengürtels – die Chance einer Kollision – unendlich gering ist. Wir hatten gehofft, Ihnen einen Asterioden zeigen zu können – das Beste, was wir zu bieten haben, ist Hanuman, mit lächerlichen dreihundert Metern Durchmesser – aber wir kommen nicht näher als auf eine Viertelmillion Kilometer heran.«

»Aber Hanuman ist riesig, verglichen mit all den unbekannten Brocken, die hier draußen herumschweben. Sind Sie deshalb nicht besorgt?«

»Ungefähr so besorgt wie Sie, daß Sie auf der Erde von einem Blitz getroffen werden könnten.«

»Dem bin ich auf dem Pike's Peak in Colorado tatsächlich einmal knapp entgangen – Blitz und Donner kamen gleichzeitig. Aber Sie geben zu, daß die Gefahr besteht – und vergrößern wir das Risiko nicht noch durch die gewaltige Geschwindigkeit, mit der wir uns bewegen?«

Willis kannte die Antwort natürlich genau; wieder einmal versetzte er sich in die Lage der Legionen von unbekannten Zuhörern auf dem Planeten, der sich mit jeder Sekunde, die verging, tausend Kilometer weiter entfernte.

»Das ist ohne Mathematik schwer zu erklären«, sagte der Kapitän (wie oft hatte er diesen Satz schon verwendet, obwohl er nicht stimmte!), »aber es gibt keine direkte Beziehung zwischen Geschwindigkeit und Risiko. Wenn man mit Raumschiffgeschwindigkeiten überhaupt mit irgendetwas zusammenstieße, wäre das eine Katastrophe; wenn Sie neben einer Atombombe stehen, die gerade losgeht, macht es keinen Unterschied, ob sie in der Kilotonnen- oder in der Megatonnenklasse ist.«

Das war nicht eben eine beruhigende Feststellung, aber mehr konnte er nicht tun. Ehe Willis noch weiter bohren konnte, fuhr er hastig fort:

»Und ich möchte daran erinnern, daß jedes...

ah… kleine Zusatzrisiko, das wir vielleicht eingehen, einer sehr guten Sache dient. Eine einzige Stunde kann Menschenleben retten.«

»Ja, das wissen wir sicher alle zu würdigen.« Willis schwieg; er überlegte, ob er hinzufügen sollte: ›Ich sitze natürlich mit im selben Boot‹, entschied sich aber dagegen. Das klang vielleicht unbescheiden – nicht daß Bescheidenheit jemals seine starke Seite gewesen wäre. Und überhaupt konnte er kaum aus der Not eine Tugend machen; er hatte ja jetzt so gut wie keine Alternative, wenn er nicht zu Fuß nachhause gehen wollte.

»All dies«, fuhr er fort, »bringt mich zu einem weiteren Punkt. Wissen Sie, was vor gerade einhundertfünfzig Jahren auf dem Nordatlantik geschehen ist?«

»Im Jahre 1911…«

»Nun, genauer gesagt, 1912…«

Kapitän Smith erriet, was jetzt kam, und weigerte sich hartnäckig, mitzuspielen, indem er den Unwissenden mimte.

»Ich nehme an, Sie sprechen von der ›Titanic‹«, sagte er.

»Genau«, antwortete Willis, tapfer seine Enttäuschung verbergend. »Ich wurde von mindestens zwanzig Leuten, die glauben, sie hätten die Parallele als einzige entdeckt, daran erinnert.«

»Was für eine Parallele? Die ›Titanic‹ ging unverantwortliche Risiken ein, nur weil sie einen Rekord brechen wollte.«

Er hätte beinahe hinzugefügt: ›Und sie hatte nicht genügend Rettungsboote‹, hielt sich aber glücklicherweise noch rechtzeitig zurück, als ihm einfiel, daß das einzige Shuttle des Schiffs nicht mehr als fünf Passagiere aufnehmen konnte. Wenn Willis ihn darauf ansprach, wurden allzu viele Erklärungen notwendig.

»Nun, ich gebe zu, daß der Vergleich weit hergeholt ist. Aber es gibt noch eine auffallende Parallele, auf die *jedermann* hinweist. Kennen Sie zufällig den Namen des ersten und letzten Kapitäns der ›Titanic‹?«

»Ich habe nicht die leiseste...« begann Kapitän Smith. Dann fiel ihm die Kinnlade herunter.

»Genau«, sagte Victor Willis mit einem Lächeln, das man nur süffisant nennen konnte, wenn man großzügig sein wollte.

Kapitän Smith hätte alle diese Amateurforscher nur zu gerne erdrosselt. Aber er konnte es seinen Eltern kaum vorwerfen, daß sie ihm den verbreitesten englischen Namen vererbt hatten.

39

Am Kapitänstisch

Es war schade, daß die Zuschauer auf (und außerhalb) der Erde die weniger förmlichen Diskussionen
an Bord der ›Universe‹ nicht miterleben konnten.
Das Leben auf dem Schiff lief jetzt nach einem gleich-
förmigen Schema ab, in dem ein paar Meilensteine in
regelmäßigen Abständen Akzente setzten – der
wichtigste und sicher der althergebrachteste davon
war der traditionelle ›Kapitänstisch‹.

Um Punkt 18.00 Uhr setzten sich die sechs Passagiere und fünf der Offiziere, die keinen Dienst hatten, mit Kapitän Smith zum Dinner. Man trug natürlich nicht die feierliche Abendkleidung, die auf den
schwimmenden Palästen des Nordatlantik Pflicht
gewesen war, aber irgendein eleganter Krimskrams
tauchte im allgemeinen doch auf. Bei Yva konnte
man sich stets darauf verlassen, daß sie eine neue
Brosche, eine Kette, ein Haarband oder ein Parfüm
aus ihrem unerschöpflichen Vorrat zutageförderte.

Wenn der Antrieb lief, begann die Mahlzeit mit einer Suppe; wenn das Schiff jedoch im freien Fall
schwebte und Schwerelosigkeit herrschte, gab es
eine Auswahl an hors d'oeuvres. In jedem Fall verkündete Kapitän Smith, ehe der Hauptgang serviert
wurde, die letzten Neuigkeiten – oder versuchte, die
neuesten Gerüchte zu zerstreuen, die gewöhnlich
durch Nachrichtensendungen von der Erde und von
Ganymed Nahrung bekamen.

Vorwürfe und Gegenvorwürfe flogen hin und her, und die phantastischsten Theorien waren aufgestellt worden, um die Entführung der ›Galaxy‹ zu erklären. Auf jede Geheimorganisation, deren Existenz bekannt war, und auf viele, die es nur in der Fantasie gab, hatte man mit dem Finger gezeigt. Allen Theorien war jedoch eines gemeinsam: Keine konnte mit einem plausiblen Motiv aufwarten.

Das Kriminalstück war um die eine Tatsache herum aufgebaut worden, die herausgekommen war. ASTROPOL hatte in unermüdlicher Detektivarbeit die überraschende Information aufgestöbert, daß die verstorbene ›Rose McMahon‹ in Wirklichkeit Ruth Mason hieß, in Nord-London geboren und in die Metropolitan Police eingetreten war – um dann, nach einem vielversprechenden Anfang, wegen rassistischer Aktivitäten wieder entlassen zu werden. Sie war nach Südafrika ausgewandert – und verschwunden. Offensichtlich hatte sie sich dem politischen Untergrund dieses unglücklichen Landes angeschlossen. SHAKA wurde häufig erwähnt und von den USSA ebenso häufig abgestritten.

Was dies alles mit Europa zu tun haben könnte, darüber wurde endlos und ohne Ergebnis debattiert – besonders, als Maggie M. gestand, daß sie einmal einen Roman über Shaka hatte schreiben wollen, aus der Sicht einer der tausend unglücklichen Frauen des Zulu-Despoten. Aber je mehr sie sich mit dem Projekt beschäftigt hatte, desto mehr hatte es sie abgestoßen. »Als ich Shaka fallenließ«, gestand sie trocken, »wußte ich genau, was ein moderner Deutscher über Hitler empfindet.«

Solch persönliche Enthüllungen wurden immer

häufiger, je weiter die Reise fortschritt. Wenn der Hauptgang vorüber war, bekam einer aus der Gruppe dreißig Minuten lang das Wort. Alle zusammen hatten sie soviel erlebt, daß es für ein Dutzend Leben auf ebensovielen Himmelskörpern reichte, man hätte also kaum eine bessere Quelle für Geschichten nach Tisch finden können.

Am wenigsten fesselnd erzählte, was ziemlich überraschend war, Victor Willis. Er wahr ehrlich genug, das zuzugeben und nannte auch den Grund dafür.

»Ich bin so daran gewöhnt«, sagte er, fast, aber nicht ganz bedauernd, »vor einem Millionenpublikum aufzutreten, daß mir die Interaktion mit einer freundlichen, kleinen Gruppe wie dieser hier schwerfällt.«

»Wäre es denn leichter, wenn die Gruppe nicht freundlich wäre?« fragte Mihailowitsch, stets bemüht, sich hilfsbereit zu zeigen. »Das wäre leicht einzurichten.«

Andererseits stellte sich heraus, daß Yva besser war als erwartet, obwohl sich ihre Erinnerungen ausschließlich auf die Welt der Unterhaltung beschränkten. Besonders gut konnte sie über die berühmten – und berüchtigten – Regisseure erzählen, mit denen sie gearbeitet hatte, besonders über David Griffin.

»Ist es wahr«, fragte Maggie M. und dachte dabei ohne Zweifel an Shaka, »daß er Frauen haßte?«

»Überhaupt nicht«, antwortete Yva prompt. »Er haßte nur *Schauspieler*. Er glaubte nicht, daß sie Menschen seien.«

Mihailowitschs Reminiszenzen behandelten ebenfalls ein ziemlich begrenztes Gebiet – die großen Orchester und Balletttruppen, berühmte Dirigenten und Komponisten und ihre zahllosen Trabanten. Aber er kannte so viele komische Geschichten über Intrigen und Affären hinter den Kulissen und wußte von sabotierten Premieren und tödlichen Feindschaften zwischen Primadonnen zu erzählen, daß sich auch seine unmusikalischsten Zuhörer in Lachkrämpfen wanden und ihm gerne eine Zeitverlängerung zubilligten.

Die sachlichen Berichte Colonel Greenbergs von außergewöhnlichen Ereignissen hätten kaum einen stärkeren Gegensatz bilden können. Die erste Landung auf dem – relativ – gemäßigten Südpol des Merkur war so ausführlich dokumentiert worden, daß es dazu nur wenig Neues zu sagen gab; die Frage, die alle interessierte, lautete: »Wann werden wir dorthin zurückkehren?« Und darauf folgte im allgemeinen: »Möchten Sie zurückkehren?«

»Wenn man mich auffordert, gehe ich natürlich«, antwortete Greenberg. »Aber ich glaube eigentlich, daß es mit dem Merkur so ählich sein wird wie mit dem Mond. Erinnern Sie sich – wir landeten dort im Jahre 1969 – und kamen ein halbes Leben lang nicht wieder. Mit dem Merkur kann man ohnehin nicht so viel anfangen wie mit dem Mond – obwohl es eines Tages vielleicht anders sein könnte. Es gibt dort kein Wasser; natürlich war es eine ziemliche Überraschung, als man auf dem Mond welches fand. Oder *im* Mond, sollte ich sagen...

Obwohl das nicht so glanzvoll war wie die Landung auf dem Merkur, habe ich bei der Einrichtung des Maultierzuges auf Aristarchus Wichtigeres geleistet.«

»Maultierzug?«

»Jawohl. Ehe die große Abschußrampe am Äquator gebaut wurde und man anfing, das Eis direkt in den Orbit zu schießen, mußten wir es von den Übertageanlagen zum Raumhafen Imbrium transportieren. Dazu mußte man eine Straße über die Lavaebenen planieren und ziemlich viele Spalten überbrücken. Die ›Eisstraße‹ nannten wir sie – sie war nur dreihundert Kilometer lang; und sie hat beim Bau mehrere Menschenleben gefordert...

Die ›Maultiere‹ waren achträdrige Traktoren mit riesigen Reifen und Einzelradaufhängung; sie zogen bis zu einem Dutzend Anhänger mit je hundert Tonnen Eis. Im allgemeinen fuhren sie bei Nacht – da brauchte man die Ladung nicht abzuschirmen.

Ich war mehrmals dabei. Die Fahrt dauerte etwa sechs Stunden – wir hatten nicht den Ehrgeiz, Geschwindigkeitsrekorde zu brechen – dann wurde das Eis in große Drucktanks umgeladen und wartete dort auf den Sonnenaufgang. Sobald es schmolz, pumpte man es in die Schiffe.

Die Eisstraße gibt es natürlich noch, aber heute wird sie nur von den Touristen benützt. Wenn sie klug sind, fahren sie bei Nacht, wie wir damals. Es war wirklich zauberhaft, die volle Erde hing fast direkt über uns, so strahlend hell, daß wir nur selten die Scheinwerfer einschalteten. Und obwohl wir mit unseren Freunden sprechen konnten, wann immer wir wollten, schalteten wir oft die Funkgeräte ab und überließen es der Automatik, ihnen zu sagen, daß alles in Ordnung sei. Wir wollten einfach allein sein in dieser großen, strahlenden Leere

– solange es sie noch gab, denn wir wußten, daß sie nicht von Dauer sein würde.

Jetzt baut man den Teravolt Quarkzertrümmerer um den ganzen Äquator herum, und überall im Imbrium und Serenitatis wachsen Kuppeln aus dem Boden. Aber wir kannten noch die *echte* Mondwildnis, genau wie Armstrong und Aldrin sie sahen – ehe man im Postamt im Stützpunkt Tranquillity Ansichtskarten kaufen konnte.

40

Monster von der Erde

»...Glück gehabt, daß du den jährlichen Ball versäumt hast: ob du es glaubst oder nicht, es war ebenso gräßlich wie im letzten Jahr. Und wieder einmal ist es unserem hiesigen Mastodon, der lieben Ms. Wilkinson, gelungen, ihrem Partner die Zehen zu zerquetschen, sogar auf dem Tanzboden mit halber Schwerkraft.

Jetzt zum Geschäftlichen. Nachdem du nun monatelang weg sein wirst, anstatt nur ein paar Wochen, wirft Admin begehrliche Blicke auf deine Wohnung – nette Nachbarschaft, in der Nähe der Ladenzentren, großartige Aussicht auf die Erde an klaren Tagen, und so weiter, und so weiter – und schlägt eine Untervermietung bis zu deiner Rückkehr vor. Scheint kein schlechtes Angebot zu sein und wird dir eine Menge Geld sparen. Wir holen alle persönlichen Dinge heraus, die du aufbewahrt haben möchtest...

Jetzt zu dieser Shaka-Geschichte. Wir wissen, daß du uns nur zu gerne auf den Arm nimmst, aber offen gestanden, Jerry und ich waren entsetzt! Ich verstehe, warum Maggie M. die Sache abgelehnt hat – ja, natürlich haben wir ihre ›Olympischen Lüste‹ gelesen – sehr amüsant, aber zu feministisch für unseren Geschmack...

Was für ein Monster – ich kann verstehen, warum man eine Bande von afrikanischen Terroristen nach ihm benannt hat. Man stelle sich das vor, er ließ seine

Soldaten hinrichten, wenn sie heirateten! Und er hat all die armen Kühe in seinem elenden Reich getötet, nur weil sie weiblich waren! Und das Schlimmste – diese gräßlichen Speere, die er erfunden hat; abscheuliche Sitten, sie Leuten in den Leib zu stoßen, denen man nicht richtig vorgestellt wurde...

Und was für eine grauenvolle Reklame für uns Homos! Da möchte man sich ja fast umorientieren. Wir haben immer den Anspruch erhoben, liebenswürdig und warmherzig (außerdem natürlich wahnsinnig talentiert und künstlerisch) zu sein, aber jetzt hast du uns so weit gebracht, daß wir uns einige dieser sogenannten Großen Krieger genauer angesehen haben (als ob es etwas Großartiges wäre, Menschen zu töten!), und wir schämen uns fast der Gesellschaft, in der wir uns bewegen...

Ja, über Hadrian und Alexander wußten wir Bescheid – aber von Richard Löwenherz und Saladin hatten wir keine Ahnung. Oder von Julius Cäsar – obwohl er *beides* war – da kannst du Antonius ebenso fragen wie Kleo. Oder von Friedrich dem Großen, der aber einige aussöhnende Momente hatte; denk nur daran, wie er den alten Bach behandelte.

Als ich Jerry sagte, daß wenigstens Napoleon eine Ausnahme ist – den brauchen wir uns nicht aufhalsen zu lassen –, weißt du, was er da antwortete? ›Ich möchte wetten, daß Josephine in Wirklichkeit ein Junge war.‹ Erzähl das einmal Yva!

Du hast unsere Moral untergraben, du Schuft, indem du uns mit diesem blutigen Pinsel geteert hast (entschuldige die gemischte Metapher). Du hättest uns in seliger Ahnungslosigkeit belassen sollen...

Trotzdem schicken wir dir alles Liebe, und Sebastian ebenfalls. Grüße alle Europaner, die du triffst. Den Berichten von der ›Galaxy‹ nach zu schließen, wären einige davon sehr gut als Partner für Ms. Wilkinson geeignet.«

41

Memoiren eines Hundertjährigen

Dr. Heywood Floyd zog es vor, nicht über die erste Mission zum Jupiter und die zweite, zehn Jahre später, zum Luzifer zu sprechen. Es war alles so lange her – und es gab nichts, was er nicht schon hundertmal vor Kongreßausschüssen, Gremien der Raumfahrtbehörde und Medienleuten wie Victor Willis gesagt hatte.

Trotzdem hatte er seinen Mitreisenden gegenüber eine Verpflichtung, der er sich nicht entziehen konnte. Von ihm als einzigem, noch lebendem Menschen, der die Geburt einer neuen Sonne – und eines neuen Sonnensystems – miterlebt hatte, wurde erwartet, daß er eine besondere Beziehung zu den Welten hatte, denen sie sich nun so schnell näherten. Das war eine naive Vorstellung. Er konnte weit weniger über die galileischen Satelliten erzählen als die Wissenschaftler und Techniker, die dort seit mehr als einer Generation arbeiteten. Wenn man ihn fragte: »Wie ist es denn *wirklich* auf Europa (oder Ganymed, Io, Callisto...) neigte er dazu, den Fragesteller ziemlich schroff auf die umfangreichen Berichte zu verweisen, die im Schiffsarchiv zur Verfügung standen.

Einen Bereich gab es jedoch, in dem seine Erfahrung einzigartig war. Noch ein halbes Jahrhundert später fragte er sich manchmal, ob es wirklich geschehen war, oder ob er geschlafen hatte, als ihm David Bowman an Bord der ›Discovery‹ erschienen war. Es war fast leichter, zu glauben, daß es auf einem Raumschiff spukte...

Aber er konnte nicht geträumt haben, als sich die schwebenden Staubpartikel zur geisterhaften Gestalt eines Menschen ordneten, der schon seit einem Dutzend Jahren hätte tot sein sollen. Ohne die Warnung, die ihm diese Erscheinung gegeben hatte, (er erinnerte sich ganz deutlich, daß die Lippen sich nicht bewegt hatten und daß die Stimme von der Computerkonsole gekommen war) wären die ›Leonow‹ und alle an Bord in der Explosion des Jupiter verdampft.

»Warum er es getan hat?« antwortete Floyd während einer jener Sitzungen nach Tisch. »Das frage ich mich nun schon seit fünfzig Jahren. Was immer aus ihm geworden ist, nachdem er in der Raumkapsel der ›Discovery‹ hinausflog, um den Monolithen zu erforschen, er muß immer noch einige Bindungen an die menschliche Rasse gehabt haben; er war kein völlig fremdes Wesen. Wir wissen, daß er – kurz – zur Erde zurückkehrte, wegen dieses Zwischenfalls mit der Bombe in der Umlaufbahn. Und vieles spricht dafür, daß er sowohl seine Mutter wie seine alte Freundin aufgesucht hat; so handelt kein... kein Wesen, das alle Gefühle abgelegt hatte.«

»Was, meinen Sie, ist er *jetzt?*« fragte Willis. »Und außerdem – *wo* ist er?«

»Vielleicht ist die zweite Frage sinnlos – sogar für Menschen. Wissen Sie, wo sich Ihr Bewußtsein befindet?«

»Metaphysik ist nicht meine Sache. Jedenfalls irgendwo im Bereich meines Gehirns.«

»Als ich noch jung war«, seufzte Mihailowitsch, der ein Talent dafür hatte, auch die ernsthaftesten Gespräche ins Lächerliche zu ziehen, »saß das meine ungefähr einen Meter tiefer.«

»Wir wollen einmal annehmen, daß er auf Europa ist; wir wissen, daß es dort einen Monolithen gibt, und mit dem stand Bowman sicherlich irgendwie in Verbindung – man braucht nur daran zu denken, wie er diese Warnung übermittelt hat.«

»Glauben Sie, daß auch die zweite von ihm kam, die uns sagte, wir sollten uns fernhalten?«

»Und die wir jetzt mißachten wollen...«

» – um einer guten Sache willen!«

Kapitän Smith, der sich gewöhnlich zurückhielt und den Gesprächen ihren Lauf ließ, machte eine seiner seltenen Zwischenbemerkungen.

»Dr. Floyd«, sagte der nachdenklich. »Sie befinden sich in einer einmaligen Lage, und wir sollten Nutzen daraus ziehen. Bowman hat sich einmal besonders bemüht, Ihnen zu helfen. Wenn er noch irgendwo ist, ist er vielleicht bereit, das wieder zu tun. Ich zerbreche mir über dieses ›Versucht nicht, dort zu landen‹ viel den Kopf. Wenn er uns versichern könnte, daß der Befehl – nun, sagen wir einmal, vorübergehend außer Kraft gesetzt würde – wäre ich viel beruhigter.«

Mehrere ›Hört! Hört!‹-Rufe ertönten am Tisch, ehe Floyd antworten konnte.

»Ja, ich habe mir in der gleichen Richtung Gedanken gemacht. Ich habe der ›Galaxy‹ schon gesagt, sie soll auf irgendwelche – sagen wir einmal: Manifestationen – achten, falls er versuchen sollte, Verbindung aufzunehmen.«

»Natürlich«, sagte Yva, »könnte er inzwischen tot sein – falls Geister sterben können.«

Darauf wußte nicht einmal Mihailowitsch eine passende Bemerkung, aber Yva spürte offensichtlich, daß niemand sehr viel von ihrem Beitrag hielt.

Ohne sich einschüchtern zu lassen, versuchte sie es noch einmal.

»Woody, mein Lieber«, sagte sie. »Warum schikken Sie ihm nicht einfach eine Nachricht über Funk? Dazu ist das Gerät doch da, oder nicht?«

Auf den Gedanken war Floyd auch schon gekommen, aber er hatte ihn irgendwie nicht ernst nehmen können, weil er ihm zu naiv erschienen war.

»Das werde ich tun«, sagte er. »Ich glaube, es kann nichts schaden.«

42

Der Minilith

Diesmal war Floyd ganz sicher, daß er träumte...

Er hatte bei Schwerelosigkeit noch nie gut schlafen können, und die ›Universe‹ trieb nun ohne Antrieb mit Höchstgeschwindigkeit dahin. In zwei Tagen würde das fast eine Woche dauernde, stetige Bremsmanöver beginnen, und sie würden soviel von ihrer gewaltigen, überschüssigen Geschwindigkeit abgeben, bis sie zu einem Rendezvous mit Europa fähig war.

Sooft er auch die Haltegurte verstellte, sie saßen immer entweder zu fest oder zu locker. Er hatte Schwierigkeiten beim Atmen – oder schwebte irgendwann aus seiner Koje.

Einmal war er mitten in der Luft schwebend aufgewacht und hatte mehrere Minuten um sich geschlagen, bis es ihm, völlig erschöpft, endlich gelang, die paar Meter bis zur nächsten Wand zu ›schwimmen‹. Erst dann war ihm eingefallen, daß er einfach hätte warten sollen; das Ventilationssystem hätte ihn ohne sein Zutun zum Lüftungsgitter gezogen. Als erfahrener Raumreisender wußte er das auch ganz genau; seine einzge Entschuldigung war schlichte Panik.

Aber heute hatte er alles richtig hinbekommen; wahrscheinlich würde er, wenn das Gewicht wieder einsetzte, Schwierigkeiten haben, sich *daran* zu gewöhnen. Er hatte nur ein paar Minuten lang wachgelegen und das letzte Gespräch beim Abendessen im

Geist an sich vorbeiziehen lassen, dann war er eingeschlafen.

In seinen Träumen hatte er das Tischgespräch fortgesetzt. Ein paar kleine Veränderungen hatte es gegeben, die er ohne Überraschung akzeptierte. Willis hatte zum Beispiel seinen Bart wiedergehabt – aber nur auf *einer* Gesichtshälfte. Das, so vermutete Floyd, sollte wohl irgendeinem Forschungsprojekt dienen, obwohl er sich dessen Zweck nur schwer vorstellen konnte.

Auf jeden Fall hatte er seine eigenen Sorgen. Er mußte sich gegen die Kritik des Weltraumbeamten Millson verteidigen, der sich, etwas überraschend, ihrer kleinen Gruppe angeschlossen hatte. Floyd fragte sich, wie er an Bord der ›Universe‹ gelangt war (konnte er als blinder Passagier mitgeflogen sein?). Die Tatsache, daß Millson seit mindestens vierzig Jahren tot war, schien ihm von viel geringerer Bedeutung.

»Heywood«, sagte sein alter Feind gerade, »das Weiße Haus ist höchst beunruhigt.«

»Ich kann mir nicht vorstellen, warum.«

»Diese Funkbotschaft, die Sie soeben nach Europa geschickt haben. War sie vom Außenminsterium freigegeben?«

»Ich hielt das nicht für nötig. Ich habe nur um Genehmigung zum Landen gebeten.«

»Aha – aber das ist es doch. *Wen* haben Sie gebeten? Erkennen wir die betreffende Regierung an? Ich fürchte, das ist alles sehr unvorschriftsmäßg...«

Millson wurde, immer noch mißbilligende Laute von sich gebend, ausgeblendet. Ich bin wirklich froh, daß das nur ein Traum ist, dachte Floyd. Was jetzt?

Na, das hätte ich mir denken können. Hallo, alter Freund. Dich gibt es in allen Größen, nicht wahr? Natürlich hätte sich nicht einmal TMA-1 in meine Kabine zwängen können – und sein Großer Bruder wäre leicht fähig gewesen, die ganze ›Universe‹ auf einen Sitz zu verschlingen.

Der schwarze Monolith stand – oder schwebte – nur zwei Meter von Floyds Koje entfernt. Mit tiefem Schrecken erkannte er, daß der Quader nicht nur die gleiche Form, sondern auch die gleiche Größe hatte wie ein gewöhnlicher Grabstein. Obwohl er oft auf die Ähnlichkeit hingwiesen worden war, hatte das Mißverhältnis der Abmessungen die psychologische Wirkung bisher abgeschwächt. Nun empfand er die Ähnlichkeit zum erstenmal als beunruhigend – sogar als bedrohlich. Ich *weiß*, daß das nur ein Traum ist – aber in meinem Alter will ich nicht daran erinnert werden...

Überhaupt – was willst du hier? Bringst du eine Nachricht von Dave Bowman? *Bist* du Dave Bowman?

Nun ja, ich habe eigentlich keine Antwort erwartet; du warst ja auch früher nicht sehr gesprächig, nicht wahr? Aber es ist immer etwas passiert, wenn du in der Nähe warst. Damals, im Tycho, vor sechzig Jahren, hast du dieses Signal zum Jupiter geschickt, um deinen Schöpfern zu sagen, daß wir dich ausgegraben hatten. Und sieh dir an, was du mit dem Jupiter gemacht hast, als wir ein Dutzend Jahre später hinkamen!

Was hast du jetzt im Sinn?

SECHSTER TEIL

Zuflucht

43

Bergungsaktion

Die erste Aufgabe, der sich Kapitän Laplace und seine Besatzung gegenübersahen, sobald sie sich daran gewöhnt hatten, auf festem Boden zu stehen, bestand darin, sich neu zu orientieren. Auf der ›Galaxy‹ stimmte nichts mehr.

Raumschiffe sind für zweierlei Bedingungen konstruiert – entweder herrscht überhaupt keine Schwerkraft, oder die Triebwerke geben Schub, und oben und unten liegen entlang der Achse. Jetzt stand die ›Galaxy‹ jedoch fast horizontal, und alle Fußböden waren zu Wänden geworden. Es war so, als wollte man in einem Leuchtturm wohnen, der umgestürzt war; jedes einzelne Möbelstück mußte umgeräumt werden, und mindestens fünfzig Prozent der Geräte funktionierten nicht richtig.

Aber in mancher Hinsicht war dies schließlich doch ein Segen, und Kapitän Laplace machte das beste daraus. Die Besatzung war so damit beschäftigt, das Innere der ›Galaxy‹ umzustellen – Vorrang hatten dabei die sanitären Anlagen – daß er sich um die Moral wenig Sorgen zu machen brauchte. Solange der Rumpf luftdicht blieb und die Muon-Generatoren weiterhin Energie lieferten, bestand keine unmittelbare Gefahr; sie brauchten nur zwanzig Tage zu überleben, dann würde in Gestalt der ›Universe‹ die Rettung vom Himmel kommen. Niemand erwähnte je die Möglichkeit, daß die unbekannten

Mächte, die über Europa herrschten, vielleicht etwas gegen eine zweite Landung einzuwenden haben könnten. Sie hatten – soweit man wußte – die erste nicht beachtet; da würden sie doch sicher eine Rettungsmission nicht verhindern...

Europa selbst verhielt sich jetzt jedoch weniger kooperativ. Solange die ›Galaxy‹ auf dem offenen Meer getrieben war, war sie von den Beben, die die kleine Welt ständig erschütterten, praktisch unberührt geblieben. Aber jetzt, an diesem allzu endgültigen Standort auf festem Boden, wurde sie alle paar Stunden von seismischen Störungen durchgerüttelt. Wäre sie in normaler, senkrechter Stellung gelandet, dann wäre sie inzwischen sicher umgestürzt.

Die Beben waren eher unangenehm als gefährlich, aber wer Tokio 2033 oder Los Angeles 2045 erlebt hatte, bekam Alpträume davon. Es nützte nicht viel, daß die Stöße einem völlig berechenbaren Schema folgten und alle dreieinhalb Tage, wenn Io auf seiner inneren Bahn vorbeizog, einen Höhepunkt an Heftigkeit und Häufigkeit erreichten. Und es war auch kein großer Trost zu wissen, daß Europas eigene Schwerkraftströmungen auf Io mindestens ebenso großen Schaden anrichteten.

Nach sechs Tagen zermürbender Arbeit war Kapitän Laplace überzeugt, daß die ›Galaxy‹ soweit in Ordnung war wie unter den Umständen möglich. Er setzte einen Ruhetag an – den die Besatzung größtenteils schlafend verbrachte – und stellte dann einen Terminplan für die zweite Woche auf dem Satelliten auf.

Die Wissenschaftler wollten natürlich die neue Welt erforschen, die sie so unerwartet betreten hatten. Den Radarkarten nach, die Ganymed ihnen übermittel hatte, war die Insel etwa fünfzehn Kilometer lang und fünf Kilometer breit; ihre höchste Erhebung maß nur hundert Meter – nicht hoch genug, so hatte jemand düster prophezeit, um einem wirklich schlimmen Tsunami zu entgehen.

Man konnte sich kaum einen öderen, abweisenderen Ort vorstellen; Europas schwache Winde und Regenfälle hatten es in fünfzig Jahren nicht geschafft, die Lavaschichten aufzubrechen, die die Oberfläche der Insel zur Hälfte bedeckten, oder die Granitvorsprünge abzuschleifen, die durch die Ströme aus erstarrtem Stein hervorragten. Aber hier war jetzt ihr Zuhause, und sie mußten einen Namen dafür finden.

Düstere, pessimistische Vorschläge wie Hades, Inferno, Hölle, Fegefeuer... wurden vom Kapitän entschieden abgelehnt; er wollte etwas Fröhliches. Ein überraschender, schwärmerischer Tribut an einen tapferen Feind wurde ernsthaft in Erwägung gezogen, ehe man ihn mit zweiunddreißig gegen zehn Stimmen bei fünf Enthaltungen ablehnte: man würde die Insel *nicht* ›Rosenland‹ nennen...

Schließlich entschied man sich, einstimmig, für ›Zuflucht‹.

44

Die ›Endurance‹

»Die Geschichte wiederholt sich nie – aber historische Situationen kehren wieder.«

Als Kapitän Laplace seinen täglichen Bericht an Ganymed abfaßte, mußte er ständig an diesen Satz denken. Margaret M'Bala – die sich jetzt mit fast tausend Kilometern pro Sekunde näherte – hatte ihn zitiert, in einer ermutigenden Botschaft von der ›Universe‹, die er seinen Leidensgenossen zu gerne weitergegeben hatte.

»Bitte sagen Sie Miss M'Bala, daß ihre kleine Geschichtslektion außerordentlich gut war für die Moral; sie hätte sich nichts Besseres ausdenken können...

Obwohl es unangenehm ist, wenn Wände und Fußböden vertauscht sind, leben wir, verglichen mit jenen alten Polarforschern, im Luxus. Einige von uns hatten schon von Ernest Shackleton gehört, aber von der ›Endurance‹-Geschichte hatten wir keine Ahnung. Über ein Jahr auf Eisschollen festzusitzen – dann den antarktischen Winter in einer Höhle zu verbringen – und danach tausend Kilometer in einem offenen Boot über das Meer zu fahren und eine kartographisch nicht erfaßte Gebirgskette zu ersteigen, um die nächste, menschliche Ansiedlung zu erreichen!

Und dabei war das erst der Anfang. Was wir unglaublich – und mitreißend – finden, ist, daß Shackleton viermal zurückkehrte, um seine Männer von jener kleinen Insel zu retten – *und jeden einzelnen bergen konnte!* Sie können sich vorstellen, wie diese Geschichte sich auf unsere Stimmung ausgewirkt hat – ich hoffe, Sie können uns sein Buch bei der nächsten Sendung faxen – wir sind alle begierig, es zu lesen.

Und was hätte Shackleton *davon* gehalten? Ja, wir sind unendlich viel besser dran als jene Forscher aus früheren Zeiten. Es ist fast unglaublich, daß sie, bis weit ins letzte Jahrhundert hinein, vom Rest der Menschheit völlig abgeschnitten waren, sobald sie den Horizont überschritten hatten. Wir sollten uns schämen, zu murren, weil das Licht nicht schnell genug ist und wir nicht in Realzeit mit unseren Freunden sprechen können – oder weil es ein paar Stunden dauert, bis man von der Erde eine Antwort bekommt... *Sie* hatten monatelang – fast jahrelang – keine Verbindung. Noch einmal, Miß M'Bala, unseren aufrichtigsten Dank.

Natürlich hatten alle Forscher auf der Erde uns gegenüber einen beträchtlichen Vorteil; sie konnten wenigstens die Luft atmen. Unser Wissenschaftlerteam fordert ständig lautstark, hinausgehen zu dürfen, und wir haben vier Raumanzüge für EVAs bis zu sechs Stunden umgerüstet. Bei dem herrschenden atmosphärischen Druck braucht man keine ganzen Anzüge – eine Abdichtung bis zur Taille genügt – und ich lasse zwei Mann gleichzeitig hinausgehen, solange sie in Sichtweite des Schiffes bleiben.

Zum Schluß der Wetterbericht von heute. Druck 250 bar, Temperatur gleichmäßg fünfundzwanzig Grad, Windböen mit bis zu dreißig Stundenkilometern von Westen, wie üblich hundert Prozent be-

deckt, Beben zwischen eins und drei auf der nach
oben offenen Richter...

Wissen Sie, dieses ›nach oben offen‹ hat mir nie
behagt – und besonders jetzt nicht, wenn Io wieder
in Konjunktion tritt...«

45

Die Mission

Wenn zwei Leute ihn gemeinsam sprechen wollten, bedeutete das gewöhnlich Schwierigkeiten oder wenigstens eine komplizierte Entscheidung. Es war Kapitän Laplace schon aufgefallen, daß Floyd und van der Berg, oft auch zusammen mit Offizier Chang, lange, ernsthafte Diskussionen führten, und es war nicht schwer zu erraten, worum es dabei ging. Aber ihr Vorschlag traf ihn doch überraschend.

»Sie wollen zum Mount Zeus? Wie denn – in einem offenen Boot? Ist Ihnen das Shackleton-Buch zu Kopf gestiegen?«

Floyd wirkte leicht verlegen; der Kapitän hatte ins Schwarze getroffen. ›South‹ hatte Anregungen gegeben, in mehr als einer Hinsicht.

»Selbst wenn wir ein Boot bauen könnten, Sir, würde es viel zu lange dauern... besonders, nachdem es jetzt so aussieht, als würde uns die ›Universe‹ innerhalb von zehn Tagen erreichen.«

»Und ich bin nicht sicher«, fügte van der Berg hinzu, »ob ich unbedingt auf diesem ›galileischen Meer‹ fahren möchte; vielleicht haben noch nicht alle seine Bewohner begriffen, daß wir ungenießbar sind.«

»Dann bleibt also nur eine Alternative, nicht wahr? Ich bin skeptisch, aber ich bin gerne bereit, mich überzeugen zu lassen. Schießen Sie los!«

»Wir haben mit Mr. Chang gesprochen, und er bestätigt, daß es machbar ist. Der Mount Zeus ist nur dreihundert Kilometer entfernt; mit dem Shuttle kann man ihn in weniger als einer Stunde erreichen.«

»Und einen Landeplatz finden? Sie erinnern sich zweifellos, daß Mr. Chang mit der ›Galaxy‹ keinen großen Erfolg hatte.«

»Kein Problem, Sir. Die ›William Tsung‹ hat nur ein Hundertstel unserer Masse; selbst diese Eisschicht hätte sie wahrscheinlich tragen können. Wir haben uns die Videoaufzeichnungen angesehen und ein Dutzend geeignete Landeplätze gefunden.«

»Außerdem«, sagte van der Berg, »wird niemand den Piloten mit einer Pistole bedrohen. Vielleicht wird es dadurch einfacher.«

»Da bin ich ganz sicher. Aber das große Problem liegt *hier:* Wie wollen Sie das Shuttle aus seinem Hangar bekommen? Können Sie einen Kran aufbauen? Selbst bei dieser Schwerkraft wäre das ein ganz schöner Brocken.«

»Das ist gar nicht nötig, Sir. Mr. Chang kann es herausfliegen.«

Es folgte ein längeres Schweigen, während Kapitän Laplace sich, offensichtlich nicht allzu begeistert, vorstellte, wie es wohl wäre, wenn im *Innern* seines Schiffes Raketentriebwerke gezündet würden. Das kleine Hunderttonnen-Shuttle ›William Tsung‹, besser bekannt unter dem Namen ›Bill Tee‹ war nur für Orbitalflüge konstruiert; normalerweise schob man es vorsichtig aus seinem Bordhangar und die Triebwerke wurden erst angelassen, wenn es weit genug vom Mutterschiff entfernt war.

»Sie haben sich das offensichtlich alles überlegt«,

sagte der Kapitän widerstrebend, »aber was ist mit dem Startwinkel? Erzählen Sie mir nicht, daß Sie die ›Galaxy‹ herumwälzen wollen, damit die ›Bill Tee‹ senkrecht hochschießen kann. Der Hangar liegt etwa in der Mitte einer Seite; ein Glück, daß er nicht unter uns war, als wir auf Grund liefen.«

»Der Startwinkel wird sechzig Grad von der Horizontalen betragen müssen; das können die seitlichen Schubdüsen schaffen.«

»Wenn Mr. Chang es sagt, glaube ich ihm natürlich. Aber was wird die Zündung dem Schiff antun?«

»Nun, das Innere des Hangars wird zerstört werden – aber er wird ohnehin nie mehr benützt. Und die Schotts sind so ausgelegt, daß sie unbeabsichtigten Explosionen standhalten können, es besteht also keine Gefahr, daß der Rest des Schiffes beschädigt wird. Und sicherheitshalber sollen sich Leute bereithalten, um ein etwaiges Feuer zu löschen.«

Es war ein brillanter Plan – kein Zweifel. Wenn er funktionierte, wäre die Mission nicht völlig gescheitert. Während der letzten Woche hatte Kapitän Laplace auf das Rätsel des Mount Zeus, das sie in diese Zwangslage gebracht hatte, kaum einen Gedanken verschwendet: nur das Überleben war wichtig gewesen. Aber jetzt bestand Hoffnung, und man hatte Muße, um weiterzudenken. Es würde sich lohnen, ein gewisses Risiko einzugehen, um herauszufinden, warum diese Welt im Brennpunkt so vieler Intrigen stand.

46

Das Shuttle

»Soweit ich mich erinnere«, sagte Dr. Anderson, »flog Goddards erste Rakete ungefähr fünfzig Meter weit. Ich bin neugierig, ob Mr. Chang diesen Rekord brechen wird.«

»Das möchte ich ihm geraten haben – sonst sind wir *alle* in Schwierigkeiten.«

Der größte Teil des Wissenschaftlerteams hatte sich auf dem Beobachtungsdeck versammelt, und alle schauten nervös am Rumpf des Schiffes entlang nach hinten. Obwohl der Eingang des Shuttle-Hangars aus diesem Winkel nicht sichtbar war, würden sie die ›Bill Tee‹ bald genug zu sehen bekommen, wenn – und falls – sie auftauchte.

Es gab keinen Countdown. Chang ließ sich Zeit, checkte alles sorgfältig durch – und würde die Triebwerke zünden, wenn er es für richtig hielt. Vom Shuttle waren alle entbehrlichen Teile abmontiert worden, um die Masse so gering wie möglich zu halten, und es hatte gerade genug Treibstoff für hundert Sekunden Flug geladen. Wenn alles glattging, würde das vollauf genügen; wenn nicht, war mehr nicht nur überflüssig, sondern gefährlich.

»Jetzt geht's los«, sagte Chang ganz beiläufig.

Es sah fast aus wie ein Zaubertrick; alles geschah so schnell, daß das Auge sich täuschen ließ. Niemand sah die ›Bill Tee‹ aus ihrem Hangar schießen, weil sie in einer Dampfwolke verborgen war. Als die

Wolke sich verzogen hatte, landete das Shuttle schon in zweihundert Metern Entfernung.

Lauter, erleichterter Jubel hallte durch das Deck.

»Er hat es geschafft!« schrie der kommissarische Exkapitän Lee. »Er hat Goddards Rekord gebrochen – mit Leichtigkeit!«

Die ›Bill Tee‹ sah auf ihren vier stämmigen Beinen in der öden, europanischen Landschaft wie eine größere und noch weniger elegante Version einer Apollo-Mondlandefähre aus. Das war es jedoch nicht, was Kapitän Laplace durch den Sinn ging, als er von der Brücke hinausschaute.

Er fand, daß sein Schiff eher einem gestrandeten Wal glich, der in einem fremden Element eine schwere Geburt hinter sich gebracht hatte. Er hoffte, daß das neugeborene Kalb überleben würde.

Achtundvierzig arbeitsreiche Stunden später war die ›William Tsung‹ beladen, auf einem zehn Kilometer langen Rundflug über die Insel getestet – und startbereit. Es blieb noch genügend Zeit für die Mission; auch nach den optimistischsten Schätzungen konnte die ›Universe‹ frühestens in drei Tagen eintreffen, und der Flug zum Mount Zeus würde, selbst wenn man das Aufstellen von Dr. van der Bergs umfangreichem Sortiment von Instrumenten mit einrechnete, nur sechs Stunden dauern.

Sobald Offizier Chang gelandet war, hatte ihn Kapitän Laplace in seine Kabine gerufen. Der Skipper wirkte, dachte Chang, ziemlich verlegen.

»Gute Arbeit, Walter – aber wir haben natürlich nichts anderes erwartet.«

»Danke, Sir. Also, wo liegt das Problem?«

Der Kapitän lächelte. In einer gut eingespielten Besatzung konnte man keine Geheimnisse voreinander haben.

»Die Zentrale, wie üblich. Es ist mir wirklich unangenehm, Sie zu enttäuschen, aber ich habe Anweisung bekommen, daß nur Dr. van der Berg und Offizier Floyd an dem Flug teilnehmen sollen.«

»Ich habe verstanden«, antwortete Chang, und es klang ein wenig bitter. »Was haben Sie geantwortet?«

»Bisher noch nichts; deshalb wollte ich Sie ja sprechen. Ich bin durchaus bereit, zu sagen, daß Sie der einzige Pilot sind, der diesen Einsatz fliegen kann.«

»Die werden wissen, daß das Unsinn ist; Floyd kann das genauso gut wie ich. Es besteht nicht das geringste Risiko – außer, wenn es eine Panne gibt, und das könnte jedem passieren.«

»Ich wäre trotzdem bereit, den Kopf hinzuhalten, wenn Sie darauf bestehen. Schließlich kann mich niemand hindern – und wenn wir auf die Erde zurückkommen, sind wir ohnehin alle Helden.«

Chang stellte offenbar einige komplizierte Berechnung an. Er schien mit dem Ergebnis recht zufrieden.

»Wenn wir zweihundert Kilo Nutzlast durch Treibstoff ersetzen, bekommen wir eine interessante, neue Möglichkeit; ich hatte es schon früher erwähnen wollen, aber mit der ganzen Extraausrüstung *und* voller Besatzung hätte die ›Bill Tee‹ es unmöglich schaffen können...«

»Lassen Sie mich raten. Die Große Mauer.«

»Natürlich; wir könnten sie ein– oder zweimal überfliegen, uns einen vollständigen Überblick verschaffen und herausfinden, was sie *wirklich* ist.«

»Ich dachte, wir hätten eine sehr gute Vorstellung davon, und ich bin nicht sicher, ob wir uns in die Nähe wagen sollten. Das hieße vielleicht, unser Glück zu strapazieren.«

»Vielleicht. Aber es gibt noch einen anderen Grund; für einige von uns ist er noch wichtiger...«

»Weiter!«

»Die ›Tsien‹. Sie liegt nur zehn Kilometer von der Mauer entfernt. Wir würden gerne einen Kranz niederlegen.«

Das war es also, was seine Offiziere mit solchem Ernst besprochen hatten; nicht zum erstenmal hätte sich Kapitän Laplace gewünscht, etwas mehr Mandarin zu verstehen.

»Ich begreife«, sagte er ruhig. »Ich muß darüber nachdenken – und mit van der Berg und Floyd sprechen, um zu sehen, ob sie einverstanden sind.«

»Und mit der Zentrale?«

»Nein, verdammt. Das entscheide ich allein!«

47

Scherben

»Sie sollten sich beeilen«, hatte die Zentralstation Ganymed gewarnt. »Die nächste Konjunktion wird schlimm. Wir lösen ebenso Beben aus wie Io. Und wir wollen Ihnen keinen Schreck einjagen – aber wenn unser Radar nicht verrückt spielt, ist Ihr Berg seit der letzten Beobachtung noch einmal um hundert Meter gesunken.«

Bei diesem Tempo, dachte van der Berg, ist Europa in zehn Jahren wieder flach. Wie viel schneller hier doch alles ging als auf der Erde; das war ein Grund, warum die Geologen von diesem Mond so fasziniert waren.

Jetzt, wo er festgeschnallt auf dem zweiten Sitz unmittelbar hinter Floyd saß, so gut wie völlig eingekreist von den Schalttafeln seiner Geräte, empfand er eine sonderbare Mischung aus Erregung und Bedauern. In wenigen Stunden würde das große, geistige Abenteuer seines Lebens vorüber sein – so oder so. Nichts, was er noch vor sich hatte, würde dem jemals gleichkommen.

Er spürte nicht die leiseste Angst; er hatte volles Vertrauen in Mensch und Maschine. Unerwartet war eine leicht ironische Dankbarkeit gegenüber der toten Rose McMahon; ohne sie hätte er nie diese Gelegenheit bekommen, sondern wäre, vielleicht immer noch ohne Gewißheit zu haben, ins Grab gesunken.

Die schwer beladene ›Bill Tee‹ schaffte beim Start kaum ein Zehntel g; sie war nicht für eine solche Belastung gebaut, würde aber auf dem Rückflug, wenn sie ihre Fracht abgesetzt hatte, viel mehr Leistung bringen. Es schien eine Ewigkeit zu dauern, bis sie über die ›Galaxy‹ hinaus waren, und sie hatten genügend Zeit, die Schäden am Rumpf in Augenschein zu nehmen und die aufgrund der gelegentlich leicht sauren Regenfälle entstandenen Roststellen. Während sich Floyd auf den Start konzentrierte, gab van der Berg einen kurzgefaßten Bericht über den Zustand des Schiffes aus der Sicht des privilegierten Beobachters. Er hielt das für richtig, auch wenn, bei etwas Glück, die Raumtüchtigkeit der ›Galaxy‹ bald niemanden mehr kümmern würde.

Jetzt konnten sie ganz ›Zuflucht‹ unter sich liegen sehen, und van der Berg begriff, was für eine großartige Leistung der kommissarische Kapitän vollbracht hatte, als er das Schiff auf Strand setzte. Es gab nur ein paar Stellen, wo dies gefahrlos möglich gewesen wäre; obwohl auch eine Menge Glück dabei gewesen war, hatte Lee Wind und Treibanker bestmöglich genützt.

Die Nebel schlossen sich um sie; die ›Bill Tee‹ stieg auf einer halbballistischen Flugbahn, um den Luftwiderstand zu minimieren, und in den nächsten zwanzig Minuten würde es außer Wolken nichts zu sehen geben. Schade, dachte van der Berg; da unten schwimmen sicher ein paar interessante Geschöpfe herum, und vielleicht bekommt nie mehr jemand eine Chance, sie zu sehen...

»Wir schalten gleich die Triebwerke ab«, sagte Floyd. »Alles auf Nennleistung.«

»Sehr schön, ›Bill Tee‹. Auf Ihrer Flughöhe ist kein Verkehr gemeldet. Sie sind immer noch Nummer Eins auf der Landebahn.«

»Wer ist dieser Witzbold?« fragte van der Berg.

»Ronnie Lim. Ob Sie es glauben oder nicht, diese ›Nummer Eins auf der Landebahn‹ geht noch auf ›Apollo‹ zurück.«

Van der Berg begriff, warum. Ein gelegentlicher Scherz war durch nichts zu ersetzen – vorausgesetzt, es wurde nicht übertrieben – , wenn bei Männern, die mit einem komplizierten und möglicherweise riskanten Unternehmen beschäftigt waren, Spannungen abgebaut werden sollten.

»In fünfzehn Minuten Beginn des Bremsmanövers«, sagte Floyd. »Mal sehen, wer sonst noch auf Sendung ist.«

Er schaltete den Autoscanner an, und eine Folge von Piep- und Pfeiftönen hallte, unterbrochen von kurzen Pausen, als der Tuner auf seinem schnellen Weg durch die Frequenzen einen Ton nach dem anderen ausschied, durch die kleine Kabine.

»Funkfeuer und Datenübertragungen von hier aus«, sagte Floyd. »Ich hatte gehofft... aha, da haben wir es!«

Es war nur ein schwaches, melodisches Geräusch, das in schneller Folge auf- und abtrillerte wie ein wahnsinniger Sopran. Floyd warf einen Blick auf den Frequenzmesser.

»Dopplerverschiebung fast weg – wird schnell langsamer.«

»Was ist das – ein Text?«

»Langsam abtastendes Video, glaube ich. Die senden viel Material über die große Antenne auf Ganymed zur Erde, wenn sie in der richtigen Position steht. Die Sender schreien nach Neuigkeiten.«

Ein paar Minuten lang lauschten sie auf das hypnotisierende, aber bedeutungslose Geräusch; dann schaltete Floyd aus. So unverständlich die Übertragung von der ›Universe‹ ohne Hilfsmittel für ihre Sinne auch war, sie übermittelten doch die einzig wirklich wichtige Botschaft: Hilfe war unterwegs und würde bald eintreffen.

Teils um das Schweigen zu brechen, aber auch, weil es ihn wirklich interessierte, bemerkte van der Berg beiläufig: »Haben Sie in letzter Zeit mit Ihrem Großvater gesprochen?«

›Gesprochen‹ war natürlich der falsche Ausdruck, wo es um interplanetarische Entfernungen ging, aber bisher hatte noch niemand eine annehmbare Alternative gebracht.

›Vocogramm‹, ›Audiopost‹ und ›Akustikkarte‹ waren alle kurz in Mode gekommen und dann rasch wieder in Vergessenheit geraten. Der größte Teil der menschlichen Rasse glaubte wahrscheinlich noch immer nicht, daß Realzeit-Gespräche in den weiten, offenen Räumen des Sonnensystems unmöglich waren, und von Zeit zu Zeit ertönten entrüstete Proteste: ›Warum könnt ihr Wissenschaftler nicht etwas dagegen tun?‹

»Ja«, sagte Floyd. »Er ist in prächtiger Verfassung, und ich freue mich darauf, ihn zu sehen.«

Seine Stimme klang etwas gepreßt. Ich frage mich, dachte van der Berg, wann sie sich zum letztenmal getroffen haben; aber er begriff, daß es taktlos wäre, danach zu fragen. Statt dessen verbrachte er die nächsten zehn Minuten damit, die Entlade- und Aufstellungsvorgänge mit Floyd zu proben, damit es keine unnötige Verwirrung gab, wenn sie landeten.

Der ›Achtung, Bremsbeginn!‹ – Alarm schlug an, nur einen Sekundenbruchteil *nachdem* Floyd die Programmsequenz schon eingeleitet hatte. Ich bin in guten Händen, dachte van der Berg: Ich kann mich entspannen und mich auf meine Aufgabe konzentrieren. Wo ist denn diese Kamera – die wird doch nicht schon wieder davongeschwebt sein.

Die Wolken lichteten sich. Obwohl das Radar genau angezeigt hatte, was unter ihnen lag, und ein Bild lieferte, wie man es mit normalem Auge nicht besser haben konnte, war es doch ein Schock, als sie den Berg in nur ein paar Kilometern Entfernung vor sich aufragen sahen.

»Schauen Sie!« rief Floyd plötzlich. »Da drüben, links – neben dem Doppelgipfel – einmal dürfen Sie raten!«

»Ich bin sicher, Sie haben recht. Ich glaube nicht, daß wir etwas beschädigt haben – er ist einfach gesplittert – ich frage mich, wo das andere Stück aufgeschlagen ist.«

»Höhe Tausend. Welcher Landeplatz? Alpha sieht von hier nicht so gut aus.«

»Sie haben recht – versuchen Sie's mit Gamma – ist ohnehin näher am Berg.«

»Fünfhundert. Also dann Gamma. Ich schwebe zwanzig Sekunden drüber – wenn er Ihnen nicht gefällt, wechseln wir zu Beta. Vierhundert... dreihundert... zweihundert... (»Viel Glück, ›Bill Tee‹«, kam es kurz von der ›Galaxy‹)... Danke, Ronnie... Einhundertfünfzig... einhundert... fünfzig... Wie ist es damit? Nur ein paar kleine Steine und – das ist

sonderbar – sieht aus, als wäre alles mit Glasscherben übersät – da hat jemand eine wilde Party gefeiert... fünfzig... fünfzig... Immer noch okay?«

»Wunderbar. Gehen Sie runter!«

»Vierzig... dreißig... zwanzig... zehn... Sie
wollen Ihre Meinung wirklich nicht ändern?...
Zehn... wir wirbeln ein wenig Staub auf, wie Neil
einmal gesagt hat – oder war es Buzz?... fünf...
Aufgesetzt! War ganz einfach, oder? Ich weiß nicht,
warum die mich überhaupt bezahlen.«

48

Lucy

»Hallo, Zentralstation Ganymed – wir sind einwandfrei gelandet – ich meine, Chris ist gelandet – auf einer glatten Fläche aus Metamorphitgestein – wahrscheinlich der gleiche Pseudogranit wie auf ›Zuflucht‹ – der Fuß des Berges ist nur zwei Kilometer
entfernt, aber ich kann jetzt schon sagen, daß es eigentlich nicht nötig ist, näher heranzugehen.

Wir ziehen jetzt unsere Anzüge an und beginnen
in fünf Minuten mit dem Entladen. Die Monitoren
lassen wir natürlich laufen und melden uns jede
Viertelstunde. Van der Berg, Ende.«

»Was meinten Sie mit ›nicht nötig, näher heranzugehen‹?« fragte Floyd.

Van der Berg grinste. Während der letzten paar
Minuten schien er Jahre abgestreift zu haben und
fast wieder zu einem unbeschwerten Jungen geworden zu sein.

»Circumspice«, sagte er fröhlich. »Lateinisch für
›Sehen Sie sich um‹. Wir holen als erstes die große
Kamera heraus – *he!*«

Die ›Bill Tee‹ machte plötzlich einen Satz und
schaukelte einen Moment lang auf den Stoßdämpfern des Fahrgestells auf und ab, wenn die Bewegung länger als ein paar Sekunden angehalten hätte,
wäre sie ein sicheres Rezept für sofortige Seekrank-
heit gewesen.

»Ganymed hatte recht mit diesen Beben«, sagte

Floyd, als sie sich von dem Schreck erholt hatten. »Besteht eine ernstliche Gefahr?«

»Wahrscheinlich nicht; es sind noch dreißig Stunden bis zur Konjunktion, und die Felsplatte wirkt massiv. Aber wir wollen hier keine Zeit verschwenden – glücklicherweise ist das auch nicht notwendig. Sitzt meine Maske gerade? Sie fühlt sich nicht richtig an.«

»Ich ziehe Ihnen den Riemen fester. So ist es besser. Atmen Sie tief ein – gut, jetzt sitzt sie prima. Ich gehe als erster hinaus.«

Van der Berg hätte sich gewünscht, selbst diesen ersten, kleinen Schritt zu tun, aber Floyd war der Kommandant, und er hatte die Pflicht festzustellen, ob die ›Bill Tee‹ in guter Verfassung – und bereit für einen sofortigen Start war.

Er ging einmal um das kleine Raumschiff herum, untersuchte das Fahrgestell und gab van der Berg, der die Leiter herunterkam, mit erhobenem Daumen das Okay-Zeichen. Obwohl dieser bei seiner Erkundung von ›Zuflucht‹ das gleiche, leichte Atemgerät getragen hatte, fühlte er sich nicht so richtig wohl damit und blieb am Landepolster stehen, um es ein wenig zurechtzurücken. Dann blickte er auf – und sah, was Floyd machte.

»Nicht anrühren!« schrie er. »Das ist gefährlich!«

Floyd sprang einen guten Meter von den glasartigen Gesteinsscherben weg, die er gerade hatte untersuchen wollen. Für sein ungeschultes Auge sahen sie eher wie mißglückte Schmelze aus einem riesigen Glasofen aus.

»Radioaktiv ist es aber nicht, oder?« fragte er ängstlich.

»Nein. Aber bleiben Sie weg, bis ich komme!«

Zu seiner Überraschung stellte Floyd fest, daß van der Berg dicke Handschuhe trug. Als Raumoffizier hatte Floyd lange gebraucht, um sich daran zu gewöhnen, daß man hier auf Europa ungefährdet die bloße Haut der Atmosphäre aussetzen konnte. Nirgendwo sonst im Sonnensystem – nicht einmal auf dem Mars – war das möglich.

Sehr vorsichtig bückte sich van der Berg und hob einen langen Splitter des glasartigen Materials auf. Selbst in dem diffusen Licht glitzerte er sonderbar, und Floyd sah, daß er eine gefährlich scharfe Kante hatte.

»Das schärfste Messer im bekannten Universum«, sagte van der Berg glücklich.

»Wir haben das alles nur gemacht, um ein *Messer* zu finden?«

Van der Berg fing an zu lachen und merkte dann, daß das unter der Maske gar nicht so einfach war.

»Sie wissen also *immer* noch nicht, worum es geht?«

»Ich habe allmählich das Gefühl, daß ich der einzige bin.«

Van der Berg faßte seinen Gefährten an der Schulter und drehte ihn herum, der hochaufragenden Masse des Mount Zeus zu. Aus dieser Entfernung füllte der Berg den halben Himmel – er war nicht nur der höchste, sondern der *einzige* Berg auf dieser ganzen Welt.

»Bewundern Sie nur eine Minute die Aussicht. Ich muß einen wichtigen Anruf erledigen.«

Er tippte eine Codesequenz in sein Komgerät, wartete, bis das ›Bereit‹-Licht aufblitzte und sagte dann: »Zentralstation Ganymed, Eins Null Neun – hier spricht van der Berg. Empfangen sie mich?«

Nach der kürzestmöglichen Zeitverzögerung antwortete eine offensichtlich elektronische Stimme:

»Hallo, van der Berg. Hier Zentralstation Ganymed Eins Null Neun. Wir sind empfangsbereit.«

Van der Berg zögerte, um den Moment auszukosten, an den er sich für den Rest seines Lebens erinnern würde.

»Rufen Sie Erde ID Onkel Sieben Drei Sieben. Senden Sie folgende Nachricht: LUCY IST HIER. LUCY IST HIER. LUCY IST HIER. Ende der Nachricht. Bitte, wiederholen Sie.«

Vielleicht hätte ich ihn hindern sollen, dies zu sagen, was immer es bedeutet, dachte Floyd, während Ganymed die Nachricht wiederholte. Aber jetzt ist es zu spät. Die Erde wird es noch in dieser Stunde erfahren.

»Entschuldigen Sie, Chris«, sagte van der Berg grinsend. »Ich wollte mir nur die Priorität sichern – unter anderem.«

»Wenn Sie nicht bald den Mund aufmachen, fange ich an, Sie mit einem dieser Patentglasmesser hier aufzuschlitzen.«

»Von wegen Glas! Nun, die Erklärung kann warten – sie ist ungeheuer faszinierend, aber ziemlich kompliziert. Ich gebe Ihnen also die nackten Fakten:

Mount Zeus ist ein einziger Diamant, ungefähre Masse eine Million *Millionen* Tonnen. Oder, wenn Ihnen das lieber ist, ungefähr zwei mal zehn hochsiebzehn Karat. Aber ich kann nicht garantieren, daß es alles Schmuckqualität ist.«

281

SIEBENTER TEIL

Die
große Mauer

49

Das Grabmal

Als sie die Geräte aus der ›Bill Tee‹ ausluden und sie auf dem kleinen Landeplatz aus Granit aufstellten, fiel es Floyd schwer, seine Augen von dem Berg loszureißen, der über ihnen aufragte. Ein einziger Diamant – größer als der Everest! Allein die verstreuten Bruchstücke, die um das Shuttle herumlagen, mußten Milliarden wert sein, nicht nur Millionen...

Andererseits waren sie vielleicht nicht mehr wert als – nun, als Glasscherben. Der Wert von Diamanten war immer von den Händlern und Erzeugern kontrolliert worden, aber wenn plötzlich ein richtiger Edelsteinberg auf den Markt kam, würde doch sicher ein rapider Preisverfall einsetzen. Jetzt begriff Floyd allmählich, warum so viele interessierte Gruppen ihre Aufmerksamkeit auf Europa konzentriert hatten; die politischen und wirtschaftlichen Verästelungen waren endlos.

Nachdem van der Berg endlich seine Theorie bewiesen hatte, war er wieder der hingebungsvolle, zielstrebige Wissenschaftler, der sein Experiment unbedingt ohne weitere Ablenkung zu Ende führen wollte. Mit Floyds Hilfe – es war nicht einfach, einige der größeren Geräte aus der engen Kabine der ›Bill Tee‹ herauszubekommen – bohrten sie zuerst mit einem tragbaren Elektrobohrer ein meterlanges Probestück heraus und trugen es vorsichtig zum Shuttle zurück.

Floyd hätte andere Prioritäten gesetzt, aber er sah ein, daß es sinnvoll war, die schwierigeren Dinge zuerst zu erledigen. Erst als sie eine Reihe von Seismographen aufgestellt und eine Panorama-Fernsehkamera auf einem niedrigen Stativ befestigt hatten, ließ sich van der Berg dazu herab, einige der unermeßlichen Reichtümer einzusammeln, die überall herumlagen.

»Zumindest«, sagte er, während er sorgfältig einige der weniger gefährlichen Stücke heraussuchte, »geben sie gute Souvenirs ab.«

»Es sei denn, Rosies Freunde töten uns, um sie zu bekommen.«

Van der Berg schaute seinen Gefährten prüfend an; er fragte sich, wieviel Chris wirklich wußte – und wieviel er, wie sie alle, nur erriet.

»Das lohnt sich nicht für sie, nachdem das Geheimnis nun gelüftet ist. Ungefähr in einer Stunde werden die Computer an der Börse verrückt spielen.«

»Sie Bastard!« rief Floyd eher bewundernd als entrüstet aus. »Davon handelte also Ihre Nachricht.«

»Es gibt kein Gesetz, das es einem Wissenschaftler verbietet, nebenbei einen kleinen Gewinn zu machen – aber die Schmutzarbeit überlasse ich meinen Freunden auf der Erde. Ehrlich, die Arbeit, die wir hier machen, interessiert mich viel mehr. Geben Sie mir doch bitte diesen Schraubenschlüssel...«

Dreimal wurden sie, ehe sie mit der Einrichtung der Station Zeus fertig waren, von Beben fast umgeworfen. Sie spürten sie zuerst als Vibrationen unter sich, als nächstes begann alles zu wackeln – und dann vernahm man ein gräßliches, langgezogenes

Ächzen, das aus allen Richtungen zu kommen schien. Es lag sogar in der Luft, was Floyd am sonderbarsten fand. Er konnte sich nicht ganz an die Tatsache gewöhnen, daß es ringsum genügend Atmosphäre gab, um über kurze Strecken ohne Funk Gespräche führen zu können.

Van der Berg versicherte ihm immer wieder, daß die Beben noch ganz harmlos seien, aber Floyd hatte gelernt, nie zuviel Vertrauen in Experten zu setzen. Sicher, der Geologe war soeben auf spektakuläre Weise bestätigt worden; und Floyd betrachtete die ›Bill Tee‹, die wie ein vom Sturm gebeuteltes Schiff auf ihren Stoßdämpfern schwankte, und hoffte, daß van der Bergs Glückssträhne noch wenigstens ein paar Minuten länger anhalten würde.

»Das scheint alles zu sein«, sagte der Wissenschaftler endlich zu Floyds großer Erleichterung. »Ganymed bekommmt auf allen Kanälen gute Daten. Die Batterien halten mit dem Sonnenkollektor, der sie immer wieder auflädt, jahrelang.«

»Wenn diese Geräte in einer Woche noch stehen, würde mich das sehr überraschen. Ich möchte schwören, daß sich der Berg bewegt hat, seit wir gelandet sind – sehen wir zu, daß wir wegkommen, ehe er uns auf den Kopf fällt.«

»Ich mache mir mehr Sorgen«, sagte van der Berg lachend, »daß die Druckwelle aus Ihren Düsen die ganze Arbeit zunichte macht.«

»Da besteht keine Gefahr – wir sind ein Stück weit weg, und nachdem wir jetzt soviel Kram ausgeladen haben, brauchen wir nur noch die halbe Kraft zum Abheben. Außer, Sie wollen noch ein paar Milliarden oder Billionen an Bord nehmen.«

»Wir wollen nicht habgierig sein. Ich kann ohnehin nicht einmal schätzen, was das Zeug wert sein wird, wenn wir es auf die Erde bringen. Das meiste werden sich natürlich die Museen schnappen. Und danach – wer weiß?«

Floyds Finger flogen über die Schalttafel, als er Nachrichten mit der ›Galaxy‹ austauschte.

»Erste Phase der Mission abgeschlossen. ›Bill Tee‹ startbereit. Flugplan wie vereinbart.«

Sie waren nicht überrascht, als Kapitän Laplace sich meldete.

»Sind Sie auch ganz sicher, daß Sie weiterfliegen wollen? Vergessen Sie nicht, die letzte Entscheidung liegt bei Ihnen. Ganz gleich, wie sie ausfällt, Sie haben meine volle Unterstützung.«

»Ja, Sir. Wir sind beide ganz zufrieden. Wir verstehen, wie die Besatzung empfindet. Und die wissenschaftliche Ausbeute könnte gewaltig sein – wir sind beide sehr aufgeregt.«

»Einen Augenblick noch – wir warten noch immer auf Ihren Bericht über Mount Zeus!«

Floyd sah van der Berg an, der die Achseln zuckte, und ergriff das Mikrophon.

»Wenn wir Ihnen das jetzt erzählen, Kapitän, halten Sie uns für verrückt – oder glauben, daß wir Sie auf den Arm nehmen wollen. Bitte warten Sie noch ein paar Stunden, bis wir zurück sind – mit den Beweisen.«

»Hm. Hat wohl nicht viel Sinn, Ihnen einen Befehl zu erteilen, wie? Jedenfalls – viel Glück! Auch vom Besitzer – er hält es für eine großartige Idee, zur ›Tsien‹ zu fliegen.«

»Ich wußte, daß Sir Lawrence das gutheißen

würde«, bemerkte Floyd zu seinem Begleiter. »Außerdem – die ›Galaxy‹ ist ohnehin ein Totalschaden, da ist die ›Bill Tee‹ kein großes, zusätzliches Risiko, oder?«

Van der Berg konnte diesen Standpunkt verstehen, obwohl er ihn nicht völlig teilte. Er hatte seinen wissenschaftlichen Ruf begründet; aber er wollte ihn gerne auch noch genießen.

»Ach – übrigens«, sagte Floyd. »Wer war Lucy – jemand bestimmtes?«

»Soviel ich weiß nicht. Wir stießen bei einer Computersuche auf sie und entschieden, daß der Name ein gutes Codewort abgeben würde – jeder würde annehmen, daß es etwas mit Luzifer zu tun hat, und das ist gerade genug Halbwahrheit, um herrlich irreführend zu sein...

Ich hatte nie davon gehört, aber vor hundert Jahren gab es eine Gruppe beliebter Musiker mit einem sehr seltsamen Namen: die Beatles – B-e-a-t-l-e-s geschrieben –, fragen Sie mich nicht, warum. Und sie haben ein Lied mit einem ebenso seltsamen Titel gemacht: ›Lucy in the Sky with Diamonds‹. Komisch, nicht wahr? Fast, als ob sie gewußt hätten...«

Den Radarbeobachtungen von Ganymed zufolge lag das Wrack der ›Tsien‹ dreihundert Kilometer westlich des Mount Zeus, in der Nähe der sogenannten ›Dämmerzone‹ und der kalten Gebiete jenseits davon. Sie waren ständig kalt, aber nicht dunkel; die Hälfte der Zeit wurden sie von der fernen Sonne hell erleuchtet. Trotzdem lag die Temperatur selbst am Ende eines langen, europanischen Sonnentages immer noch weit unter dem Gefrierpunkt. Da flüssiges

289

Wasser nur auf der dem Luzifer zugewandten Hemisphäre existieren konnte, tobten in der Zwischen-
region ständig Stürme, und Regen und Hagel, Grau-
pel und Schnee kämpften um die Vorherrschaft.

Während des halben Jahrhunderts seit der kata-
strophalen Landung der ›Tsien‹ hatte sich das Schiff
um fast tausend Kilometer bewegt. Es mußte – wie
die ›Galaxy‹ – mehrere Jahre auf dem neuentstandenen galileischen Meer getrieben sein, ehe es an dessen öder, unwirtlicher Küste zur Ruhe kam.

Floyd fing das Radarecho auf, sobald die ›Bill Tee‹
am flachen Ende ihres zweiten Sprungs über Europa
angekommen war. Das Signal war überraschend
schwach für ein so großes Objekt; als sie durch die
Wolkendecke brachen, erkannten sie auch, warum.

Das Wrack des Raumschiffes ›Tsien‹, des ersten,
bemannten Raumschiffs, das auf einem Jupitersatelliten gelandet war, stand im Zentrum eines kleinen,
kreisrunden Sees – er war offensichtlich künstlich
angelegt und durch einen Kanal mit dem weniger als
drei Kilometer entfernten Meer verbunden. Nur das
Skelett des Raumschiffs war noch übrig, und nicht
einmal das vollständig; der Kadaver war sauber ab-
genagt worden.

Aber von wem? fragte sich van der Berg. Hier gab
es nirgends Anzeichen von Leben; es sah so aus, als
sei die Stelle seit Jahren verlassen. Und doch hatte er
nicht den geringsten Zweifel, daß *etwas* das Wrack
ausgeschlachtet hatte, bewußt und mit wirklich fast
chirurgischer Präzision.

»Offenbar kann man hier landen«, sagte Floyd
und wartete ein paar Sekunden auf van der Bergs
fast geistesabwesendes, zustimmendes Nicken. Der

Geologe war schon dabei, alles auf Video aufzuzeichnen, was zu sehen war.

Die ›Bill Tee‹ setzte mühelos neben dem Teich auf, und sie blickten über das kalte, dunkle Wasser auf dieses Monument menschlichen Forscherdrangs. Es schien keinen gangbaren Weg zum Wrack zu geben, aber das war eigentlich nicht so wichig.

Als sie ihre Anzüge angelegt hatten, trugen sie den Kranz an den Rand des Wassers, hielten ihn feierlich einen Augenblick vor die Kamera und warfen dann diesen Tribut von er Besatzung der ›Galaxy‹ hinein. Er war wundervoll gearbeitet; obwohl nur Metallfolie, Papier und Plastik als Rohmaterialien zur Verfügung gestanden hatten, konnte man die Blumen und Blätter leicht für echt halten. Überall steckten Zettel und Inschriften, viele in der früheren, jetzt offiziell veralteten Schrift und nicht in lateinischen Lettern.

Als sie zur ›Bill Tee‹ zurückgingen, sagte Floyd nachdenklich: »Haben Sie das gesehen – es war praktisch kein Metall mehr übrig. Nur Glas, Plastik und andere Kunststoffe.«

»Was ist mit den Rippen und den Stützpfeilern?«

»Chemische Verbindungen – hauptsächlich Kohlenstoff und Bor. Irgend jemand hier ist sehr auf Metall versessen – und erkennt es auch. Interessant...«

Sehr, dachte van der Berg. Auf einer Welt, auf der kein Feuer existieren konnte, war es fast unmöglich, Metalle und Legierungen herzustellen, und sie waren daher so kostbar wie... nun, wie Diamanten...

Als Floyd seinen Bericht an die Basis abgegeben und eine Dankesbotschaft von Offizier Chang und seinen Kollegen empfangen hatte, brachte er die ›Bill

Tee‹ auf tausend Meter Höhe und flog nach Westen weiter.

»Letzte Runde«, sagte er, »hat keinen Sinn, höher zu gehen – wir sind in zehn Minuten da. Aber landen werde ich nicht; wenn die Große Mauer das ist, wofür wir sie halten, lasse ich das lieber bleiben. Wir fliegen schnell vorbei und steuern dann nach Hause. Halten Sie die Kameras bereit; das könnte noch wichtiger sein als der Mount Zeus.«

Und, fügte er bei sich hinzu, vielleicht erfahre ich bald, was Großvater Heywood vor fünfzig Jahren nicht weit von hier empfunden hat. Wir werden uns eine Menge zu erzählen haben, wenn wir uns treffen – in weniger als einer Woche, wenn alles gutgeht.

50

Die offene Stadt

Was für eine schreckliche Gegend, dachte Chris Floyd – nichts als peitschender Schneeregen, Schneegestöber, gelegentlich ein Blick auf eine von Eisstreifen durchzogene Landschaft – im Vergleich dazu war ja ›Zuflucht‹ ein tropisches Paradies! Und doch, er wußte, daß die Nachtseite, nur ein paar hundert Kilometer weiter hinter der Krümmung Europas, noch schlimmer war.

Zu seiner Überraschung klarte das Wetter, kurz bevor sie ihr Ziel erreichten, plötzlich und vollständig auf. Die Wolken lichteten sich – und vor ihnen lag eine gewaltige, schwarze Mauer, fast einen Kilometer hoch, quer zur Flugbahn der ›Bill Tee‹. Sie war so riesig, daß sie sich offensichtlich ihr eigenes Mikroklima schuf; die überall herrschenden Winde wurden abgelenkt und hinterließen in ihrem Windschatten eine kleine, ruhige Zone.

Die Mauer war sofort als der Monolith erkennbar: und an ihrem Fuß duckten sich Hunderte von halbkugelförmigen Gebäuden, die in den Strahlen der tiefstehenden Sonne, welche einst Jupiter gewesen war, geisterhaft weiß leuchteten. Sie wirkten, dachte Floyd, genau wie altmodische Bienenkörbe aus Schnee; etwas an ihrem Aussehen weckte noch andere Erinnerungen an die Erde. Van der Berg war ihm einen Schritt voraus.

»Iglus«, sagte er. »Das gleiche Problem – die gleiche Lösung. Hier gibt es kein anderes Baumaterial außer Fels – und der wäre viel schwerer zu bearbeiten. Und die niedrige Schwerkraft ist sicher eine Hilfe – einige dieser Kuppeln sind ziemlich groß. Ich frage mich, was wohl darin lebt...«

Sie waren noch zu weit weg, um erkennen zu können, ob sich in den Straßen dieser kleinen Stadt am Rande der Welt etwas bewegte. Und als sie näher kamen, stellten sie fest, daß es gar keine Straßen gab.

»Das ist Venedig, aus Eis gebaut«, sagte Floyd. »Nichts als Iglus und Kanäle.«

»Amphibien«, antwortete van der Berg. Damit hätten wir rechnen müssen. Wo sie wohl sind?«

»Vielleicht haben wir sie verscheucht. Von außen macht die ›Bill Tee‹ viel mehr Lärm als im Innern.«

Einen Augenblick lang war van der Berg zu sehr mit Filmen und mit Berichten an die ›Galaxy‹ beschäftigt, um zu antworten. Dann sagte er: »Wir können doch unmöglich wegfliegen, ohne irgendwie Verbindung aufzunehmen: Sie haben recht – das ist eine viel größere Sache als der Mount Zeus.«

»Und es könnte gefährlicher sein.«

»Ich sehe keine Anzeichen für fortgeschrittene Technik – Korrektur, da drüben, das sieht aus wie ein alter Radarreflektor aus dem zwanzigsten Jahrhundert! Können Sie näher rangehen?«

»Damit man auf uns schießt? Nein, danke. Außerdem läuft unsere Schwebezeit ab. Nur noch zehn Minuten – wenn Sie wieder nach Hause wollen.«

»Können wir nicht wenigstens landen und uns umsehen? Da drüben ist eine freie Felsfläche. Wo, zum Teufel, sind sie denn nur alle?«

»Sie haben Angst, genau wie ich. Noch neun Minuten. Ich fliege einmal über die Stadt – filmen Sie, soviel Sie können – ja, ›Galaxy‹, mit uns ist alles okay – haben nur im Augenblick ziemlich viel zu tun – melden uns später.«

»Ich habe gerade festgestellt – das ist kein Radar, sondern etwas fast genauso Interessantes. Es zeigt direkt auf Luzifer – es ist ein Sonnenofen! Sehr sinnvoll in einer Gegend wie hier, wo sich die Sonne nie bewegt – und man kein Feuer anmachen kann.«

»Noch acht Minuten. Schade, daß sich alle in den Häusern verstecken.«

»Oder im Wasser. Können wir uns das große Gebäude mit der freien Fläche ringsherum ansehen? Ich glaube, das ist das Zentrum der Ortschaft.«

Van der Berg deutete auf ein Gebäude, das viel größer war als alle anderen und von ganz anderer Bauweise; es war eine Ansammlung senkrechter Zylinder, die aussahen wie überdimensionale Orgelpfeifen. Außerdem war es nicht so glatt und weiß wie die Iglus, sondern zeigte auf der gesamten Oberfläche ein kompliziertes Fleckenmuster.

»Europanische Kunst!« schrie van der Berg. »Das ist eine Art Wandgemälde. Näher, näher! Wir *müssen* eine Aufzeichnung bekommen!«

Gehorsam ging Floyd tiefer – und tiefer – und tiefer. Er schien alle seine früheren Bedenken bezüglich der Schwebezeit vergessen zu haben; und plötzlich erkannte van der Berg erschrocken und ungläubig, daß er landen wollte.

Der Wissenschaftler riß seinen Blick von dem schnell näherkommenden Boden los und schaute seinen Piloten an. Obwohl Floyd die ›Bill Tee‹ offensichtlich noch vollständig unter Kontrolle hatte, wirkte er wie hypnotisiert; er starrte auf einen festen Punkt direkt vor dem sinkenden Shuttle.

»Was ist los, Chris?« schrie van der Berg. »Wissen Sie überhaupt, was Sie da machen?«

»Natürlich. Sehen Sie ihn denn nicht?«

»Wen soll ich sehen?«

»Den Mann, der neben dem größten Zylinder steht. *Und er trägt keinerlei Atemgerät!*«

»Reden Sie keinen Schwachsinn, Chris! Da ist niemand!«

»Er schaut zu uns herauf. Er winkt – ich glaube, ich erken... – Oh mein Gott!«

»Da ist niemand – niemand! Ziehen Sie hoch!«

Floyd beachtete ihn überhaupt nicht. Völlig ruhig und fachmännisch steuerte er die ›Bill Tee‹ in einen perfekten Landeanflug und schaltete genau im richtigen Moment vor dem Aufsetzen das Triebwerk aus.

Sehr sorgfältig las er die Instrumentenanzeigen ab und stellte die Sicherheitsschalter ein. Erst als er die Landesequenz abgeschlossen hatte, blickte er mit einem verwirrten, aber glücklichen Gesichtsausdruck wieder aus dem Beobachtungsfenster.

»Hallo, Großvater«, sagte er leise, aber van der Berg konnte niemanden sehen.

51

Das Phantom

Selbst in seinen schrecklichsten Alpträumen hatte sich Dr. van der Berg nie als Schiffbrüchiger auf einer feindlichen Welt in einer winzigen Raumkapsel gesehen, nur mit einem Wahnsinnigen als Gesellschaft. Aber wenigstens schien Chris Floyd nicht gewalttätig zu sein; vielleicht konnte man ihn mit gutem Zureden dazu bringen, wieder zu starten und sie sicher zur ›Galaxy‹ zurückzufliegen.

Er starrte immer noch ins Nichts, und von Zeit zu Zeit bewegten sich seine Lippen in lautlosem Gespräch. Die fremde ›Stadt‹ war wie ausgestorben, und man konnte sich fast vorstellen, daß sie seit Jahrhunderten verlassen war. Irgendwann entdeckte van der Berg jedoch an einigen verräterischen Anzeichen, daß sie noch vor kurzem bewohnt gewesen sein mußte. Obwohl die Triebwerke der ›Bill Tee‹ die dünne Schneeschicht in unmittelbarer Nähe weggeblasen hatten, war der Rest des kleinen Platzes noch überpudert. Er war wie eine aus einem Buch gerissene Seite mit Zeichen und Hieroglyphen bedeckt, von denen der Wissenschaftler einige entziffern konnte.

Ein schwerer Gegenstand war in eine Richtung geschleppt worden – oder hatte sich aus eigener Kraft unbeholfen fortbewegt. Von dem jetzt geschlossenen Eingang eines Iglus führte unverkennbar die Spur eines Fahrzeugs mit Rädern her. Zu weit entfernt, um Einzelheiten erkennen zu können, stand ein kleiner Gegenstand, der ein weggeworfener Behälter hätte sein können; vielleicht waren die Europaner manchmal ebenso schlampig wie die Menschen...

Daß es hier Leben gab, war unverkennbar, überwältigend stark zu spüren. Van der Berg fühlte, daß er von tausend Augen – oder anderen Sinnesorganen – beobachtet wurde, und es war nicht festzustellen, ob die Wesen dahinter freundlich oder feindselig waren. Vielleicht waren sie sogar gleichgültig, warteten nur, bis die Eindringlinge weggingen, damit sie ihre unterbrochenen, rätselhaften Tätigkeiten fortsetzen konnten.

Dann sprach Chris Floyd wieder ins Nichts.

»Leb wohl, Großvater«, sagte er leise, nur mit einer Spur von Traurigkeit. Dann drehte er sich zu van der Berg um und fügte in normalem Gesprächston hinzu: »Er sagt, es ist Zeit, daß wir aufbrechen. Sie müssen mich wohl für verrückt halten.«

Es war das klügste, entschied van der Berg, ihm nicht beizupfichten. Auf jeden Fall hatte er bald andere Sorgen.

Floyd starrte jetzt nervös auf die Anzeigen, die ihm der Computer der ›Bill Tee‹ einspeiste. Schließlich sagte er, begreiflicherweise entschuldigend: »Tut mir leid, van der Berg. Diese Landung hat uns mehr Treibstoff gekostet, als ich beabsichtigt hatte. Wir müssen den Missionsplan ändern.«

Das, dachte van der Berg trostlos, war eine ziemlich umständliche Art zu sagen: ›Wir können nicht zur ›Galaxy‹ zurück.‹ Mit Mühe gelang es ihm, ein: ›Zum Teufel mit Ihrem Großvater‹ hinunterzuschlucken, und er fragte nur: »Und was machen wir jetzt?«

Floyd studierte das Diagramm und tippte ein paar Zahlen ein.

»Hier können wir nicht bleiben – (Warum nicht? dachte van der Berg. Wenn wir sowieso sterben müssen, könnten wir doch die Zeit nützen, um soviel wie möglich in Erfahrung zu bringen.) – also sollten wir uns einen Platz suchen, wo uns das Shuttle der ›Universe‹ leicht abholen kann.«

Im Geiste stieß van der Berg einen Seufzer der Erleichterung aus. Wie dumm von ihm, daß er daran nicht gedacht hatte; er kam sich vor wie ein Mann, den man begnadigt hatte, als man ihn gerade zum Galgen führen wollte. Die ›Universe‹ müßte Europa in weniger als vier Tagen erreichen; die Unterbringung in der ›Bill Tee‹ konnte zwar kaum luxuriös genannt werden, aber sie war viel besser als die meisten Alternativen, die er sich auszumalen vermochte.

»Weg von diesem Dreckswetter – auf eine stabile, ebene Fläche – näher an der ›Galaxy‹, obwohl ich nicht sicher bin, ob uns das viel nützt – dürfte kein Problem sein. Wir haben genügend Treibstoff für fünfhundert Kilometer – nur die Meeresüberquerung können wir nicht riskieren.«

Einen Augenblick dachte van der Berg wehmütig an den Mount Zeus; da gab es noch so viel zu tun. Aber die seismischen Störungen – die ständig schlimmer wurden, je näher Io an Luzifer herankam – schlossen dies völlig aus. Er fragte sich, ob seine Instrumente wohl noch funktionierten. Sobald sie das unmittelbare Problem bewältigt hatten, würde er sie nochmals überprüfen.

299

»Ich fliege an der Küste entlang zum Äquator – das ist sowieso der beste Ort, jedenfalls für eine Shuttle-Landung – die Radarkarte zeigt einige flache Stellen gleich im Landesinneren, zirka sechzig Grad westlich.«

»Ich weiß. Das Masada-Plateau.« (Und, so fügte van der Berg bei sich hinzu, vielleicht eine Gelegenheit, noch ein wenig weiterzuforschen. Man sollte nie eine unerwartete Gelegenheit vorübergehen lassen...)

»Dann also zum Plateau. Leb wohl, Venedig. Leb wohl, Großvater...«

Als das gedämpfte Dröhnen der Bremsraketen verstummt war, sicherte Chris Floyd zum letztenmal die Zündschaltkreise, löste seinen Sicherheitsgurt und streckte, soweit das in der Enge der ›Bill Tee‹ möglich war, Arme und Beine aus.

»Keine so schlechte Aussicht – für Europa«, sagte er fröhlich. »Jetzt haben wir vier Tage Zeit, um auszuprobieren, ob die Shuttleverpflegung wirklich so schlecht ist, wie behauptet wird – wer von uns fängt mit dem Reden an?«

52

Auf der Couch

Ich wünschte, ich hätte etwas Psychologie studiert, dachte van der Berg; dann könnte ich den Rahmen seiner Wahnvorstellung abstecken. Jetzt scheint er jedoch völlig normal zu sein – bis auf diesen einen Punkt.

Obwohl bei einem Sechstel Schwerkraft fast jeder Sitz bequem war, hatte Floyd den seinen in Liegestellung gebracht und die Hände hinter dem Kopf verschränkt. Van der Berg erinnerte sich plötzlich, daß dies in der Zeit der alten und immer noch nicht völlig in Mißkredit geratenen, freudianischen Analyse die klassische Stellung der Patienten gewesen war.

Er ließ dem anderen gerne den Vortritt, teils aus Neugier, hauptsächlich aber, weil er hoffte, daß Floyd desto eher geheilt – oder wenigstens harmlos – sein würde, je früher er sich diesen Unsinn von der Seele reden konnte. Aber allzu optimistisch war er nicht: es mußte schon immer ein ernstes, tiefsitzendes Problem bestanden haben, damit eine so starke Illusion ausgelöst werden konnte.

Van der Berg empfand es als sehr verwirrend, als sich herausstellte, daß Floyd vollkommen seiner Meinung war und schon selbst eine Diagnose gestellt hatte.

»Mein psychologisches Gutachten stuft mich als A.1 plus ein«, sagte er, »das heißt, daß man mich sogar meine eigenen Akten sehen läßt – das dürfen nur etwa zehn Prozent der Besatzung. Ich begreife es also ebensowenig wie Sie – aber ich habe Großvater gesehen, und er hat mit mir gesprochen. Ich habe nie an Geister geglaubt – wer tut das schon? – aber das muß bedeuten, daß er tot ist. Ich wünschte, ich hätte ihn besser kennengelernt – ich hatte mich auf unser Treffen gefreut... trotzdem, jetzt habe ich etwas, woran ich mich erinnern kann...«

Irgendwann bat van der Berg: »Erzählen Sie mir *genau*, was er sagte.«

Chris lächelte matt und antwortete: »Ich hatte nie ein absolutes Gedächtnis, und ich war so betäubt von der ganzen Sache, daß ich Ihnen nicht viel wort-wörtlich wiederholen kann.« Er zögerte, und sein Gesicht nahm einen konzentrierten Ausdruck an.

»Sonderbar; im Rückblick glaube ich nicht, daß wir überhaupt Worte benützten.«

Das wird ja immer schlimmer, dachte van der Berg; erst Leben nach dem Tod und jetzt auch noch Telepathie. Aber er sagte nur:

»Nun ja, dann erzählen Sie mir nur allgemein, worum es bei dem... ah... Gespräch ging. Ich habe Sie nämlich *nichts* sagen hören.«

»Schön. – Er sagte so ungefähr: ›Ich wollte dich wiedersehen und freue mich sehr. Ich bin sicher, daß alles gutgehen wird und daß die ›Universe‹ euch bald abholt!‹«

Typische, bedeutungslose Geisterbotschaft, dach-te van der Berg. Sie sagen nie etwas Nützliches oder Überraschendes – reflektieren nur die Hoffnungen und Ängste des Zuhörers. Echos aus dem Unterbe-wußtsein ohne jede Information...

»Sprechen Sie weiter!«

»Dann fragte ich ihn, wo denn alle wären – warum der Ort verlassen sei. Er lachte und gab mir eine Antwort, die ich immer noch nicht verstehe. In etwa so: ›Ich weiß, daß ihr keine bösen Absichten hattet – als wir euch kommen sahen, hatten wir kaum Zeit, eine Warnung zu geben. Alle...‹ – und hier hat er ein Wort verwendet, das ich nicht aussprechen könnte, selbst wenn ich es noch wüßte – ›sind ins Wasser gegangen – sie können sich sehr schnell bewegen, wenn sie müssen! Sie werden erst wieder herauskommen, wenn ihr fort seid und der Wind das Gift weggeblasen hat.‹ Was kann er damit gemeint haben? Unsere Auspuffgase sind schöner, sauberer Dampf – und daraus besteht doch ihre Atmosphäre ohnehin größtenteils.«

Nun, dachte van der Berg, es gibt vermutlich kein Gesetz, das verlangt, daß eine Wahnvorstellung – ebensowenig wie ein Traum – einen logischen Sinn ergeben muß. Vielleicht symbolisiert die Vorstellung ›Gift‹ eine tiefverwurzelte Angst, der sich Chris, trotz seiner ausgezeichneten, psychologischen Einstufung, nicht zu stellen vermag. Was auch immer, ich bezweifle, daß es mich etwas angeht. Von wegen Gift! Der Treibstoff der ›Bill Tee‹ ist reines, destilliertes Wasser, das von Ganymed in den Orbit befördert wurde...

Aber Moment mal! Wie heiß ist es, wenn es aus den Triebwerken kommt? Habe ich nicht irgendwo gelesen...?

»Chris«, sagte van der Berg behutsam, »nachdem das Wasser durch den Reaktor gegangen ist, kommt es da vollständig als Dampf heraus?«

»Wie denn sonst? Ach so, wenn wir wirklich heißlaufen, werden zehn oder fünfzehn Prozent in Wasserstoff und Sauerstoff aufgespalten.«

Sauerstoff! Van der Berg fröstelte plötzlich, obwohl im Shuttle eine angenehme Zimmertemperatur herrschte. Es war äußerst unwahrscheinlich, daß Floyd die Bedeutung dessen begriff, was er soeben gesagt hatte; dieses Wissen lag abseits seiner normalen Fachkenntnis.

»Chris, wußten Sie, daß für primitive Organismen auf der Erde, und sicher auch für Geschöpfe, die in einer Atmosphäre wie der von Europa leben, Sauerstoff ein tödliches Gift ist?«

»Sie machen Witze.«

»Oh nein: selbst für *uns* ist er giftig, bei hohem Druck.«

»Das wußte ich; man hat es uns im Tauchkurs beigebracht.«

»Was Ihr – Großvater – sagte, war durchaus vernünftig. Es ist, als ob wir diese Stadt mit Senfgas eingenebelt hätten. Nun ja, nicht ganz so schlimm – der Sauerstoff würde sich sehr schnell verflüchtigen.«

»Dann glauben sie mir jetzt also?«

»Ich habe nie das Gegenteil behauptet.«

»Sie wären verrückt gewesen, wenn Sie mir geglaubt hätten!«

Das löste die Spannung, und sie lachten beide herzlich.

»Sie haben mir nicht erzählt, was er anhatte.«

»Einen altmodischen Morgenmantel, genau wie ich ihn aus meiner Kinderzeit in Erinnerung hatte. Sah sehr bequem aus.«

»Weitere Einzelheiten?«

»Jetzt, wo Sie es erwähnen, er wirkte viel jünger und hatte mehr Haare als beim letztenmal, als ich ihn gesehen habe. Ich glaube also nicht, daß er – wie soll ich sagen? – wirklich war. Eher so etwas wie ein computererzeugtes Bild. Oder synthetisches Hologramm.«

»Der Monolith!«

»Ja, daran dachte ich auch. Erinnern Sie sich, wie Dave Bowman Großvater auf der ›Leonow‹ erschienen ist? Vielleicht ist jetzt er selbst an der Reihe. Aber warum? Er hat keine Warnung ausgesprochen – nicht einmal eine besondere Botschaft. Wollte nur Lebewohl sagen und mir alles Gute wünschen...«

Ein paar peinliche Augenblicke lang verzog sich Floyds Gesicht; dann fing er sich wieder und lächelte van der Berg an.

»Ich habe genug geredet. Jetzt ist die Reihe an Ihnen, mir zu erklären, was ein Diamant mit einer Million Millionen Tonnen – auf einer Welt zu suchen hat, die hauptsächlich aus Eis und Schwefel besteht. Und es sollte schon eine gute Erklärung sein.«

»Das ist sie«, sagte Dr. Rolf van der Berg.

53

Der Dampfkochtopf

»Als ich in Flagstaff studierte«, begann van der Berg, »fiel mir ein altes Astronomiebuch in die Hände, in dem stand: ›Das Sonnensystem besteht aus der Sonne, Jupiter – und diversem Abfall.‹ Das verweist die Erde in ihre Schranken, nicht wahr? Und ist wohl auch nicht ganz fair gegenüber Saturn, Uranus und Neptun – den drei anderen Gasriesen, die es fast auf die Hälfte von Jupiter bringen.

Aber ich fange am besten mit Europa an. Wie Sie wissen, gab es hier nur flaches Eis, bis Luzifer anfing, es zu erwärmen – die höchste Erhebung war nicht mehr als ein paar hundert Meter –, und das wurde auch nicht viel anders, nachdem das Eis geschmolzen und eine Menge Wasser auf die Nachtseite hinübergewandert und dort gefroren war. Von 2015 an, als wir anfingen, genauere Beobachtungen zu machen, bis 2038 gab es nur einen erhöhten Punkt auf dem ganzen Mond – und was *das* war, wissen wir jetzt.«

»Sicher. Aber obwohl ich ihn mit eigenen Augen gesehen habe, kann ich mir den Monolithen immer noch nicht als *Mauer* vorstellen! Ich sehe ihn immer aufrecht stehend – oder frei schwebend im Raum.«

»Ich glaube, wir haben gelernt, daß er alles kann, was er will – alles, was wir uns vorstellen können – und noch viel mehr.

Nun, 2037 passierte etwas mit Europa, zwischen

306

einer Beobachtung und der nächsten. Mount Zeus – volle zehn Kilometer hoch – erschien plötzlich auf der Bildfläche.

So große Vulkane schießen nicht innerhalb von ein paar Wochen aus der Erde; außerdem ist Europa bei weitem nicht so aktiv wie Io.«

»Mir genügt's«, murrte Floyd. »Haben Sie *den* gespürt?«

»Außerdem, wenn es ein Vulkan gewesen wäre, hätte er gewaltige Gasmengen in die Atmosphäre gespuckt; es gab einige Veränderungen, aber bei weitem nicht genug, um diese Erklärung zu rechtfertigen. Es war alles vollkommen rätselhaft, und weil wir nicht wagten, zu nahe heranzugehen – und mit unseren eigenen Projekten beschäftigt waren – taten wir nicht viel, außer fantastische Theorien aufzustellen. Keine davon war, wie sich herausstellte, so fantastisch wie die Wahrheit.

Zum erstenmal ahnte ich etwas nach einer Zufallsbeobachtung im Jahre '57, aber ich nahm es noch ein paar Jahre lang nicht ernst. Dann wurden die Hinweise deutlicher; wenn es sich um etwas weniger Bizarres gehandelt hätte, wären sie völlig überzeugend gewesen.

Aber ehe ich glauben konnte, daß der Mount Zeus aus Diamantmasse bestand, mußte ich eine Erklärung finden. Für einen guten Wissenschaftler – und dafür halte ich mich – verdient eine Tatsache erst dann wirklich Anerkennung, wenn es eine Theorie gibt, die sie erklärt. Es mag sich herausstellen, daß die Theorie falsch ist – das ist gewöhnlich, zumindest in einigen Einzelheiten, der Fall –, aber sie muß eine Arbeitshypothese liefern.

Und wie Sie schon sagten, ein Diamant von einer Million Millionen Tonnen auf einer Welt aus Eis und Schwefel verlangt schon einiges an Erklärung. Natürlich ist *jetzt* alles sonnenklar, und ich komme mir vor wie ein Narr, weil ich die Antwort nicht schon vor Jahren gesehen habe. Hätte eine Menge Schwierigkeiten – und mindestens ein Menschenleben – ersparen können, wenn ich sie gesehen hätte.«

Er schwieg nachdenklich, dann fragte er Floyd plötzlich:

»Hat jemand Ihnen gegenüber Dr. Paul Kreuger erwähnt?«

»Nein. Warum auch? Aber ich habe natürlich schon von ihm gehört.«

»Ich dachte nur. Viele sonderbare Dinge haben sich abgespielt, und ich bezweifle, ob wir jemals alle Antworten erfahren werden.

Jedenfalls ist es jetzt kein Geheimnis mehr, deshalb ist es egal. Vor zwei Jahren schickte ich eine vertrauliche Nachricht an Paul – oh, Verzeihung, ich hätte es erwähnen sollen – er ist mein Onkel – mit einer Zusammenfassung dessen, was ich entdeckt hatte. Ich fragte ihn, ob er es erklären – oder widerlegen könne.

Er brauchte nicht lange, bei den Bytemengen, die ihm zur Verfügung stehen. Leider war er unvorsichtig, oder jemand hat sein Netz überwacht – *Ihre* Freunde, wer immer sie sein mögen, wissen inzwischen sicher ziemlich gut Bescheid.

Innerhalb von ein paar Tagen grub er einen achtzig Jahre alten Aufsatz aus der wissenschaftlichen Zeitschrift ›Nature‹ aus – ja, damals wurde sie noch

308

auf Papier gedruckt! – der alles erklärte. Nun ja, fast alles.

Er war von einem Mann verfaßt, der in einem der großen Labors in den Vereinigten Staaten arbeitete – von Amerika natürlich – die USSA existierten damals noch nicht. Dort wurden Atomwaffen entworfen, man verstand also etwas von hohen Temperaturen und Drücken...

Ich weiß nicht, ob Dr. Ross – so hieß er – etwas mit Bomben zu tun hatte, aber durch seinen Werdegang muß er dazu gekommen sein, sich Gedanken über die Verhältnisse tief im Inneren der Riesenplaneten zu machen. In seinem Aufsatz von 1984 – Verzeihung, 1981 – er ist übrigens weniger als eine Seite lang – machte er einige sehr interessante Andeutungen...

Er wies darauf hin, daß die Gasriesen gewaltige Mengen an Kohlenstoff – in Form von Methan, CH_4 – enthielten. Bis zu siebzehn Prozent der Gesamtmasse! Er rechnete aus, daß sich bei den Drücken und Temperaturen – Millionen von Atmosphären – die in den Kernen herrschen, der Kohlenstoff absondern, zum Zentrum hinabsinken – und – Sie haben es erraten – *auskristallisieren* würde. Es war eine wunderschöne Theorie: ich glaube, er hätte sich nie träumen lassen, daß es eine Aussicht gäbe, sie nachzuprüfen...

Das ist also Teil Eins der Geschichte. In mancher Beziehung ist Teil Zwei noch interessanter. Haben wir noch etwas von dem Kaffee?«

»Bitte schön; und ich glaube, ich habe Teil Zwei schon erraten. Hat offensichtlich etwas mit der Jupiterexplosion zu tun.«

»Nicht Explosion – *Implosion*. Jupiter ist einfach in sich zusammengestürzt und hat sich dann entzündet. In mancher Hinsicht war es wie die Detonation einer Atombombe, nur war der neue Zustand stabil – eine Minisonne.

Nun geschehen bei Implosionen sehr sonderbare Dinge; es sieht fast so aus, als könnten einzelne Teile durcheinander hindurchgehen und auf der anderen Seite wieder herauskommen: Wie immer das vor sich geht, ein Stück des Diamantkerns von der Größe eines Berges wurde in den Orbit geschossen.

Es muß Hunderte von Umläufen gemacht haben – und von den Schwerkraftfeldern aller Satelliten beeinflußt worden sein – ehe es auf Europa landete. Und die Umstände müssen genau gepaßt haben – ein Körper hat wohl den anderen überholt, so daß die Aufschlagsgeschwindigkeit nur ein paar Kilometer pro Sekunde betrug. Wenn sie frontal zusammengestoßen wären – nun, dann gäbe es jetzt vielleicht kein Europa mehr, von einem Mount Zeus ganz zu schweigen! Und ich habe manchmal Alpträume, wenn ich daran denke, daß er durchaus auch auf uns, auf Ganymed hätte herunterkommen können...

Die neue Atmosphäre mag den Aufprall ebenfalls gedämpft haben; trotzdem muß es ein furchtbarer Schlag gewesen sein – ich frage mich, was dabei mit unseren europanischen Freunden passiert ist – er hat sicherlich eine ganze Reihe tektonischer Störungen ausgelöst, die immer noch anhalten.«

»Und«, sagte Floyd, »politischer. Einige davon beginne ich gerade eben zu begreifen. Kein Wunder, daß die USSA sich Sorgen machten.«

»Unter anderen.«

»Aber würde irgend jemand ernsthaft glauben, er könnte an diese Diamanten herankommen?«

»So weit waren wir gar nicht davon weg«, antwortete van der Berg und deutete auf den rückwärtigen Teil des Shuttle. »In jedem Fall wäre allein schon die *psychologische* Auswirkung auf die Industrie gewaltig. Deshalb wollten so viele Leute unbedingt wissen, ob es stimmte oder nicht.«

»Und jetzt wissen sie es. Wie geht es nun weiter?«

»Das ist, Gott sei Dank, nicht mein Problem. Aber ich hoffe, daß ich den Forschungsetat von Ganymed um einen ansehnlichen Betrag vergrößern konnte.«

Und mein eigenes Bankkonto ebenfalls, fügte er im stillen hinzu.

54

Wieder vereint

»Wie bist du nur auf die Idee gekommen, ich wäre tot?« rief Heywood Floyd. »Ich habe mich seit Jahren nicht wohler gefühlt!«

Wie gelähmt vor Erstaunen starrte Chris Floyd das Lautsprechergitter an. Er spürte eine riesige Erleichterung – aber auch ein Gefühl der Entrüstung. Jemand – *etwas* – hatte ihm einen grausamen Streich gespielt – aber aus welchem Grund?

Fünfzig Millionen Kilometer entfernt – jede Sekunde um mehrere hundert näherkommend – hörte sich auch Heywood Floyd leicht entrüstet an. Aber er klang auch lebhaft und fröhlich, und seine Stimme ließ die Freude erkennen, die er offensichtlich empfand, weil er wußte, daß Chris in Sicherheit war.

»Und ich habe noch mehr gute Nachrichten für dich; das Shuttle wird euch als erste aufnehmen. Es wird ein paar dringend benötigte Medikamente über der ›Galaxy‹ abwerfen, dann zu euch hinüberhüpfen und euch zu uns heraufbringen. Wir treffen dann beim nächsten Umlauf mit euch zusammen. Die ›Universe‹ geht fünf Umläufe später hinunter; wenn deine Freunde an Bord kommen, kannst du sie schon begrüßen.

Das ist im Moment alles – ich möchte dir nur noch sagen, wie sehr ich mich darauf freue, die verlorene Zeit wieder einzubringen. Ich warte auf deine Antwort in – mal sehen – etwa drei Minuten...«

Einen Augenblick lang herrschte völliges Schweigen an Bord der ›Bill Tee‹; van der Berg wagte nicht, seinen Gefährten anzusehen. Dann stellte Floyd das Mikrophon ein und sagte langsam: »Großvater – das ist eine wunderbare Überraschung – ich stehe immer noch unter Schock. Aber ich *weiß*, daß ich dir hier auf Europa begegnet bin – ich *weiß*, daß du mir Lebewohl gesagt hast. Ich bin mir dessen so sicher, wie ich mir sicher bin, daß du jetzt eben mit mir gesprochen hast...

Nun, wir haben später noch mehr als genug Zeit, uns darüber zu unterhalten. Aber erinnerst du dich, wie Dave Bowman mit dir gesprochen hat, an Bord der ›Discovery‹? Vielleicht war dies etwas Ähnliches...

Wir bleiben jetzt einfach hier sitzen und warten, bis uns das Shuttle abholt. Wir haben es ganz bequem – gelegentlich gibt es ein Beben, aber nichts, worüber man sich Sorgen zu machen brauchte. Bis zum Wiedersehen alles Liebe von mir.«

Er wußte nicht mehr, wann er diesen Ausdruck seinem Großvater gegenüber zum letztenmal gebraucht hatte.

Nach dem ersten Tag begann die Kabine des Shuttle zu riechen. Nach dem zweiten fiel es ihnen nicht mehr auf – aber sie waren sich einig, daß das Essen nicht mehr ganz so wohlschmeckend war wie zu Beginn. Sie hatten auch Schwierigkeiten mit dem Schlafen und beschuldigten sich gegenseitig, zu schnarchen.

Am dritten Tag setzte, trotz häufiger Bulletins von der ›Universe‹, der ›Galaxy‹ und sogar von der Erde

Langeweile ein, und sie hatten ihren Vorrat an schmutzigen Geschichten erschöpft.

Aber das war der letzte Tag. Ehe er vorüber war, senkte sich die ›Lady Jasmine‹ herunter und holte ihr verlorenes Kind nach Hause.

55

Magma

»Baas«, sagte das Hauptkomgerät der Wohnung, »ich habe dieses Sonderprogramm von Ganymed abgerufen, während Sie geschlafen haben. Möchten sie es sehen?«

»Ja«, antwortete Dr. Paul Kreuger. »Zehnfache Geschwindigkeit. Kein Ton.«

Er wußte, daß das Programm eine Menge einführendes Material enthalten würde, das er überspringen und sich gegebenenfalls später ansehen konnte. Er wollte so schnell wie möglich zum Wichtigen kommen.

Der Vorspann blitzte auf, und dann war auf dem Monitor Victor Willis zu sehen, irgendwo auf Ganymed, völlig stumm, wild gestikulierend. Dr. Paul Kreuger hatte, wie viele aktive Wissenschaftler, eine etwas zynische Einstellung gegenüber Willis, obwohl er zugestand, daß dieser eine nützliche Tätigkeit ausübte.

Willis verschwand unvermittelt und wurde durch ein weniger zappeliges Objekt ersetzt – den Mount Zeus. Aber der war wesentlich aktiver, als es sich für einen wohl erzogenen Berg gehörte; Dr. Kreuger staunte, wie sehr er sich seit der letzten Übertragung von Europa verändert hatte.

»Realzeit«, verlangte er. »Ton.«

»... fast hundert Meter pro Tag, und die Neigung hat sich um fünfzehn Grad verstärkt. Tektonische

315

Aktivität jetzt heftig – ausgedehnte Lavaströme um den Fuß – ich habe Dr. van Berg hier bei mir – Doktor, was meinen Sie?«

Mein Neffe scheint in bemerkenswert guter Verfassung zu sein, dachte Dr. Kreuger, wenn man bedenkt, was er hinter sich hat. Das macht natürlich die gute Erbmasse...

»Die Kruste hat sich offensichtlich von dem ursprünglichen Aufprall nie erholt und gibt jetzt unter den sich häufenden Belastungen nach. Mount Zeus ist ständig langsam gesunken, seit wir ihn entdeckt haben, aber in den letzten paar Wochen hat sich die Geschwindigkeit gewaltig gesteigert. Man sieht die Bewegung von Tag zu Tag.«

»Wie lange wird es dauern, bis er vollständig verschwunden ist?«

»Ich kann eigentlich gar nicht glauben, daß es dazu kommen wird...«

Es folgte ein schneller Wechsel zu einer anderen Ansicht des Berges, und man hörte die Stimme von Victor Willis, ohne daß die Kamera ihn erfaßte.

»*Das* sagte Dr. van Berg vor zwei Tagen. Wollen Sie jetzt einen Kommentar abgeben, Doktor?«

»Ah... ja, es sieht so aus, als hätte ich mich geirrt. Er geht nach unten wie ein Fahrstuhl – ganz unglaublich – nur noch ein halber Kilometer übrig! Ich lehne es ab, weitere Vorhersagen zu machen...«

»Sehr klug von Ihnen, Doktor – nun, *das* war erst gestern. Wir spielen Ihnen jetzt eine durchgehende Zeitraffersequenz ein bis zu dem Augenblick, als wir die Kamera verloren...«

Dr. Paul Kreuger beugte sich in seinem Sessel vor und sah sich den letzten Akt des langen Dramas an, in dem er eine so kleine und doch wesentliche Rolle gespielt hatte.

Es war nicht nötig, den Schnellauf einzuschalten: er sah die Vorgänge ohnehin schon hundertfach beschleunigt. Eine Stunde wurde zu einer Minute komprimiert – ein Menschenleben zu dem eines Schmetterlings.

Vor seinen Augen vesank der Mount Zeus. Fontänen geschmolzenen Schwefels spritzten ringsum in verwirrendem Tempo himmelwärts und bildeten leuchtende, elektrischblaue Parabeln. Es war, als ginge ein Schiff, von Elmsfeuer umgeben, in einem stürmischen Meer unter. Nicht einmal Ios spektakuläre Vulkane konnten mit diesem gewalttätigen Schauspiel mithalten.

»Der größte Schatz, der je entdeckt wurde – nun verschwindet er vor unseren Augen«, sagte Willis in ehrfürchtig gedämpftem Ton. »Leider können wir Ihnen das Finale nicht zeigen. Sie werden gleich sehen, warum.«

Die Übertragung verlangsamte sich zu realer Geschwindigkeit. Nur noch ein paar hundert Meter des Berges waren übrig, und die Eruptionen ringsum vollzogen sich jetzt in gemächlicherem Tempo.

Plötzlich kippte das ganze Bild; die Bildstabilisatoren der Kamera, die dem ständigen Zittern des Bodens bisher wacker standgehalten hatten, gaben den ungleichen Kampf auf. Einen Augenblick lang hatte man den Eindruck, als wolle der Berg wieder aufsteigen – aber nur das Kamerastativ war umgestürzt. Die allerletzte Szene von Europa war die Nahaufnahme einer glühenden Welle geschmolzenen Schwefels – kurz bevor sie die Geräte verschlang.

317

»Auf ewig dahin!« lamentierte Willis. »Unendlich größere Reichtümer als all die Schätze, die Golconda oder Kimberley je hervorgebracht haben! Was für ein tragischer, herzzerreißender Verlust!«

»Was für ein kompletter Idiot!« erregte sich Dr. Kreuger. »Sieht er denn nicht...«

Es war wieder einmal Zeit für einen Brief an ›Nature‹. Und *dieses* Geheimnis war echt zu groß, um es zu verbergen.

56

Perturbationstheorie

Von: Professor Paul Kreuger, F. R. S. etc.
An: Herausgeber, Datenspeicher NATURE (öffentlicher Zugriff).

THEMA: MOUNT ZEUS UND DIE JUPITERDIAMANTEN

Inzwischen ist allgemein bekannt, daß die europäische Formation mit dem Namen Mount Zeus ursprünglich ein Teil des Jupiter war. Die Vermutung, daß die Kerne der Gasriesen aus Diamantmasse bestehen könnten, wurde erstmals von Marvin Ross vom Lawrence Livermore Laboratory der Universität Kalifornien in dem klassischen Aufsatz: ›Die Eisschicht auf Uranus und Neptun – Diamanten am Himmel?‹ (›Nature‹, Bd. 292, Nr. 5822, S. 435–436, 30. Juli 1981) geäußert. Überraschenderweise dehnte Ross seine Berechnungen nicht auf den Jupiter aus.

Das Versinken des Mount Zeus hat einen regelrechten Chor von Klagen ausgelöst, die natürlich vollkommen lächerlich sind – aus den unten angeführten Gründen.

Ohne auf Einzelheiten eingehen zu wollen, die ich in einer späteren Verlautbarung präsentieren werde, schätze ich, daß der Diamantkern des Jupiter ur-

319

sprünglich eine Masse von mindestens 10^{28} Gramm gehabt haben muß. *Das ist zehnmilliardenmal soviel wie die des Mount Zeus.*

Obwohl ein großer Teil dieses Materials zweifellos bei der Explosion des Planeten und der Entstehung der – offenbar künstlich geschaffenen – Sonne Luzifer zerstört wurde, ist es unvorstellbar, daß Mount Zeus das einzige Bruchstück sein soll, das übriggeblieben ist. Obwohl sicher viel auf Luzifer selbst zurückgestürzt ist, muß ein beträchtlicher Prozentsatz in die Umlaufbahn geraten sein – *und sich noch dort befinden.* Die elementare Perturbationstheorie zeigt, daß diese Teile in Abständen immer wieder zu ihrem Ausgangspunkt zurückkehren werden. Es ist natürlich nicht möglich, eine exakte Berechnung anzustellen, aber ich schätze, daß mindestens eine Million Mal die Masse von Mount Zeus noch in der Nähe von Luzifer kreist. Der Verlust eines kleinen Bruchstücks, das ohnehin auf Europa einen höchst ungünstigen Standort hatte, ist daher praktisch bedeutungslos. Ich schlage vor, baldmöglichst ein eigenes Weltraum-Radarsystem einzurichten, um nach diesem Material zu suchen.

Obwohl man schon seit 1987 extrem dünne Diamantschichten in Massenfertigung herstellt, war es niemals möglich, größere Diamantstücke zu produzieren. Die Verfügbarkeit von Diamanten in Megatonnenmengen könnte viele Industrien von Grund auf verändern und ganz neue Zweige schaffen. Insbesondere nachdem, wie von Isaacs et. al. (s. ›Science‹, Bd. 151, S. 682–683, 1966) vor fast hundert Jahren ausgeführt, Diamant das einzige Baumaterial ist, das den sogenannten ›Weltraumfahrstuhl‹ ermöglichen und Transporte von der Erde weg zu unerheblichen Kosten gestatten würde. Die Diamantberge, die jetzt zwischen den Jupitersatelliten ihre Bahnen ziehen, können uns das gesamte Sonnensystem eröffnen; wie lächerlich erscheinen im Vergleich dazu alle früheren Verwendungszwecke für Kohlenstoff in kristalliner Form vierten Grades!

Der Vollständigkeit halber möchte ich noch einen anderen, möglichen Standort für gewaltige Diamantmengen erwähnen – einen Standort, der leider noch unzugänglicher ist als der Kern eines Riesenplaneten ...

Es gibt Vermutungen, daß die Krusten von Neutronensternen möglicherweise zum großen Teil aus Diamantmasse bestehen. Da der nächste, bekannte Neutronenstern fünfzehn Lichtjahre entfernt ist und eine Oberflächenschwerkraft besitzt, die siebzigtausend Millionen Mal so groß ist wie die der Erde, ist dies kaum als mögliche Bezugsquelle anzusehen.

Aber – wer hätte sich andererseits je träumen lassen, daß wir eines Tages in der Lage sein könnten, an den Kern des Jupiter heranzukommen?

57

Zwischenspiel auf Ganymed

»Diese armen, primitiven Kolonisten!« klagte Mihailowitsch. »Ich bin entsetzt – auf ganz Ganymed gibt es keinen einzigen Konzertflügel! Natürlich – der Fingerhut voll Optronik in meinem Synthesizer kann *jedes* Musikinstrument reproduzieren. Aber ein Steinway ist immer noch ein Steinway – genau wie eine Strad immer noch eine Strad ist.«

Seine Klagen hatten, auch wenn sie nicht ganz ernst gemeint waren, schon einige Gegenreaktionen bei der örtlichen Intelligenz hervorgerufen. Das beliebte ›Guten Morgen, Ganymed‹-Programm hatte sogar boshaft kommentiert: »Indem unsere hohen Gäste uns mit ihrer Anwesenheit beehren, haben sie – wenn auch nur vorübergehend – das kulturelle Niveau auf *beiden* Welten angehoben...«

Der Angriff richtete sich hauptsächlich gegen Willis, Mihailowitsch und M'Bala, die ein wenig zu überschwenglich darangegangen waren, den rückständigen Eingeborenen die Erleuchtung zu bringen. Maggie M. hatte einen ziemlichen Skandal ausgelöst, als sie einen hemmmungslosen Bericht über die heiße Liebesaffäre zwischen Zeus-Jupiter und Io, Europa, Ganymed und Callisto gab. Daß er der Nymphe Europa in Gestalt eines weißen Stiers erschienen war, war schon schlimm genug, und seine Versuche, Io und Callisto vor dem begreiflichen Zorn seiner Gattin Hera zu schützen, wirkten offengestanden rührend. Aber was viele Ortsansässige verstörte, war die Neuigkeit, daß der mythologische Ganymed dem ganz falschen Geschlecht angehört hatte.

Um den Kulturbotschaftern von eigenen Gnaden Gerechtigkeit widerfahren zu lassen, ihre Absichten waren wirklich lobenswert, wenn auch nicht völlig uneigennützig. Sie wußten, daß sie monatelang auf Ganymed festsitzen würden, und erkannten, daß die Gefahr der Langeweile drohte, nachdem sich der Reiz des Neuen abgenutzt hatte. Und sie wollten auch ihre Talente zum Wohle aller in ihrer Umgebung bestmöglich nützen. Jedoch nicht jeder wünschte – oder hatte die Zeit – von diesem Segen hier draußen, an der hochtechnisierten Grenze des Sonnensystems zu profitieren.

Yva Merlin fügte sich andererseits problemlos ein und fühlte sich pudelwohl. Trotz ihrer Berühmtheit auf der Erde hatten nur wenige Ganymeder je von ihr gehört. Sie konnte in den öffentlichen Korridoren und Druckkuppeln der Zentralstation Ganymed herumschlendern, ohne daß die Leute sich den Hals verdrehten oder aufgeregt flüsterten, weil sie sie erkannt hatten. Sicher, sie *wurde* erkannt – aber nur als einer der Besucher von der Erde.

Greenberg hatte sich mit seiner gewohnten, ruhigen Tüchtigkeit und Bescheidenheit an die administrative und technische Struktur des Satelliten angepaßt und gehörte schon einem halben Dutzend Beratungsgremien an. Seine Dienste wurden so hoch geschätzt, daß man ihn warnte, man würde ihn vielleicht nicht mehr fortlassen.

Heywood Floyd beobachtete die Aktivitäten seiner Reisegefährten entspannt und belustigt, beteiligte sich aber nur wenig daran. Sein Hauptanliegen war es jetzt, Brücken zu Chris zu bauen und mitzuhelfen, die Zukunft seines Enkels zu planen. Nun, da die ›Universe‹ – mit nur noch knapp hundert Tonnen Treibstoff im Tank – sicher auf Ganymed gelandet war, gab es viel zu tun.

Die Dankbarkeit, die alle an Bord der ›Galaxy‹ ihren Rettern entgegenbrachten, hatte es leicht gemacht, die beiden Besatzungen miteinander zu vereinen; sobald Reparaturen, Überholung und Treibstoffaufnahme abgeschlossen waren, würden sie gemeinsam zur Erde zurückfliegen. Die Moral war schon durch die Nachricht sehr verbessert worden, daß Sir Lawrence im Begriff war, einen Vertrag für eine wesentlich verbesserte ›Galaxy II‹ aufzusetzen – obwohl er mit dem Bau wahrscheinlich erst beginnen würde, wenn seine Anwälte ihre Differenzen mit Lloyds beigelegt hatten. Das Versicherungsunternehmen wollte noch immer behaupten, das neue Verbrechen der Raumschiffentführung sei von seiner Police nicht gedeckt.

Was dieses Verbrechen selbst anging, so war niemand dafür verurteilt oder auch nur angeklagt worden. Es war eindeutig über einen Zeitraum von mehreren Jahren hinweg von einer leistungsfähigen, finanziell gut ausgestatteten Organisation geplant worden. Die Vereinigten Staaten von Südafrika beteuerten lauthals ihre Unschuld und sagten, sie würden eine offizielle Untersuchung begrüßen. Auch der Bund brachte Entrüstung zum Ausdruck und beschuldigte natürlich SHAKA.

Dr. Kreuger war nicht überrascht, als er zornige,

aber anonyme Botschaften in seiner Post fand, die ihm vorwarfen, er sei ein Verräter. Gewöhnlich waren sie in Afrikaans geschrieben, enthielten aber manchmal kleine grammatikalische oder syntaktische Fehler, die seinen Verdacht bestärkten, sie seien Teil einer Desinformationskampagne.

Nach einiger Überlegung gab er sie an ASTROPOL weiter – ›obwohl die sie wahrscheinlich schon haben‹, sagte er sich ironisch. ASTROPOL bedankte sich, gab aber, wie erwartet, keinen Kommentar ab.

Zu unterschiedlichen Gelegenheiten wurden die Offiziere Floyd und Chang und andere Besatzungsmitglieder der ›Galaxy‹ von den beiden mysteriösen Außenweltlern, die Floyd schon kennengelernt hatte, zum besten Essen auf Ganymed eingeladen. Als die Gäste dieser (ehrlich gesagt enttäuschenden) Bankette hinterher ihre Erfahrungen austauschten, kamen sie zu der Ansicht, daß die Leute, die sie so höflich verhört hatten, eine Anklage gegen SHAKA zusammenzustellen versuchten, aber nicht sehr weit damit kamen.

Dr. van der Berg, der die ganze Sache ins Rollen gebracht – und beruflich wie finanziell sehr davon profitiert hatte, fragte sich jetzt, was er mit seinen neuen Chancen anfangen sollte. Er hatte viele attraktive Angebote von Universitäten und wissenschaftlichen Organisationen auf der Erde erhalten – aber ironischerweise war es ihm unmöglich, Nutzen daraus zu ziehen. Er hatte jetzt zu lange bei einem Sechstel Schwerkraft auf Ganymed gelebt und den medizinischen ›point of no return‹ überschritten.

Der Mond blieb eine Möglichkeit; ebenso das Pasteur, wie ihm Heywood Floyd erklärte.

»Wir wollen dort eine Weltraumuniversität aufbauen«, sagte er, »so daß Außenweltbewohner, die bei ein g nicht leben können, trotzdem die Möglichkeit haben, in Realzeit mit den Leuten auf der Erde in Verbindung zu treten. Wir werden Hörsäle, Konferenzräume und Labors bekommen – einige davon nur computergespeichert, aber sie werden so echt aussehen, daß das niemand glaubt. Und Sie können über Video auf der Erde einkaufen und so Ihr unrechtmäßig erworbenes Gut auch nützen.«

Zu seiner Überraschung hatte Floyd nicht nur seinen Enkel wiederentdeckt – er hatte auch einen Neffen adoptiert; er war jetzt mit van der Berg wie auch mit Chris durch eine einmalige Mischung gemeinsamer Erfahrungen verbunden. Vor allem war da die rätselhafte Erscheinung in der verlassenen, europanischen Stadt im Schatten des bedrohlich aufragenden Monolithen.

Chris hatte keinerlei Zweifel. »Ich habe dich gesehen und gehört, so deutlich wie jetzt«, erklärte er seinem Großvater. »Aber deine Lippen haben sich nicht bewegt – und das sonderbare daran ist, daß ich es nicht als sonderbar empfand – es kam mir völlig natürlich vor. Das ganze Erlebnis hatte – etwas Entspanntes. Ein wenig traurig – nein, wehmütig wäre ein besseres Wort. Oder vielleicht resigniert.«

»Wir mußten dabei unwillkürlich an Ihre Begegnung mit Bowman an Bord der ›Discovery‹ denken«, fügte van der Berg hinzu.

»Ich habe versucht, Bowman über Funk zu erreichen, ehe wir auf Europa landeten. Es schien zwar irgendwie naiv, aber mir fiel nichts anderes ein. Ich war sicher, daß er *da* war, in der einen oder anderen Gestalt.«

»Und Sie bekamen nie eine Bestätigung?«

Floyd zögerte. Die Erinnerung verblaßte schnell, aber er mußte plötzlich an die Nacht denken, in der der Mini-Monolith in seiner Kabine aufgetaucht war.

Nichts war geschehen, aber von diesem Augenblick an hatte er das Gefühl gehabt, daß Chris keine Gefahr drohe und daß sie sich wiedersehen würden.

»Nein«, sagte er langsam. »Ich habe nie eine Antwort bekommen.«

Schließlich konnte es auch nur ein Traum gewesen sein.

ACHTER TEIL

Das Königreich des Schwefels

58

Feuer und Eis

Ehe spät im zwanzigsten Jahrhundert das Zeitalter der Planetenforschung anbrach, hätten nur wenige Wissenschaftler geglaubt, daß auf einer der Sonne so fernen Welt Leben gedeihen könne. Und doch waren die verborgenen Meere Europas seit mindestens einer halben Milliarde Jahre so fruchtbar wie die der Erde.

Vor der Zündung des Jupiter hatte eine Eiskruste jene Ozeane vor dem Vakuum des Weltraums geschützt. An den meisten Stellen war das Eis kilometerdick, aber es gab schwächere Linien, da war es aufgerissen und klaffte auseinander. Dann hatte ein kurzer Kampf zwischen zwei unversöhnlichen Elementen stattgefunden, die auf keiner anderen Welt im Sonnensystem miteinander in direkte Berührung kamen. Der Krieg zwischen Meer und Weltraum endete immer mit dem gleichen Patt: Das freiliegende Wasser kochte und gefror gleichzeitig und stellte den Eispanzer wieder her.

Die Meere Europas wären ohne den Einfluß des nahe gelegenen Jupiter schon vor langer Zeit bis zum Grund zugefroren. Seine Schwerkraft knetete den Kern der kleinen Welt ununterbrochen; jene Kräfte, die Io in Krämpfe versetzten, waren auch dort am Werk, allerdings viel weniger heftig. Das Tauziehen zwischen dem Planeten und seinem Satelliten löste ständige, submarine Beben aus und Lawinen, die mit erstaunlicher Geschwindigkeit über die Ebenen der Meerestiefen hinfegten.

Über diese Ebenen waren zahllose Oasen verstreut, jede breitete sich ein paar hundert Meter weit um ein Füllhorn von Mineralsolen aus, die aus dem Innern hervorsprudelten. Sie lagerten ihre Chemikalien in einem wirren Haufen von Rohren und Kaminen ab und schufen gelegentlich natürliche Parodien zerstörter Burgen oder gotischer Kathedralen, aus denen schwarze, brühheiße Flüssigkeiten in langsamem Rhythmus pulsierten, wie vom Schlag eines mächtigen Herzens angetrieben. Und wie Blut waren sie ein authentisches Zeichen für Leben.

Die brodelnden Flüssigkeiten drängten die tödliche Kälte zurück, die von oben heruntersickerte, und formten auf dem Meeresboden Inseln der Wärme. Genauso wichtig war, daß sie aus dem Innern Europas alle chemischen Bestandteile des Lebens ans Licht brachten. Dort, in einer Umgebung, die sonst vollkommen feindselig gewesen wäre, gab es Energie und Nahrung im Überfluß. Solche geothermischen Kamine hatte man in den Meerestiefen der Erde ebenfalls entdeckt, im selben Jahrzehnt, in dem die Menschheit den ersten Blick auf die galileischen Satelliten hatte werfen können.

In den tropischen Zonen dicht an diesen Kaminen gediehen Myriaden von zarten, spinnenartigen Gebilden, die an Pflanzen erinnerten, obwohl sie fast alle fähig waren, sich zu bewegen. Dazwischen krochen bizarre Schnecken und Würmer herum, manche ernährten sich von den ›Pflanzen‹, andere bezogen ihre Nahrung direkt aus dem mineralgesättigten Wasser ringsum. In größerem Abstand von der Wärmequelle – dem submarinen Feuer, an dem sich alle Geschöpfe wärmten – gab es gedrungenere, robustere Organismen, Krebsen oder Spinnen nicht unähnlich.

Ganze Armeen von Biologen hätten ihr Leben damit verbringen können, eine kleine Oase zu studieren. Anders als die irdischen Meere des Paläozoikums war Europas verborgener Ozean nicht stabil, daher hatte die Evolution hier so rasche Fortschritte gemacht und eine Menge phantastischer Gebilde hervorgebracht. Und alle waren Existenzformen auf Widerruf; früher oder später würde jede Quelle des Lebens schwächer werden und versiegen, wenn die Kräfte, die ihr die Energie verliehen, ihr Zentrum verlegten. Der Meeresgrund war übersät mit Zeugnissen solcher Tragödien – mit Friedhöfen voller Skelette und mineralverkrusteter Rückstände, wo ganze Kapitel aus dem Buch des Lebens gelöscht worden waren.

Da gab es riesige, leere Muschelschalen, größer als ein Mensch und geformt wie gedrehte Trompeten. Es gab Muscheln in vielen Formen – zweikammerige und sogar dreikammerige. Und es gab spiralförmige Muster im Stein, viele Meter im Durchmesser, die genau den herrlichen Ammonshörnern zu entsprechen schienen, die am Ende der Kreidezeit unter so geheimnisvollen Umständen aus den Meeren der Erde verschwunden waren.

An vielen Stellen brannten Feuer auf dem Meeresgrund, weißglühende Lavaströme flossen viele Kilometer weit an eingebrochenen Tälern entlang. In dieser Tiefe war der Druck so groß, daß das Wasser, wenn es mit dem rotglühenden Magma in Berührung kam, nicht zischend verdampfen konnte; die beiden Flüssigkeiten existierten daher nebeneinander in einem unruhigen Waffenstillstand.

Hier, auf einer anderen Welt und mit fremden Akteuren, hatte sich lange vor dem Erscheinen des Menschen etwas Ähnliches abgespielt wie in Ägypten. Wie der Nil einem schmalen Wüstengebiet Leben bringt, so hatten diese Wärmeströme die Tiefen Europas mit Leben erfüllt. An ihren Ufern, auf Streifen, die selten mehr als einen Kilometer breit waren, war eine Gattung nach der anderen entstanden, aufgeblüht und wieder verschwunden. Und einige hatten Denkmäler hinterlassen, in Form von aufeinandergetürmten Steinen oder in seltsamen Mustern angeordneten Gräben, die in den Meeresboden eingekerbt waren.

Entlang dieser schmalen, fruchtbaren Streifen in den Wüsten der Tiefe waren ganze Kulturen entstanden und wieder vergangen. Und der Rest der Welt dort hatte es nie erfahren, denn alle diese Wärmeoasen waren so getrennt voneinander wie die Planeten selbst. Die Geschöpfe, die sich im Schein des Lavaflusses sonnten und rings um die Thermalschächte ihre Nahrung fanden, konnten die feindselige Wildnis zwischen den einsamen Inseln nicht überwinden. Hätten sie jemals Historiker und Philosophen hervorgebracht, jede Kultur wäre überzeugt gewesen, allein im Universum zu sein.

Und jede dieser Inseln war dem Untergang geweiht. Nicht allein, weil ihre Kraftquellen nur sporadisch Energie abgaben und sich zudem ständig verlagerten, auch die Gezeitenkräfte, die sie antrieben, wurden stetig schwächer. Selbst wenn die Europaner wirklich Intelligenz entwickelten, mußten sie untergehen, wenn ihre Welt endgültig gefror.

Sie waren gefangen zwischen Feuer und Eis – bis Luzifer an ihrem Himmel explodierte und ihnen ihr Universum öffnete.

Und bis eine riesige, rechteckige Gestalt, schwarz wie die Nacht, an der Küste eines neuentstandenen Kontinents materialisierte.

59

Dreifaltigkeit

»Das war gut so. Jetzt kommen sie nicht in Versuchung, zurückzukehren.«

»Ich lerne vieles dazu; aber ich bin doch traurig, daß mein altes Leben mir entgleitet.«

»Das wird vorübergehen; auch ich bin zur Erde zurückgekehrt, um die aufzusuchen, die ich einst liebte. Nun weiß ich, daß es Dinge gibt, die größer sind als die Liebe.«

»Was kann das sein?«

»Mitleid gehört dazu. Gerechtigkeit. Wahrheit. Und es gibt noch andere.«

»Es fällt mir nicht schwer, das zu akzeptieren. Ich war für jemanden von meiner Art ein sehr alter Mann. Die Leidenschaften meiner Jugend hatten sich schon lange abgekühlt. Was wird aus dem – *wirklichen* Heywood Floyd werden?«

»Ihr seid beide gleichermaßen wirklich. Aber er wird bald sterben, ohne zu wissen, daß er unsterblich geworden ist.«

»Ein Paradoxon – aber ich verstehe es. Wenn dieses Gefühl bleibt, werde ich eines Tages vielleicht dankbar sein. Soll ich dir danken – oder dem Monolithen? Der David Bowman, den ich vor einem Menschenleben kennenlernte, besaß diese Kräfte nicht.«

»Nein; seither ist viel geschehen. Hal und ich haben vieles gelernt.«

»Hal! Ist er hier?«

»Ich bin hier, Dr. Floyd. Ich habe nicht erwartet, daß wir uns wiedersehen würden – noch dazu auf diese Weise. Es war ein interessantes Problem, Ihr Echo erstehen zu lassen.«

»Echo? Ach so – ich verstehe. Warum hast du es getan?«

»Als wir deine Botschaft erhielten, wußten Hal und ich, daß du uns hier helfen könntest.«

»Helfen – euch?«

»Ja, obwohl dir das vielleicht sonderbar vorkommt. Du verfügst über viel Wissen und Erfahrung, die uns fehlen. Nennen wir es Weisheit.«

»Danke. War es weise von mir, meinem Enkel zu erscheinen?«

»Nein: es hat viele Unannehmlichkeiten bereitet. Aber es war mitfühlend. Diese Dinge müssen gegeneinander abgewogen werden.«

»Du sagtest, daß ihr meine Hilfe braucht. Zu welchem Zweck?«

»Trotz allem, was wir gelernt haben, gibt es noch viel, was wir nicht fassen können. Hal hat einen Plan der inneren Systeme des Monolithen angefertigt, und einige der einfacheren können wir kontrollieren. Der Monolith ist ein Werkzeug, das zu vielen Zwecken dient. Seine Hauptfunktion scheint es zu sein, Intelligenz zu katalysieren.«

»Ja – das hatten wir schon vermutet. Aber es gab keinen Beweis.«

»Nun gibt es ihn, da wir seine Erinnerungen anzapfen können – jedenfalls einige davon. In Afrika gab er vor vier Millionen Jahren einem Stamm verhungernder Affen den Impuls, der zur menschlichen Rasse führte. Jetzt hat er das Experiment hier wiederholt – aber zu einem entsetzlichen Preis. Als Jupiter in eine Sonne verwandelt wurde, damit diese Welt ihr Potential realisieren konnte, wurde eine andere Biosphäre zerstört. Ich will sie dir zeigen, wie ich sie einst sah...«

Noch während er durch das brüllende Herz des Großen Roten Flecks stürzte, während die Blitze seiner Kontinente überspannenden Gewitter rings um ihn detonierten, wußte er, warum dieser Fleck Jahrhunderte überdauert hatte, obwohl er aus Gasen bestand, die viel weniger Substanz besaßen als jene, die die Hurrikane auf der Erde bildeten. Das dünne Kreischen des Wasserstoffwindes verklang, als er in die ruhigeren Tiefen glitt, und ein Hagel wächserner Schneeflocken – einige verbanden sich schon zu kaum greifbaren Bergen aus Kohlenwasserstoffschaum – senkte sich von den Höhen auf ihn herab. Es war schon warm genug für flüssiges Wasser, aber es gab keine Ozeane; diese rein gasförmige Umgebung war zu schwach, um sie tragen zu können.

Er glitt durch eine Wolkenschicht nach der anderen, bis er in ein Gebiet von solcher Transparenz kam, daß sogar das menschliche Auge einen Bereich von mehr als tausend Quadratkilometern hätte überschauen können. Es war nur ein kleinerer Wirbel im gewaltigen Kreis des Großen Roten Flecks; und er enthielt ein Geheimnis, das die Menschen schon lange vermutet, aber nie bewiesen hatten.

Den Rand der Ausläufer der dahintreibenden Schaumberge säumten Myriaden von kleinen, scharf umrissenen Wolken, alle etwa von gleicher Größe und mit ähnlichen roten und braunen Flecken gesprenkelt. Klein konnte man sie nur im Verhältnis zu den gigantischen

Ausmaßen ihrer Umgebung nennen; die allerkleinste davon hätte eine ziemlich große Stadt bedecken können. Sie waren eindeutig lebendig, denn sie bewegten sich langsam und zielbewußt an den Flanken der Gasberge entlang und weideten deren Hänge ab wie gewaltige Schafe. Und sie kommunizierten miteinander auf der Meterfrequenz; ihre Funkstimmen hoben sich schwach, aber deutlich gegen das Knacken und die Erschütterungen von Jupiter selbst ab.

Sie waren nichts anderes als lebende Gassäcke und schwebten in der schmalen Zone zwischen eisigen Höhen und sengenden Tiefen. Schmal, ja – und doch ein viel größerer Bereich als die gesamte Biosphäre der Erde. Sie waren nicht allein. Zwischen ihnen bewegten sich flink andere Geschöpfe, so klein, daß man sie leicht hätte übersehen können. Einige davon glichen irdischen Flugzeugen auf beinahe unglaubliche Weise in Größe und Form. Aber auch sie waren lebendig – vielleicht Räuber, vielleicht Parasiten – vielleicht sogar Hirten...

– Und da waren düsengetriebene Torpedos, ähnlich den Tintenfischen in den Meeren der Erde, die die riesigen Gassäcke jagten und verschlangen. Aber die Ballone waren nicht wehrlos; einige von ihnen veteidigten sich mit elektrischen Donnerkeilen und klauenbewehrten Fühlern, vergleichbar kilometerlangen Kettensägen.

Es gab noch seltsamere Formen, beinahe jede Möglichkeit der Geometrie wurde ausgeschöpft – bizarre, durchscheinende Drachen, Tetraeder, Kugeln, Polyeder, Knäuel verdrehter Bänder... sie waren das gewaltige Plankton der Jupiteratmosphäre, so beschaffen, daß sie wie Altweibersommerfäden in den aufsteigenden Strömungen dahinschwebten, bis sie lange genug gelebt hatten, um sich fortzupflanzen; dann wurden sie in die Tie-

339

*fen hinuntergefegt, wo sie verkokt und einer neuen Ge-
neration einverleibt wurden.*

*Er durchforschte eine Welt, die mehr als hundertfach die
Fläche der Erde aufwies, und obwohl er viele Wunder
sah, deutete nichts auf intelligente Lebewesen hin. Die
Funkstimmen der großen Ballons übermittelten nur ein-
fache Warnungen oder Angstbotschaften. Selbst die Jä-
ger, von denen man die Entwicklung eines höheren Or-
ganisationsgrades hätte erwarten können, waren nicht
geistbegabter als die Haie in den Meeren der Erde.*

*Und all ihrer atemberaubenden Größe und Neuartigkeit
zum Trotz war die Biosphäre des Jupiter eine zerbrechli-
che Welt aus Dunst und Schaum, aus zarten Seidenfä-
den und papierdünnen Geweben, die durch Blitze aus
dem ständigen Schneefall petrochemischer Verbindungen in der oberen Atmosphäre gesponnen wurden. Nur
wenige der Gebilde waren widerstandsfähiger als Seifen-
blasen; die schrecklichsten Räuber hätten selbst von den
schwächsten Raubtieren der Erde in Stücke gerissen
werden können...*

»Und alle diese Wunder wurden zerstört – um Luzifer zu schaffen?«

»Ja. Die Jupiterbewohner wurden auf der gleichen
Waage gewogen wie die Europaner – und zu leicht
befunden. Vielleicht hätten sie in dieser gasförmigen
Umgebung niemals wirkliche Intelligenz entwickeln
können. Durfte sie das zum Tode verurteilen? Hal
und ich bemühen uns noch immer, diese Frage zu
beantworten; das ist einer der Gründe, warum wir
deine Hilfe brauchen.«

»Aber wie können *wir* uns mit dem Monolithen
messen – der Jupiter verschlungen hat?«

»Er ist nur ein Werkzeug: er besitzt gewaltige Intelligenz – *aber kein Bewußtsein*. Trotz all seiner Fähigkeiten sind wir – du, Hal und ich, ihm überlegen.«

»Es fällt mir sehr schwer, das zu glauben. Auf jeden Fall – *etwas* muß den Monolithen geschaffen haben.«

»Ich bin ihm einmal begegnet – jedenfalls soviel davon, wie ich ertragen konnte – als die ›Discovery‹ zum Jupiter kam. Es schickte mich so zurück, wie ich jetzt bin, um seinen Zielen auf dieser Welt zu dienen. Seither habe ich nichts mehr davon gehört; jetzt sind wir allein – wenigstens im Augenblick.«

»Ich finde das beruhigend. Der Monolith genügt völlig.«

»Aber jetzt haben wir ein größeres Problem. *Etwas ist schiefgelaufen.*«

»Ich dachte nicht, daß ich noch Angst verspüren könnte...«

»Als der Mount Zeus herabstürzte, hätte er diese ganze Welt zerstören können. Sein Auftreffen war ungeplant – ja, unplanbar. *Keine* Berechnungen hätten ein solches Ereignis vorhersagen können. Er verwüstete große Teile des europanischen Meeresbodens, löschte ganze Gattungen aus – einschließlich einiger, für die wir große Hoffnungen hegten. Der Monolith selbst wurde umgeworfen. Vielleicht wurde er beschädigt – seine Programme verdorben. Sicher konnten sie nicht alle Zufälligkeiten einplanen; wie wäre das möglich in einem Universum, das fast unendlich ist und in dem der Zufall immer die sorgfältigste Planung zunichte machen kann?«

»Das ist wahr – für Menschen wie für Monolithen.«

»Wir drei müssen die Verwalter des Unvorherge-
sehenen sein und auch die Hüter dieser Welt. Die
Amphibien hast du schon kenenngelernt; den sili-
kongepanzerten Anzapfern der Lavaströme und den
Schwimmern, die das Meer abernten, wirst du noch
begegnen. Unsere Aufgabe ist es, ihnen zu helfen,
ihre Anlagen voll zu entwickeln – vielleicht hier, vielleicht anderswo.«

»Und was ist mit der Menschheit?«

»Es gab Zeiten, da fühlte ich mich versucht, mich
in menschliche Angelegenheiten einzumischen –
aber die Warnung, die die Menschheit erhalten hat,
gilt auch für mich.«

»Wir haben sie nicht sehr gut befolgt.«

»Aber gut genug. Inzwischen gibt es viel zu tun,
ehe Europas kurzer Sommer endet und der lange
Winter wiederkehrt.«

»Wie lange haben wir Zeit?«

»Nicht sehr lange; kaum tausend Jahre. *Und wir
dürfen die Jupiterbewohner nicht vergessen.*«

3001

60

Mitternacht auf der Plaza

Das berühmte Gebäude, das in einsamer Pracht die Wälder von Zentralmanhattan überragte, hatte sich in tausend Jahren wenig verändert. Es war Teil der Geschichte, und man hatte es ehrfürchtig bewahrt. Wie alle historischen Denkmäler war es schon vor langer Zeit mit einer mikrodünnen Diamantschicht überzogen worden und nun gegen die Verwüstungen der Zeit praktisch gefeit.

Keiner der Teilnehmer an der ersten Sitzung der Generalversammlung hätte vermutet, daß seither mehr als neunhundert Jahre vergangen waren. Sie wären jedoch vielleicht von der glatten, schwarzen Platte fasziniert gewesen, die auf der Plaza stand und fast eine Nachahmung des UN-Gebäudes selbst zu sein schien. Wenn sie – wie jeder es tat – die Hand ausgestreckt und sie berührt hätten, hätten sie sich gewundert, wie sonderbar ihre Finger über die ebenholzschwarze Fläche rutschten.

Aber sie wären noch viel erstaunter – ja, völlig eingeschüchtert – gewesen von der Verwandlung des Himmels...

Die letzten Touristen waren vor einer Stunde gegangen, und die Plaza lag völlig verlassen da. Der Himmel war wolkenlos, und ein paar der helleren Sterne waren gerade noch erkennbar; alle schwächeren waren ausgelöscht von der winzigen Sonne, die um Mitternacht die

345

ganze Erde bescheinen konnte, nicht nur im Sommer die Pole.

Luzifers Licht glänzte nicht nur auf dem schwarzen Glas des alten Gebäudes, sondern auch auf dem schmalen, silbrigen Regenbogen, der sich im Süden über den Himmel spannte. Andere Lichter bewegten sich sehr langsam an ihm entlang und um ihn herum, der Handelsverkehr des Sonnensystems zwischen allen Welten seiner beiden Sonnen wogte hin und her.

Und wenn man sehr genau hinsah, konnte man gerade den dünnen Faden des Panama-Turms erkennen, eine der sechs diamantenen Nabelschnüre, die die Erde und ihre verstreuten Kinder miteinander verbanden, er ragte sechsundzwanzigtausend Kilometer hoch vom Äquator auf, um dann auf den Ring zu treffen, der um die Welt führte.

Plötzlich, fast so schnell, wie er entstanden war, begann Luzifer zu verblassen. Die Nacht, die die Menschheit seit dreißig Generationen nicht mehr kannte, flutete in den Himmel zurück. Die verbannten Sterne kehrten wieder.

Und zum zweiten Mal in vier Millionen Jahren erwachte der Monolith.

DANKSAGUNGEN

Mein besonderer Dank gilt Larry Sessions und Gerry Snyder dafür, daß sie mir die Positionen des Halley-schen Kometen bei seinem nächsten Erscheinen lieferten. Sie sind nicht für irgendwelche größeren Orbitalperturbationen verantwortlich, die ich ausgelöst habe.

Besonders dankbar bin ich auch Melvin Ross vom Lawrence Livermore National Laboratory, nicht nur für seine überwältigende Vorstellung von diamantenen Planetenkernen, sondern auch für Kopien seines (wie ich hoffe) Geschichte machenden Aufsatzes zu diesem Thema.

Mein alter Freund Dr. Luis Alvarez freut sich hoffentlich über meine wilde Extrapolation seiner Forschungen, ich danke ihm für die große Unterstützung und die vielen Inspirationen während der vergangenen fünfunddreißig Jahre.

Besonderer Dank geht an Gentry Lee von der NASA – meinen Mitautor bei ›Cradle‹ – dafür, daß er mir persönlich den tragbaren Kaypro 2000 von Colombo nach Los Angeles brachte, der es mir gestattete, dieses Buch an verschiedenen exotischen und – was noch wichtiger ist – abgeschiedenen Orten zu schreiben.

Kapitel 5, 58 und 59 stützen sich zum Teil auf Material, das von ›Odyssee 2010‹ übernommen wurde. (Wenn ein Autor nicht bei sich selbst abschreiben darf, bei wem darf er es dann?)

Endlich hoffe ich, daß Kosmonaut Alexej Leonow mir inzwischen verziehen hat, daß ich ihn mit Dr. Andrej Sacharow in Verbindung brachte (der immer noch im Exil in Gorki weilte, als ich ›2010‹ beiden gemeinsam widmete). Und ich möchte meinem freundlichen Moskauer Gastgeber und Verleger Wassili Scharchenko mein tiefempfundenes Bedauern dafür aussprechen, daß ich ihn in ernstliche Schwierigkeiten gebracht habe, weil ich mir die Namen verschiedener Dissidenten ausborgte – von denen die meisten, wie ich mich freue, sagen zu können, nicht länger in Haft sind. Eines Tages können die Abonnenten von ›*Teknika Molodeschi*‹ hoffentlich die Teile von ›*2010*‹ lesen, die auf so rätselhafte Weise verschwunden sind.

Arthur C. Clarke
Colombo, Sri Lanka
25. April 1987

ÜBER DEN AUTOR

Arthur C. Clarke wurde 1917 in Minehead, Somerset, England geboren und graduierte am Kings College, London, wo er es in Physik und Mathematik zu ›First Class Honors‹ brachte. Er war Vorsitzender der ›British Interplanetary Society‹ und ist Mitglied der ›Academy of Astronautics‹ der ›Royal Astronomical Society‹ und vieler anderer wissenschaftlicher Organisationen. Während des Zweiten Weltkrieges war er als Luftwaffenoffizier der Royal Air Force in der Erprobungsphase für das erste Radargerät verantwortlich. Sein einziger Nicht-Science Fiction-Roman ›Glide Path‹ basiert auf dieser Arbeit.

Er hat mehr als fünfzig Bücher geschrieben, von denen etwa zwanzig Millionen Exemplare in über dreißig Sprachen gedruckt wurden, seine zahlreichen Auszeichnungen schließen den ›Kalinga-Preis‹ 1961, den ›AAAS-Westinghouse Science Writing Prize‹, den ›Bradford Washburn Award‹ und den ›Hugo‹, ›Nebula‹ und ›John W. Campbell Award‹ ein – die er alle drei mit seinem Roman ›Rendezvous with Rama‹ gewann.

1968 wurde er zusammen mit Stanley Kubrick für ›2001: A Space Odyssey‹ für den Oscar nominiert; und seine dreizehnteilige Fernsehserie ›Arthur C. Clarkes geheimnisvolle Welt‹ wurde inzwischen in vielen Ländern ausgestrahlt. Bei der CBS-Berichterstattung über die ›Apollo-Missionen‹ arbeitete er mit Walter Cronkite zusammen.

Die Erfindung des Kommunkationssatelliten 1945

brachte ihm zahlreiche Ehrungen ein, z. B. 1982 die ›Marconi International Fellowship‹, eine Goldme-daille des ›Franklin Institute‹, die ›Vikram Sarabhai‹-Professur am ›Physical Research Laboratory‹, Ahme-dabad, und eine Fellowship des ›Kings College‹, London. Vor kurzem hat ihn der Präsident von Sri Lanka zum Kanzler der Universität Moratuwa in der Nähe von Colombo ernannt.

**Über alle bei Heyne erschienenen
Science Fiction-Romane und Erzählungen informiert
ausführlich das Heyne-Gesamtverzeichnis. Sie erhalten es
von Ihrer Buchhandlung oder direkt vom Verlag.**

**Wilhelm Heyne Verlag, Postfach 20 12 04,
8000 München 2**

Die großen Werke des Science Fiction-Bestsellerautors

Arthur C. Clarke

»Aufregend und lebendig, beobachtet mit dem scharfen Auge eines Experten, geschrieben mit der Hand eines Meisters.« (Kingsley Amis)

01/6680

01/6813

01/7709

06/3645   06/3259   06/4055   06/3239

Wilhelm Heyne Verlag München

ISAAC ASIMOV

Vier Romane aus dem legendären Roboter- und Foundation-Zyklus. Romane, in denen geheimnisvolle außerirdische Wesen Herr über Raum und Zeit sind.

01/6401

01/6579

01/6607

01/6861

01/7815

Wilhelm Heyne Verlag München